中國語言文字研究輯刊

四 編

許錟輝 主編

第 **8** 冊

先秦同形字舉要（下）

詹今慧 著

花木蘭文化出版社

國家圖書館出版品預行編目資料

先秦同形字舉要（下）／詹今慧 著 — 初版 — 新北市：花木
蘭文化出版社，2013〔民 102〕
目 2+180 面；21×29.7 公分
（中國語言文字研究輯刊 四編；第 8 冊）
ISBN：978-986-322-217-0（精裝）
1. 古文字學 2. 先秦
802.08 102002763

ISBN-978-986-322-217-0

9 789863 222170

中國語言文字研究輯刊
四 編 第八冊 ISBN：978-986-322-217-0

先秦同形字舉要（下）

作 者	詹今慧	
主 編	許錟輝	
總 編 輯	杜潔祥	
出 版	花木蘭文化出版社	
發 行 所	花木蘭文化出版社	
發 行 人	高小娟	
聯絡地址	235 新北市中和區中安街七二號十三樓	
	電話：02-2923-1455／傳眞：02-2923-1452	
網 址	http://www.huamulan.tw 信箱 sut81518@gmail.com	
印 刷	普羅文化出版廣告事業	
初 版	2013 年 3 月	
定 價	四編 14 冊（精裝）新台幣 32,000 元	

先秦同形字舉要（下）

詹今慧　著

目

次

第四章　始見於戰國楚簡之同形字組

第一節　「弁」、「使」同形

弁，使本是兩個音義完全不同的字，弁，《說文》：「覍，冕也。周曰覍，殷曰吁，夏曰收。从皃，象形。」使，《說文》：「使，伶也。从人，吏聲。」但是楚簡「弁」字多作「叀」，「使」字多作「叀」，很容易因形近訛誤而同形。

一、同形字字形舉隅

弁	使
叀郭 11.32 叀郭 11.33	叀郭 10.21 叀郭 10.22 叀郭 11.9

二、同形字辭例舉隅

（一）「弁」字辭例

1. 其聲弁（變）則〔其心變〕，其心弁（變）則其聲亦然。【郭 11.32～33】

（二）「使」字辭例

1. 民可使道之，而不可使知之。【郭 10.21～22】

2. 四海之內，其性一也。其用心各異，教使然也。【郭 11.8～9】

三、同形字辭例說明

（一）「弁」字辭例說明

辭例 1 可與《說苑·修文》：「其志變，其聲亦變」對照。「弁（並紐元部）」、

「變（幫紐元部）」聲近韻同，故楚簡「弁」字可通假作「變」。

（二）「使」字辭例說明

辭例 1 可與《論語・泰伯》:「子曰：民可使由之，不可使知之」對照；辭例 2 可與《荀子・勸學》:「生而同聲，長而異語，教使然也」對照。

四、同形原因析論

楚簡「□」字異體甚多，敘述時皆先用「□」字代替。

李家浩首先將楚簡與「□」形相關的字釋「弁」，將楚簡這一系列「□」字，和《說文》「覍」字籀文「□」、或體「弁」；侯馬盟書「變改」之「變」作「□」、「□」、「□」或「□」；《三體石經・無逸》「變」字古文「□」；1978 年湖北隨縣曾侯乙墓出土編鐘銘文從「音」從「弁」的「□」字等字形比對，便可發現將楚簡這一系列「□」字釋「弁」之不誤。〔註 1〕

但袁國華卻將楚簡這一系列「□」字釋「使」，以戰國姓名私璽的「□」、「□」、「□」等字，吳振武釋「事」、讀「史」的字形爲基礎，〔註 2〕進一步推測楚簡「□」字與中山王器「□」、「□」同字，皆「使」字。且《包山楚簡》「事」字作「□136」、「□213」、「□225」，與《包山楚簡》「□」形極爲相似，懷疑二字同源分化。〔註 3〕

張桂光首先針對包山楚簡、隨縣簡、天星觀楚簡、信陽楚簡「□」字，可能爲「弁」、「使」作區分，其說爲：

> 一是「弁」字「从人」，「史」字从「又」；二是「弁」亦有「从又」，但「从又」時會於□（即冠冕）兩旁多加兩個短筆。〔註 4〕

劉信芳也曾爲「□」字有「弁」、「使」兩種可能性作區分，其說爲：

> 「弁」和「史」字之別，在於「弁」字左右各有一點，而「史」字只右邊有一點。〔註 5〕

〔註 1〕李家浩，〈釋弁〉，《古文字研究》1，1979 年 8 月。

〔註 2〕吳振武，〈《古璽彙編》釋文訂補及分類修訂〉，《古文字研究論集初編》，香港：中文大學，1983 年。

〔註 3〕袁國華，〈包山楚簡文字考釋三則〉，《中華學苑》44 期，1994 年 4 月。

〔註 4〕張桂光，〈楚簡文字考釋二則〉，《江漢考古》，1994 年 3 期。

〔註 5〕劉信芳，〈楚簡器物釋名下篇〉，《中國文字》新 23 期，1997 年 12 月。

當《郭店楚簡》提供其他「夓」字辭例後，張桂光又再次對「夓」字有「弁」、「使」兩種可能性作區分，其說爲：

> 包山楚簡讀「史」右側雖時有羨筆，左側卻甚整然，而讀「變」兩
> 側均有明顯的短豎，現從郭店楚簡看，情形也是這樣。〔註6〕

但是當《郭店楚簡》提供其他「夓」字辭例後，除了區分之外，還有其他說法產生，如裘錫圭說：

> 簡文夓字似將吏（使）、弁二字混而爲一。〔註7〕

李零也說：

> 變，其寫法與作使字用的吏字略有不同，往往在🔳下加有向左右分
> 撇的兩點，但兩者經常混淆。〔註8〕

可見楚簡「弁」、「使」二字相混的情形相當普遍。羅凡晸、謝佩霓曾針對楚簡弁、使二字專文討論，〔註9〕謝佩霓的探討最詳細，而羅凡晸所提「弁、使同形說」，極具參考價值。

當《上海博物館藏戰國楚竹書（一）、（二）》提供其他「夓」字辭例後，季旭昇直言：「戰國楚文字吏、弁二字同形」。〔註10〕

案：爲解決楚簡「弁」、「使」同形的原因，和解釋爲何筆者最後選擇以「使」字代表楚簡這一系列「夓」字，除了「弁」之外的另一種可能。首先得將楚簡「弁」、「使」不同形的字形和辭例羅列出來，先看字形的部份：

〔註6〕 張桂光，〈郭店楚墓竹簡老子釋注商榷〉，《江漢考古》，1999 年 2 期。張桂光，〈郭店楚墓竹簡考釋續商榷〉，《簡帛研究》2001，桂林：廣西師範大學出版社，2001年 9 月。

〔註7〕 荊門博物館，《郭店楚墓竹簡》郭 11 注 32，北京：文物出版社，1998 年。

〔註8〕 李零，〈郭店楚簡校讀記〉，《道家文化研究》第 17 輯、491 頁，三聯書店，1999年 8 月。

〔註9〕 羅凡晸，《郭店楚簡異體字研究》，111～113 頁，臺灣師範大學國文所碩士論文，1999 年。謝佩霓，《郭店楚簡老子訓詁疑難辨析》，46～60 頁，暨南國際大學中文所碩士論文，2002 年 5 月。

〔註10〕 季旭昇主編，《上海博物館藏戰國楚竹書二讀本》，30 頁，臺北：萬卷樓，2003 年7 月。

字 例	字 形
弁	弁 郭 6.21　弁 郭 6.32　弁 信陽 2.7　弁 上博一孔 22　官 包山 239
使	使 郭 11.59～60　使 上博一性 30　使 郭 12.2～3　使 郭 12.8～9　使 郭 12.14 使 郭 12.15　使 郭 12.35　使 郭 12.40～41　使 郭 12.49　使 郭 16.20～21 使 上博二從甲 17　使 上博二從甲 17　使 郭 12.17

再看上述「弁」、「使」二字的辭例和相關討論：

（一）「弁」字辭例說明

1. 不弁（變）不悅【郭 6.21】

2. 和則同，同則善。顏色容貌溫弁（變）也。以其中心與人交，悅也。【郭 6.32】

3. 弁（辮）績【信陽 2.7】

4. 於差曰：四矢弁（反），以御亂，吾喜之。【上博一孔 22】

5. 疾弁（變）【包山 239】

辭例 1 帛本〈經〉作「臂」，〈傳〉作「戀」，劉信芳讀為「戀（變）」。

辭例 2 帛書本 249 作「變」。〔註11〕

辭例 3 李家浩首先釋「弁」讀「辮」，《說文》：「辮，交織也」。〔註12〕劉信芳進一步說「弁（辮）績」是麻編織而成，用作「緅衣」的飾物。〔註13〕

辭例 4 可與今本《詩‧國風‧齊風‧猗嗟》：「四矢反兮，以御亂兮」相對照。〔註14〕至於「弁」、「反」二字的關係，李家浩引《詩‧齊風‧猗嗟》：「四矢反兮」，陸德明《釋文》引《韓詩》「反」作「變」，〔註15〕而「變（幫紐元部）」、「弁（並紐元部）」聲近韻同，楚簡「弁」字，今本作「反」。

辭例 5 李零讀作「疾變」，「病情惡化」。陳偉引《禮記‧玉藻》「弁行」，《釋

〔註11〕劉信芳，《簡帛五行解詁》，65～66 頁，臺北：藝文印書館，2000 年 12 月。

〔註12〕李家浩，〈釋弁〉，《古文字研究》1，1979 年 8 月。

〔註13〕劉信芳，〈楚簡器物釋名下篇〉，《中國文字》新 23，1997 年 12 月。

〔註14〕馬承源主編，《上海博物館藏戰國楚竹書一》，152 頁，上海古籍出版社，2001 年 11 月。

〔註15〕李家浩，〈𪔚鐘銘文考釋〉，《北大中文研究》，1998 年。

文》云：「弁，急也。」《漢書‧王莽傳下》：「余甚弁焉。」顏師古注：「弁，疾也。」「弁」有急、疾之意。所以「疾變」爲病情緊急。〔註16〕

（二）「使」字辭例說明

1. 凡交毋逜，〔註17〕必使有末。【郭 11.59～60；上博一性 30】

2. 作禮樂，制刑法，教此民爾使之有向也，非聖智者莫之能也。【郭 12.2 ～3】

3. 有率人者，有從人者，有使人者，有事人〔者，有〕教者，有受者，此六職也。【郭 12.8～9】

4. 父兄任者，子弟大才藝者大官，小才藝者小官，因而施祿焉，使之足以生，足以死，謂之君，以義使人多。【郭 12.13～15】

5. 聖生仁，智率信，義使忠。【郭 12.35】

6. 故先王之教民也，不使此民也。【郭 12.40～41】

7. 故曰，民之父母親民易，使民相親也難。【郭 12.49】

8. 善使其民者，若四時一遣一來，而民弗害也。【郭 16.20～21】

9. 是以君子難得而易使也。亓使人器之，小人先之，則敓敓之【上博二從甲 17】

楚簡「弁」、「使」本爲兩個音義完全不同的字，其形體區別可參張桂光的說法：「包山楚簡讀『史』右側雖時有羨筆，左側卻甚整然，而讀『變』兩側均有明顯的短豎」〔註18〕但楚簡「弁」、「使」二字還是會因形近訛誤而同形，如上述《郭》11.32～33「其聲弁（變）則〔其心變〕，其心弁（變）則其聲亦然」的「弁（變）」字作「」和「」，「」之兩旁便無區別「短豎」。

〔註16〕 李零，〈包山楚簡研究（占卜類）〉，《中國典籍與文化論叢》第一輯，1993 年 9 月。陳偉〈郭店楚簡別釋〉，《江漢考古》，1998 年 4 期。

〔註17〕 周鳳五、趙建偉、李零讀作「央」，周訓「中」，趙、李訓「盡」。劉釗改釋刺，用作烈，訓爲甚，烈指其中高潮、極致的階段。（引自李天虹《郭店竹簡性自命出研究》，165、190 頁，湖北教育出版社，2003 年 1 月。）

〔註18〕 張桂光，〈郭店楚墓竹簡老子釋注商榷〉，《江漢考古》，1999 年 2 期。張桂光，〈郭店楚墓竹簡考釋續商榷〉，《簡帛研究》2001 年，桂林：廣西師範大學出版社，2001 年 9 月。

　　而楚簡一系列「■」字，除了釋「弁」之外，究竟應釋「使」、「史」或「事」，李孝定曾說：

> 金文事、吏、使三字形同，以文義別之，三字蓋皆源於史，吏爲史
> 義之引申，使則以音同相假也。〔註19〕。

王力也持相同意見，將「使」、「史」、「事」視作「同源字」。〔註20〕它們從甲骨文開始就難以辭例劃分；而筆者之所以將「■」字的另一來源以「使」字作代表，主要是因爲楚簡「■」字辭例除了「弁」系用法之外，多用爲「使」義，且無論「使」、「史」、「事」，其音讀都是「山紐之部」，可以相互通假。

五、相關字詞析論

（一）與楚簡「■」字相關「職官名」析論

　　楚簡「■」字與「職官名」相關的字形和辭例：

1. 上新都人蔡讎訟新都<u>南陵大宰戀瘤</u>、<u>右司寇正陳得</u>、<u>正■炎</u>，以其爲其兄蔡瘻斷，不灋。【包山 102】
2. 陰人舒挴命證，陰人御君子陳旦、陳龍、陳無正、陳奐與其戠客百宜君、<u>大■連中</u>、<u>左關尹黃惕</u>、酓差蔡惑、坪夜公蔡冒、大親尹連叔。【包山 138】
3. <u>畢得厠爲右■</u>於莫囂之軍，死病甚。【包山 158】
4. 畢繡命以<u>夏洛■</u>、<u>逳■</u>爲告於<u>少師</u>，鄖公嘉之告言之<u>攻尹</u>。鄖□醅之告、陳興之告言之<u>子司馬</u>。【包山 159】
5. 仿<u>司馬婁臣</u>、<u>■仿■婁佗</u>諍事命，以王命誼之正。【包山 161】
6. 竺斬之騮爲左驂，辻〔註21〕<u>■啓</u>之騮爲左服，<u>宰尹臣</u>之黃爲右服，<u>■</u>之駟爲右驂。太官之駟馬。行廣。【隨縣簡 155】
7. 王孫生□之騏爲左驂，审城子之駟爲左服，辻<u>■伐</u>之騏爲右服，憙<u>牙尹</u>之黃爲右驂。太官之駟馬。行廣。【隨縣簡 156】

　　與「職官名」相關的字形和辭例，舊或釋「弁」，《周禮·夏官·弁師》：「諸侯及孤卿大夫之冕，韋弁、皮弁、弁絰，各以其等爲之」，爲專司諸侯及卿大夫

〔註19〕李孝定，《讀說文記》，歷史語言所專刊之九十二，1988 年。

〔註20〕王力，《同源字典》，97 頁，臺北：文史哲出版社，1991 年 10 月。

〔註21〕袁國華，〈望山楚簡考釋三則〉，《古文字研究》24，2002 年 7 月。

冠冕的職官。〔註22〕但袁國華認爲「大史」、「右史」爲古籍常見「官職」。「大史」讀爲「太史」，掌祭祀、國史、冊命等事。典籍中「左史」，與包山楚簡「右史」的職責相當。〔註23〕

案：如將辭例1「正**囊**炎」與「南陵大宰緣續」、「右司寇正陳得」相較；辭例2「大**囊**連中」與「左關尹黃惕」相較；辭例4「夏洛**囊**」、「迻**囊**」與「少師」、「攻尹」、「司馬」相較；辭例5「**囊**仿**囊**婁佗」與「**囊**仿司馬婁臣」相較，辭例6「辻**囊**啓」和「宰尹臣」相較，辭例7「辻**囊**伐」和「憲牙尹」相較，或是將辭例6「辻〔註24〕**囊**啓之囊爲左服」、辭例7「辻**囊**伐之騏爲右服」，和曾侯乙墓簡177「司馬之囊爲右服」相較，因爲「大宰」、「司寇」、「關尹」、「少師」、「攻尹」、「司馬」都是「職官名」，故與之相對的「**囊**」字，也僅能作「職官名」理解。

楚簡此類與「職官名」相關的字形和辭例，究竟該釋讀作「弁」或「史」，謝佩霓說：「從上下文對照看來，與冠冕或其相關服飾的職官並無關係」〔註25〕相當具有參考價值，驗之辭例1～7，僅可發現「**囊**」字確爲官名，但是否與「冠冕或其相關服飾的職官」相關，是無法從辭例窺出端倪的。

而《包山》簡138「大史」、《包山》簡158「右史」，確爲古籍常見的職官名，「大史」的例證，如《尚書·周書·顧命》：

> **大史**秉書，由賓階隮，御王冊命。曰：「皇后憑玉几，道揚末命，命汝嗣訓，臨君周邦，率循大卞，燮和天下，用答揚文武之光訓。〔註26〕

《周禮·春官宗伯·大史》還清楚交代「大史」職掌：

> **大史**：掌建邦之六典，以逆邦國之治。掌法以逆官府之治，掌則以逆都鄙之治。凡辨法者考焉，不信者刑之。凡邦國都鄙及萬民之有約劑者藏焉，以貳六官，六官之所登。若約劑亂，則辟法；不信者刑之。

〔註22〕謝佩霓，《郭店楚簡「老子」訓詁辨疑》，54 頁，暨南國際大學中文所碩士論文，2001 年。

〔註23〕袁國華，〈包山楚簡文字考釋三則〉，《中華學苑》44 期，1994 年 4 月。

〔註24〕袁國華，〈望山楚簡考釋三則〉，《古文字研究》24，2002 年 7 月。

〔註25〕謝佩霓，《郭店楚簡「老子」訓詁辨疑》，54 頁，暨南國際大學中文所碩士論文，2001 年。

〔註26〕《十三經注疏·尚書》，36 頁，臺北：藝文印書館，1955 年。

正歲年以序事，頒之于官府及都鄙，頒告朔于邦國。閏月，詔王居門終月。大祭祀，與執事卜日。戒及宿之日，與群執事讀禮書而協事。祭之日，執書以次位常，辨事者考焉，不信者誅之。大會同、朝覲，以書協禮事。及將幣之日，執書以詔王。大師，抱天時，與大師同車。大遷國，抱法以前。大喪，執法以莅勸防；遣之日，讀誄。凡喪事考焉。小喪，賜諡。凡射事，飾中，舍箅，執其禮事。〔註27〕

「右史」的例證，如《禮記·玉藻》：

動則左史書之，言則右史書之。〔註28〕

《孔叢子·荅問第十九》：

古者人君外朝則有國史，內朝則有女史，舉則左史書之，言則右史書之，以無諱示後世，善以爲式，惡以爲戒，廢而不記。〔註29〕

《漢書·藝文志》：

古之王者世有史官，君舉必書，所以慎言行，昭法式也·左史記言，右史記事，事爲春秋，言爲尚書，帝王靡不同之。〔註30〕

再加上楚簡這類與「職官名」相關的字形，右旁多加頓點作「🔲」形，可增加其釋讀作「史」的可能性，所以筆者認爲當楚簡「🔲」字作「職官名」解時，應從袁國華釋讀作「史」。

（二）與楚簡「🔲」字相關「人名姓氏」析論

楚簡「🔲」字與「人名姓氏」相關的字形和辭例：

1. 九月辛亥之日，喜君司敗🔲善受期，丙辰之日不督長陵邑之死，阩門又敗。秀履。【包山54】

2. 九月戊戌，軋作；辛丑，舟薉公豕、舟斯公夰、司舟公李；壬寅，夜基之里人郣墜；乙巳，🔲某敓；丙午，單善之人苛桯；戊申，偌🔲黃痩之人廖鏅、鄡人秦赤；辛亥，妾婦監、🔲懌、鄡人秦赤；丙辰，隋

〔註27〕 《十三經注疏·周禮》，39頁，臺北：藝文印書館，1955年。

〔註28〕 《十三經注疏·禮記》，59頁，臺北：藝文印書館，1955年。

〔註29〕 《增訂漢魏叢書（三）·孔叢子》，1617頁，臺北：大化書局。

〔註30〕 《漢書》，1715頁，臺北：鼎文書局，1975年。

宧之人惑、黃和；癸亥，揶郢司憲秀陽、鄝人軛爨。【包山 168～169】

3. 奊、蔡步、集廚鳴夜、舒率鯢、鄢人鹽懋；辛巳，<u>辻令</u>　朕、　尹毛之人、郯　尹　之人。【包山 194】

4. 　丑【天卜】

辭例 4 滕壬生作「人名」；〔註31〕謝佩霓作「職官名」。〔註32〕若先將上述辭例都作「人名」解，釋法有二，一是李家浩所說：「古有弁氏，字或作卞」。〔註33〕二是袁國華、張桂光、李零、曹錦炎所說釋「史」。〔註34〕

案：楚簡的「人名」和「職官名」，若僅依照辭例會難以區分，如辭例 4「　丑」，辭例太過簡短即是一例。辭例 1「喜君司敗　善受期」之「司敗」為官名，《左傳・文公十年》：「子西曰：臣免於死，又有讒言，謂臣將逃，歸死於司敗也」。杜預注：「陳、楚名司寇為司敗」，主司法；〔註35〕所以「喜君司敗　善受期」之「　善」，必為「司敗」的人名。辭例 2「　懌」可和「鄢人秦赤」比較，當人名解。辭例 3「辻令　朕」的斷句方式有二，若和「集廚鳴夜」相較，則「辻辻令　朕」的「辻令　」是「官名」，「朕」是「人名」；若和「舒率鯢」、「鄢人鹽懋」、「　尹毛之人」、「郯　尹　之人」相較，則「辻令　朕」的「辻令」是「官名」，「　朕」是「人名」。

「弁（卞）」、「史」二姓的爭議，「史」姓出現的機率遠高於「弁（卞）」姓，且「弁」字還要通假方能讀作「卞」，再加上楚簡這類與姓氏相關的字形多在右旁加頓點作「　」形，皆可增加其釋讀作「史」的可能性。且楚簡有時僅依照辭例，很難判定其為「人名」或是「職官名」，但不管將上述辭例作「人名」或「職官名」解，依照字形、辭例的判別，釋作「史」的可能性都遠高於「弁」。

〔註31〕滕壬生，《楚系簡帛文字編》，205 頁，武漢：湖北教育出版社，1995 年 7 月。

〔註32〕謝佩霓，《郭店楚簡「老子」訓詁辨疑》，57 頁，暨南國際大學中文所碩士論文，2001 年。

〔註33〕李家浩，〈釋弁〉，《古文字研究》1，1979 年 8 月。

〔註34〕袁國華，〈包山楚簡文字考釋三則〉，《中華學苑》44 期，1994 年 4 月。張桂光，〈楚簡文字考釋二則〉，《江漢考古》，1994 年 3 期。李零，〈讀楚系簡帛文字編〉，《出土文獻研究》，第五集注 40，1999 年 8 月。曹錦炎，〈從竹簡老子、緇衣、五行談楚簡文字構形〉，第一屆古文字與出土文獻學術研討會，2000 年。

〔註35〕劉彬徽、彭浩、胡雅麗、劉祖信，〈包山二號楚墓簡牘釋文與考釋〉，《包山楚墓》，北京：文物出版社，1991，注 39。

（三）《郭店楚簡・語叢四》簡 17～18「善卂其下」句析論

　　《郭店楚簡・語叢四》簡 17～18「善卂其下，若蚑蛩之足」，可與《淮南子・說林》：「善用人者，若蚑之足，眾而不相害；若脣之與齒，堅柔相摩而不相敗」相對照，〔註36〕《郭店楚簡・語叢四》的「善卂（使）其下」，和《淮南子・說林》的「善用人者」意義相近。而「善使+人物」詞組屢見於先秦文獻，如《春秋穀梁傳・襄公》：

　　　　吳子使札來聘，吳其稱子，何也？<u>善使延陵季子</u>，故進之也。〔註37〕

《尹文子・大道上》：

　　　　君子不知，無害于治，此信矣，爲<u>善使人</u>不能得從，此獨善也，爲

　　　　巧使人不能得從，此獨巧也。〔註38〕

故本來依照楚簡一般「卂」、「使」二字的區別，加了八形撇的「卂」字應釋讀作「卂」，但因爲楚簡「卂」、「使」二字可能同形，再加上辭例通讀的考量，只能將「卂」字釋讀作「使」。

（四）《郭店楚簡・老子甲》簡 2「三言以爲卂不足」句析論

　　此「卂」字，目前有「卂」、「史」、「吏」、「使」四說：

　　1. 釋「卂」。原釋文釋「卂」讀「辨」，以《說文》「判也」、《小爾雅・廣言》「辨，別也」作解。〔註39〕高明釋「卂」，但將「卂」字假借爲「文」。〔註40〕趙建偉釋「卂」讀「辯」，以《荀子・非相》注：「文，謂辯說之詞也」，《文子・微明》：「治國有禮，不在文辯」作解。〔註41〕陳劍贊成原釋文「三言以爲卂（卂—辨）不足」，但無特別說明。〔註42〕

〔註36〕 林素清，〈郭店竹簡語叢四箋釋〉，《郭店楚簡國際學術研討會論文集》，武漢：湖北人民出版社，2000 年 5 月。劉釗，〈讀郭店楚簡字詞札記〉，簡帛研究網，2002 年 4 月 12 日。

〔註37〕 《春秋穀梁傳》，臺灣：開明書店，1984 年。

〔註38〕 《新編諸子集成・尹文子》，臺北：世界書局，1978 年。

〔註39〕 《郭店楚墓竹簡》，郭 1.1 注 4，北京：文物出版社，1998 年。

〔註40〕 高明，〈讀郭店老子〉，《中國文物報》，1998 年 10 月 28 日。

〔註41〕 趙建偉，〈郭店竹簡老子校釋〉，《道家文化研究》17 輯，270 頁，1999 年 8 月。

〔註42〕 陳劍，〈據郭店簡釋讀西周金文一例〉，《北京大學中國古文獻研究中心集刊二》，389 頁，北京燕山出版社，2001 年 4 月。

2. 釋「史」。李零首先提出「𠧘」即「史」字，因爲馬王堆甲、乙本和王弼本作「文」，乃「史」之誤，〔註43〕後來劉信芳、張桂光、曹錦炎、陳偉都贊成釋「史」，〔註44〕原因不外是要與各種版本的《老子》在意義上保持一致。

3. 釋「吏」。李零又提出一說：「疑當釋『吏』讀『使』，在簡文中是『用』的意思。」〔註45〕

4. 釋「使」。魏啓鵬引《逸周書・謚法》：「治民克盡曰使」詮釋此句。〔註46〕謝佩霓雖也將此句釋作「三言以爲使不足」，但解釋成「三言尚不足爲用」。〔註47〕

　　案：筆者先試圖找出與《郭店楚簡・老子甲》簡 2「𠧘」字相似的字形，《上博一・孔》簡 8 有一「弁」字作「𠧘」，辭例爲「小弁」，即《詩・小雅・節南山之什・小弁》，〔註48〕不過此字在「与」形上端，仍有「八形撇」的區別符號。但楚簡卻有一系列「使」字作「𠧘」，與《郭店楚簡・老子甲》簡 2「𠧘」字一模一樣，辭例如下：

1. 益生曰祥，心使氣曰強，物壯則老，是謂大道。【郭 1.1.35】

2. 早使不行。【上博三中 14】

3. 孔子曰：善哉，聞乎足以教矣，君宜衍之至者，教而使之，君子無所猎人。【上博三中 15～16】

〔註43〕 李零，〈讀郭店楚簡老子〉，《美國達慕思大學郭店老子國際研討會論文》，1998 年 5 月。

〔註44〕 劉信芳，《荊門郭店竹簡老子解詁》，臺北：藝文印書館，1999 年 1 月。張桂光，〈郭店楚墓竹簡老子釋注商榷〉，《江漢考古》，1999 年第 2 期。曹錦炎，〈從竹簡老子、緇衣、五行談楚簡文字構形〉，第一屆古文字與出土文獻學術研討會，2000 年。陳偉，《郭店竹書別釋》，武漢：湖北教育出版社，2003 年 1 月。

〔註45〕 李零，〈郭店楚簡校讀記〉，《道家文化研究》第 17 輯，468 頁，三聯書店，1999 年 8 月。

〔註46〕 魏啓鵬，《楚簡老子柬釋》，臺北：萬卷樓，1999 年 6 月。

〔註47〕 謝佩霓，《郭店楚簡老子訓詁疑難辨析》，51、54 頁，暨南國際大學中文所碩士論文，2002 年 5 月。

〔註48〕 馬承源主編，《上海博物館藏戰國楚竹書一》，136 頁，上海古籍出版社，2001 年 11 月。

4. 今之君子使人，不盡其兌。【上博三中 25】

辭例 2「使不行」有不可使之義。《詩・小雅・雨無正》：「云不可使，得罪于天子。」鄭玄箋：「不可使者，不正不從也。」〔註 49〕

辭例 3 可與《孟子・告子下》：「不教民而用之謂之殃民」相對照。〔註 50〕

故張桂光說：「包山楚簡讀『史』右側雖時有羨筆，左側卻甚整然，而讀『變』兩側均有明顯的短豎，現從郭店楚簡看，情形也是這樣」，〔註 51〕可補充改寫作：

1. 楚簡「史」形兩側加「八形撇」者，如《郭》6.21「虔」，多為「弁」。

2. 楚簡「史」形右側加「羨筆」者，如《郭》16.20～21「史」，多為「使」或「史」。

3. 楚簡「史」形兩側「整然」者，如《郭》1.1.35「史」，也多為「使」。

所以《郭店楚簡・老子甲》「史」字，只剩「史」、「吏」、「使」三說。再加上《郭店楚簡・老子甲》簡 2「三言以為史不足，或令之，或呼屬」，與其他版本對照的結果分別為：

帛書甲乙本作：「此三言也，以為文未足，故令之有所屬。」

王弼本作：「此三言者以為文不足，故令有所屬。」

河上本作：「此三者以為文不足，故令有所屬。」

龍興觀本：「此三者為文不足，故令有所屬。」〔註 52〕

與「史」相對之字皆作「文」，故筆者贊成李零首先提出，將「史」字往與「文」字相關的意思去理解。

（五）《上海博物館戰國楚竹書二・子羔》「史」字及相關辭例析論

先將《上海博物館戰國楚竹書（二）・子羔》與「史」字相關的字形、辭例羅列於下：

〔註 49〕 馬承源主編，《上海博物館藏戰國楚竹書三》，273 頁，上海古籍出版社，2003 年 12 月。

〔註 50〕 馬承源主編，《上海博物館藏戰國楚竹書三》，274 頁，上海古籍出版社，2003 年 12 月。

〔註 51〕 張桂光，〈郭店楚墓竹簡老子釋注商榷〉，《江漢考古》，1999 年 2 期。張桂光，〈郭店楚墓竹簡考釋續商榷〉，《簡帛研究》2001，桂林：廣西師範大學出版社，2001 年 9 月。

〔註 52〕 彭浩，《郭店楚簡老子校讀》，131 頁，武漢：湖北人民出版社，2000 年 1 月。

1. 古能治天下，平萬邦，▨無、有、少、大、肥、磽，▨皆斁（歟）？伊
堯之德則甚明斁（歟）？孔子曰：鈞也。舜嗇於童土之田，則……【上
博三子 1～2】

2. 故夫舜之德其誠賢矣，播諸畎畝之中，而▨君天下而倗。【上博三子
8】

3. 后稷之母，有邰氏之女也，遊於玄丘之內，冬見芺，攼而薦之，乃見
人武，履以祈禱曰：帝之武尚▨，是后稷之母也。【上博三子 12～13】

　　辭例 1，李銳認為若依上下文，讀「辨」最合適，「辨有無、小大、肥臞（？）」
其義甚明白；若讀為「使」，「使皆」不成文。〔註53〕陳劍則將簡序重新編排，
改讀為：「孔子曰：昔者弗世也，善與善相受也，故能治天下，平萬邦，▨（使）
無有小大▨脆，▨（使）皆【簡 1】得其社稷百姓而奉守之，堯見舜之德賢故讓
之，子羔曰：堯之得舜也，舜之德則誠善【簡 6】斁（歟）？伊（抑）堯之德
則甚明與？孔子曰：鈞（均）也。舜嗇於童土之田，則……【簡 2】」，簡 1 簡
尾完整，簡 6 簡首完整，連讀文意通順。簡 2 開頭的「與」字左上角略有殘缺，
起筆正好尚殘存於簡 6 末端斷口處，兩簡當係一簡之折，拼合後成為一支首尾
完具的整簡。〔註54〕季旭昇贊成陳劍的編排，並將「▨脆」解釋為「肥瘠」；「無
有」解釋為「無論」，參《左傳·僖公二十八年》：「有渝此盟，明神殛之，俾隊
其師，無克祚國，及其玄孫，無有老幼。」〔註55〕

　　辭例 2 劉信芳釋「便」，意為「安」。〔註56〕季旭昇則釋「使」，「讓舜君臨
天下而主宰大政。」〔註57〕

　　辭例 3 劉信芳讀「變」，引《禮記·檀弓》訓「動」。〔註58〕季旭昇則讀作

〔註53〕 李銳，〈讀上博簡二子羔箚記〉，簡帛研究網，2003 年 1 月 10 日。

〔註54〕 陳劍，〈上博簡《子羔》、《從政》篇的拼合與編連問題小議〉，簡帛研究網，2003
年 1 月 8 日。

〔註55〕 季旭昇主編，《上海博物館藏戰國楚竹書二讀本》，26、30 頁，臺北：萬卷樓，2003
年 7 月。

〔註56〕 程燕，〈上海楚竹書二研讀記〉，簡帛研究網，2003 年 1 月 13 日。

〔註57〕 季旭昇主編，《上海博物館藏戰國楚竹書二讀本》，26、35 頁，臺北：萬卷樓，2003
年 7 月。

〔註58〕 程燕，〈上海楚竹書二研讀記〉，簡帛研究網，2003 年 1 月 13 日。

「帝之武，尙吏……是后稷〔之母〕也。」尙吏，希望能使。〔註59〕

案：辭例1原先「■皆【簡1】塱【簡2】」的釋讀並不成詞，但筆者認爲陳劍「■（使）皆【簡1】得其社稷百姓而奉守之【簡6】」，單純就文義理解也有扞格；只好僅就同簡「■無有小大■脆」和「■皆」作討論。與「使無有」相關的文獻佐證，如《國語‧周語‧陽人不服晉侯》：「謂君其何德之布以懷柔之，使無有遠志？」〔註60〕《國語‧晉語‧范宣子與和大夫爭田》：「使無有閒隙」，〔註61〕《淮南子‧精神訓》：「豈若能使無有盜心哉！」〔註62〕「使皆」的相關文獻佐證，如《韓非子‧揚權》：「正與處之，使皆自定之。」〔註63〕雖然與簡文句法結構皆有差距，但至少證明「使無有」和「使皆」詞組的存在。

辭例2，以文義通讀判斷，「使」字是最好的選擇，且「使君」用法可與文獻佐證，如《國語‧晉語‧惠公斬慶鄭》：「臣得其志，而使君瞢」，〔註64〕《戰國策‧秦策‧濮陽人呂不韋賈於邯鄲》：「說有可以一切而使君富貴千萬歲」。〔註65〕雖然句法結構仍有差異，但至少證明「使君」詞組存在。

辭例3的辭例殘斷，簡12「帝之武尙■」是否可與簡13「是后稷之母也」直接合成一句仍待考，故僅就「帝之武尙■」此句作討論。依照上下文可知「帝之武尙■」所探討的史實，與《詩‧大雅‧生民》：「厥初生民，時維姜嫄。生民如何？克禋克祀，以弗無子。履帝武敏歆，攸介攸止；載震載夙，載生載育，時維后稷」相關。「武」，足跡，可參《爾雅‧釋訓》：「武，跡也。」《詩‧大雅‧下武》：「昭茲來許，繩其祖武。」毛傳：「武，跡也。」「帝之武」即「帝之足跡」。因楚簡「弁」、「使」可能同形，所以無法判斷「■」字究竟爲「弁」或「使」，但從《詩經‧國風‧君子于役》：「雞棲于塒，日之夕矣，羊牛下來。」鄭玄箋：

〔註59〕 季旭昇主編，《上海博物館藏戰國楚竹書二讀本》，26、35頁，臺北：萬卷樓，2003年7月。

〔註60〕 《國語》，臺北：里仁書局，1980年。

〔註61〕 《國語》，臺北：里仁書局，1980年。

〔註62〕 《淮南子》，北京：中華書局，1981年。

〔註63〕 《韓非子》，臺北：成文出版社，1980年。

〔註64〕 《國語》，臺北：里仁書局，1980年。

〔註65〕 《戰國策》，臺灣古籍出版社，1978年。

「雞之將棲，日則夕矣，羊牛從下牧地而來。言畜產出入，尚使有期節，至於行役者，乃反不也。」〔註 66〕《詩經・國風・伐柯》:「取妻如何？匪媒不得。」孔穎達疏:「言王以周公之聖，欲其速反，尚使賢者先行，令人傳通。」〔註 67〕似乎將「尚」讀作「尚使」的機率較大。

綜上所述，辭例 1「（使）無有小大，肥瘠，（使）皆」、辭例 2「而（使）君天下而偁」，和辭例 3「帝之武尚（使）」的「使」字，皆有「八形撇」，和張桂光所說:「包山楚簡讀『史』右側雖時有羡筆，左側卻甚整然，而讀『變』兩側均有明顯的短豎，現從郭店楚簡看，情形也是這樣」〔註 68〕明顯不同，可再次證明楚簡「弁」、「使」二字爲一組同形字。

（六）楚簡「」字析論

先看與楚簡「」字相關的字形和辭例:

1. 四飤【包山 256】
2. 一縉【包山 259】
3. 四楖，一【包山 259】
4. 一栗又【包山 264】
5. 纏【包山 竹簽】
6. 緖【包山 竹簽】
7. 一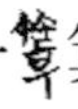箕亘【信陽 2.09】
8. 一墬【信陽 2.013】
9. 一小墬【信陽 2.013】
10. 二虞【望二　策】

李家浩釋「笲」，並舉《儀禮・士婚禮》:「婦執笲棗栗自門入」，鄭玄注:「竹器而衣者，其形蓋如今之筥，笶籚矣」爲證。〔註 69〕

〔註 66〕《十三經注疏・詩經》，149 頁，臺北：藝文出版社，1955 年。

〔註 67〕《十三經注疏・詩經》，301 頁，臺北：藝文出版社，1955 年。

〔註 68〕張桂光，〈郭店楚墓竹簡老子釋注商榷〉，《江漢考古》，1999 年 2 期。張桂光，〈郭店楚墓竹簡考釋續商榷〉，《簡帛研究》2001，桂林：廣西師範大學出版社，2001 年 9 月。

〔註 69〕李家浩，〈釋弁〉，《古文字研究》1，1979 年 8 月。

但袁國華改釋爲從「竹」、「使（山紐之韻）」聲的「笥（心紐之韻）」字。筆者將原因分成以下三類。其一，由「楚簡」及「典籍」記載的內容得知，「籅」與「笥」的用途十分近似，皆是盛載食物、衣物等日常用品。其二，包山二號楚墓發現有字竹簽牌 34 枚，其中彌足珍貴的是兩枚寫著「籅」字的簽牌，一塊插於「長方形人字紋笥」蓋面一側，簽牌作「縑籅（笥）」。另一塊插於「方形彩繪笥」蓋面一側，簽牌作「繡籅（笥）」。其三，將簡文記錄和出土實物比對，如《包山楚簡》簡 259「四椑，一籅」，「椑」讀如「櫛」，梳篦的總稱；查出土編號第 433 號一件「長方形人字紋笥」，即發現「木篦兩件」、「木梳兩件」。 [註70]

謝佩霓認爲典籍文獻有云：「方者曰笥，圓者曰簞」，然包山楚墓出土被整理小組稱爲竹笥的竹編器，亦有作圓形者，可見這批竹編器是否統稱竹笥仍需考慮。再者，望山、信陽簡中均有「笥」字，各作「𠥓」、「司」，另亦有「籅」字，若二者爲同一器物爲何使用不同名稱？……故採「籅」即「筭」說。 [註71]

案：典籍記載和出土材料若能互相配合，形成「二重證據」，當然是最理想的狀態，但實際情況多元複雜，往往超出我們的想像，故典籍記載和出土材料互有出入時有所聞，不足爲奇。《禮記・曲禮》：「簞笥」和《公羊傳・昭公二十五年》：「簞食」的〈注〉都說：「方者曰笥，圓者曰簞」；不過出土實物除了《包山楚墓》有「圓形竹笥」外，湖南湘鄉牛形山 1 號墓和湖北江陵拍馬山 19 號墓，皆有「圓形竹笥」出土； [註72] 且因少數出土實物的形制不符，而將它們改稱爲「筭」，反倒更不合理，因爲《儀禮・士婚禮》將「筭」的形制類比成「筥」，「筥」指的是「圓筥箕」，《詩・召南・采蘋》：「于以盛之，維筐及筥。」毛傳：「方曰筐，圓曰筥。」《淮南子・時則》：「筐筥」，高誘注：「圓底曰筥，方底曰筐。」大部分《包山楚墓》出土的竹編器， [註73] 和湖北江陵望山楚墓出土 33 件竹笥一樣， [註74] 皆爲「長方形」或「方形」，若將這些器物都改稱「筭」，即典籍所云「筥（圓筥箕）」，或許更匪夷所思。

〔註70〕 袁國華，〈包山楚簡文字考釋三則〉，《中華學苑》44 期，1994 年 4 月。

〔註71〕 謝佩霓，《郭店楚簡老子訓詁疑難辨析》，60 頁，暨南國際大學中文所碩士論文，2002 年 5 月。

〔註72〕 陳振裕，〈楚國的竹編織物〉，《考古》，1983 年 8 月。

〔註73〕 袁國華，〈包山楚簡文字考釋三則〉，《中華學苑》44 期，1994 年 4 月。

〔註74〕 湖北省文物考古研究所編，《江陵望山沙塚楚墓》，97 頁，北京：文物出版社，1996 年。

　　望山、信陽簡各有表「笥」字的字形，分別爲「匜」和「司」，經筆者查閱所指爲《望二・策》：「二竹匜」，和《信陽楚簡》：「一司齒珥」；〔註75〕但陳振裕認爲出土實物「竹笥」，湖北江陵望山 M1 二十三件，M2 七件；河南信陽長台關 M1 五件，M2 出土數量不詳。〔註76〕若能將《望山楚簡》「匜」、「𥴧（上述辭例 10）」，和《信陽楚簡》「司」、「𥴧（上述辭例 7～9）」，皆釋讀作「笥」，則可增加出土實物與簡文的對應率。且同一器物可有不同名稱，如「鬲」還可自名爲「鼎」或「齋」；「簋」又稱「臣」惑「𠥑」等。〔註77〕

　　再加上袁國華所舉的兩個寫著「𥴧」字的竹簽插在「竹笥」上，還有《包山楚簡》簡 259「四梱，一𥴧」，和出土編號第 433 號一件「長方形人字紋笥」有「木篦」、「木梳」各兩件的例證。

　　筆者贊成將《包山楚簡》這類「𥴧」字，都釋作從「使」得聲的「笥」字。

　　其實將楚簡「𥴧」字釋作從「使」聲「笥」字，最大的阻礙在於楚簡「𥴧」字下部所從「𠬝」部件都有「八形撇」，依照楚簡慣例，應該都釋作「弁」才對。爲討論楚簡「𥴧」字釋讀，得先將楚簡其他從「弁」部件之「綠」、「敍」二字的字形和辭例列出。

　　楚簡「綠」字，同樣都是今本《緇衣》：「民是以親失，而教是以煩。」《郭・緇》簡 18 作「子曰：大人不親其所賢，而信其所賤，教此以失民，此所以𥯤。」《上博一・紂》簡 10 作「大人不親其所賢，而信其所賤，教此以失，民此以𥯤」。張光裕將此字隸「綠」、讀「笄」；因爲「弁」、「笄」古音皆爲「並紐元部」。〔註78〕

　　楚簡「敍」字，皆出自《望一卜》，分別爲「昌𢾉」、「善𢾉」、「聚𢾉」、「□

〔註75〕滕壬生，《楚系簡帛文字編》，358 頁、718 頁，武漢：湖北教育出版社，1995 年 7 月。

〔註76〕陳振裕，〈楚國的竹編織物〉，《考古》，1983 年 8 月。

　　　　案：筆者翻閱《江陵望山沙塚楚墓》（97 頁，北京：文物出版社，1996 年），發現望山一號墓出土竹笥 33 件；《信陽楚墓》卻無竹笥出土記錄，僅存底部六件竹簽（64 頁，北京：文物出版社，1986 年），推測可能是因爲出土實物太過殘破，導致命名差異。

〔註77〕馬承源，《中國青銅器》，97、135 頁，上海古籍出版社，2003 年 1 月。

〔註78〕張光裕主編，《郭店楚簡研究・第一卷文字編》，12～13 頁，臺北：藝文印書館，1999 年 1 月。

聚䇮□」。李家浩將楚簡「欨」作為一種症狀，疑當讀爲「繾」。《說文・欠部》：「繾，欠貌」；劉信芳則將「欨」字讀作「便」，謂腹瀉。〔註79〕

由上述「絣」、「欨」二字的字形和辭例，楚簡確定從「弁」部件的字形多在「」之「日」形上下兩旁，加「八形撇」區別。故從字形判斷，「」字有「八形撇」，應釋讀作「笲」，但袁國華釋「（筍）」之說可信，楚簡「弁」、「使」又有同形的可能，故筆者還是贊成將楚簡「」字釋「筍」，若此「（筍）」說成立，更可證明楚簡「弁」、「使」部件同形。

（七）楚簡「」字析論

先看楚簡與「」字相關的字形和辭例：

1. 檮脯一【包山 258】
2. 一脩【包山 258】
3. 炙雞一【包山 258】

袁國華釋「筍」，其例證可參考上述楚簡「」字的討論，不過袁國華又補充《馬王堆漢墓》：「炙雞一筍」，和《包山楚簡》：「炙雞一」相較，兩者皆出於「竹簡遣冊」，此是懷疑「」、「筍」同源的一個有力證據。〔註80〕

案：張桂光曾針對包山楚簡、隨縣簡、天星觀楚簡、信陽楚簡「叟」字作過區分，其說爲：

一是「弁」字「从人」，「史」字从「又」；二是「弁」亦有「从又」，
但「从又」時會於（即冠冕）兩旁多加兩個短筆。〔註81〕

故從字形判斷，「」字不但有「八形撇」、且下部從「人」，應該釋讀作「笲」。爲驗證此說，先看楚簡其他「弁」字下部從「人」的字形和辭例：

武王於是乎素冠弁（冕）【上博二容 52】

用身之弁者，悅爲甚。【郭 11.43】

辭例 1「」字，象「人戴弁形」，〔註82〕讀「冕（明紐元部）」，從「弁（並紐元部）」假借。辭例 2 陳偉引《禮記・玉藻》：「弁行」，《釋文》云：「弁，

〔註79〕劉信芳，〈望山楚簡校讀記〉，《簡帛研究》3，1998 年 12 月。

〔註80〕袁國華，〈包山楚簡文字考釋三則〉，《中華學苑》44 期，1994 年 4 月。

〔註81〕張桂光，〈楚簡文字考釋二則〉，《江漢考古》，1994 年 3 期。

〔註82〕黃德寬，〈戰國楚竹書二釋文補正〉，簡帛研究網，2003 年 1 月 21 日。

急也。」《漢書・王莽傳下》：「余甚弁焉。」顏師古注：「弁，疾也。」說明「弁」有急、疾之意。簡書於此用了五個排比句，另外四句是：「心之躁者，用智之疾者，用情之至者，用力之盡者。」故將「弁」作「急」解，正好相互照應。〔註83〕

同理，因爲袁國華釋「𥲤（笥）」之說可信，楚簡「弁」、「使」又有可能同形，而此寫法的「𥲤（笥）」字，都出自《包山》簡258，所以可能是因書手書寫習慣所致，將「𥲤（笥）」字下部的「又」部件訛寫成「人」部件。若是「𥲤（笥）」說成立，便可再次驗證楚簡「弁」、「使」部件同形，因爲楚簡「弁」、「使」的兩種區別方式，一是「弁」字兩旁有撇畫，二是「弁」字下部從人，在上述「𥲤（笥）」字從「使」部件得聲中，一併被打破。

（八）《上博二・子羔》簡7「先王之遊，道不奉■，王則亦不大■」句析論

「■」字何琳儀分析從「四」從「皿」，劉信芳讚同其說，讀「駟」。《穆天子傳》有關於此段的文獻記載。黃德寬分析此字可能從「四」從「益」。徐在國疑此字讀爲「監」。〔註84〕李銳認爲從「四」從「皿」，「柶」與「觶」通，疑讀爲「觶」。〔註85〕黃錫全分析爲從「貝」從「益」的「賹」，讀「鎰」，本是金屬稱量貨幣單位（重量）名，這裡泛指貨財。〔註86〕

黃錫全將「■」字釋作「從水從弁」，讀爲「弁」，喜樂義。《詩・小雅・小弁》：「弁彼鸒斯。」毛傳：「弁，樂也」，假「弁」爲「盤樂」字。此句描述出遊的先王也不貪圖享樂。〔註87〕但季旭昇基於楚簡「弁」、「史」同形，提出「■」在楚簡中可能讀爲「吏（使）」、「變」、「辨」、「煩」等義項。〔註88〕

案：「■」字上部所從有「四」、「貝」二說，楚簡「四」字的各種寫法分別爲：《包山》簡111作「三」、《包山》簡115作「夬」、《信陽》2.01、2.03作「四」；但《包山》簡266、271、276作「夬」，與「■」字上部所從非常

〔註83〕 陳偉，〈郭店楚簡別釋〉，《江漢考古》，1998年4期。

〔註84〕 程燕，〈上海楚竹書（二）研讀記〉，《簡帛研究》，2003年1月13日。

〔註85〕 李銳，〈讀上博簡子羔劄記〉，《簡帛研究》，2003年1月10日。

〔註86〕 黃錫全，〈讀上博楚簡二劄記壹〉，簡帛研究網，2003年2月25日。

〔註87〕 黃錫全，〈讀上博楚簡二劄記壹〉，簡帛研究網，2003年2月25日。

〔註88〕 季旭昇主編，《上海博物館藏戰國楚竹書二讀本》，34頁，臺北：萬卷樓，2003年7月。

相似。再看楚簡「貝」字的各種寫法,《包山》簡 274 作「⬚」、《天星觀楚簡》作「⬚」、「⬚」、「⬚」,《曾侯乙墓楚簡》作「⬚」。從筆順和「皿」形「中間兩豎筆」的「角度」判斷,筆者認為「⬚」字上部所從為「四」的可能性較大。而「⬚」字下部確從「皿」,如《包山楚簡》155「益」字作「⬚」,下部從「皿」與「⬚」同。

　　既然「⬚」字從「四」從「皿」,其應該從何琳儀的說法讀作「駟」,還是從李銳的說法釋「柶」讀「觶」(因為《儀禮・既夕禮》:「角觶」,鄭注為「角柶」)。拙見較贊同何琳儀「駟」說,因為曾侯乙墓楚簡「駟」字「⬚」;〔註 89〕與「⬚」字上部所從有同形的可能;《說文》:「駟,一乘也。」段玉裁注:「四馬為一乘」。《正字通》:「駟,駟者,一乘四馬,兩服兩驂是也」。「駟」為「古代一車套四馬」,「先王之遊,道不奉⬚(駟)」,或許可理解為「先王出遊的馬車如果沒有套四馬的話」。

　　而本段討論重點在「⬚」字,季旭昇基於「弁」、「使」同形,故認為「⬚」字有「吏(使)」、「變」、「辨」、「煩」四種釋讀的可能性,「變」、「辨」、「煩」皆由「弁」字通假,分別將它們帶入文句中通讀,以文義理解,似乎都不如黃錫全將「⬚」字釋「從水從弁」,讀作「弁」,當「般樂」講來的文從字順。

　　總之,筆者將「先王之遊,道不奉⬚,王則亦不大⬚」,此句釋讀作「先王之遊,道不奉駟,王則亦不大渀」,即「先王出遊的馬車,如果沒有依照禮制套四馬的話,先王會不高興」。

第二節　「戈」、「弋」、「干」同形

　　戈、弋、干是三個音義完全不同的字,戈,《說文》:「戈平頭戟也。從弋,一橫之。象形。」弋,《說文》:「弋橛也。象折木衺銳者形,厂象物挂之也。」干,《說文》:「干,犯也。從一、從反入。」但是楚簡「戈」、「弋」、「干」,會因為「弋」、「干」二字繁化、訛變,而和「戈」字同形。

〔註 89〕滕壬生,《楚系簡帛文字編》,758 頁,武漢:湖北教育出版社,1995 年 7 月。

一、同形字字形舉隅

戈	弋	干
戈 郭 7.13	弋 楚帛書甲 11 弋 上博一紂3 弋 上博二容 50 弋 郭 7.12	干 上博二容 26

二、同形字辭例舉隅

（一）「戈」字辭例

1. 夏用戈，正不服也。愛而正之，虞夏之治也。【郭 7.13】

（二）「弋」字辭例

1. 惟警惟備，天像是惻。成隹天□，下民之戒，敬之毋弋（忒）。【楚帛書甲 11】

2. 未有日月，四神相弋（代）。乃步以為歲。是惟四寺（時）。【楚帛書乙 4】

3. 《詩》云：「淑人君子，其儀不弋（忒）。」【上博一紂3】

4. 其次，吾敓而弋（代）之。【上博二容 50】

5. 咎由內用五刑，出弋兵革，罪淫奉□□用威。【郭 7.12～13】

（三）「干」字辭例

1. 禹乃通伊、洛，并里瀍、干（澗），東……【上博二容 26】

三、同形字辭例說明

（一）「戈」字辭例說明

戈，本是古代兵器，引申有武力、戰爭的意思。夏朝用「戈」（武力、戰爭），可和虞夏用「愛」（德政）相對照。

（二）「弋」字辭例說明

辭例 1～2 朱德熙認為楚帛書這兩段文字都有押韻，「四神相弋（代）」的「弋（代）」，與「寺（時）」字押韻。「敬之毋弋（忒）」的「弋（忒）」與「備」、「惻」、「戒」押韻。〔註90〕曾憲通、何琳儀、劉信芳等皆贊成朱德熙

〔註90〕朱德熙，〈關於鱅羌鐘銘文的斷句問題〉，《中國語文學報》2，1985 年。

的說法。〔註91〕

辭例3可與《詩・曹風・鳲鳩》對照。〔註92〕

辭例4蘇建洲釋「弋」讀「代」,《說文》:「代,更也。」段注曰:「凡以此易彼謂之代」。〔註93〕

辭例5「出弋兵革」諸家皆釋「弋(喻母職部)」,只是讀法不同,李零讀「載(精母之部)」。〔註94〕白於讀「試」,「用」義。〔註95〕周鳳五讀「式」,引《左傳・成公二年》:「蠻夷戎狄,不式王命」,杜注:「式,用也」解釋。〔註96〕孟蓬生讀「試」,引《禮記・樂記》:「兵革不試,五刑不用」爲證。〔註97〕

案:辭例5釋「弋」無誤,讀法可爲「試」或「式」,皆「用」義。

《說文》分析「試」字從「式」聲,「代」、「忒」、「式」從「弋」聲,有關「弋字聲系」的通假情況,可參高亨《古字通假會典》,〔註98〕「弋」字可分別與「代」、「忒」、「試」或「式」等字通假。

(三)「干」字辭例說明

「干」字原釋文釋「干」,澗水(干、澗都是見母元部字),此四水爲豫州之望。《禹貢》曰:「荊、河惟豫州,伊、洛、瀍、澗,既入于河……」〔註99〕

〔註91〕 曾憲通,《長沙楚帛書文字編》,14 頁,北京:中華書局,1993 年 2 月。何琳儀,《戰國古文字典》,69 頁,北京:中華書局,1998 年。劉信芳,《子彈庫楚墓出土文獻研究》,31～32、91 頁,臺北:藝文出版社,2002 年 1 月。

〔註92〕 荊門博物館,《郭店楚墓竹簡》,郭 3 注 13,北京:中華書局,1998 年。

〔註93〕 季旭昇主編,《上海博物館藏戰國楚竹書二讀本》,178 頁,臺北:萬卷樓,2003 年 7 月。

〔註94〕 李零,〈郭店楚簡校讀記〉,《道家文化研究》第 17 輯,500 頁,三聯書店,1999 年 8 月。

〔註95〕 白於藍,〈荊門郭店楚簡讀後記〉,《中國古文字研究》1,1999 年 6 月。

〔註96〕 周鳳五,〈郭店楚墓竹簡「唐虞之道」新釋〉,《史語所集刊》70:3,1999 年 9 月。

〔註97〕 孟蓬生,〈上博簡緇衣三解〉,《上博館藏戰國楚竹書研究》,上海古籍出版社,2002 年。

〔註98〕 高亨,《古字通假會典》412～413 頁,濟南:齊魯書社,1997 年 7 月 2 刷。

〔註99〕 馬承源主編,《上海博物館藏戰國楚竹書二》,271 頁,上海古籍出版社,2002 年 12 月。

四、本義及同形原因說明

（一）「戈」字形義說明

「戈」字在甲骨文、金文的字形和辭例如下：

1. 其钮，■戈一斧九。【粹 1000；合 29783③】

2. 干■戈【04201 小臣宅簋，西周早期】

3. 干■戈【04167 虔簋，西周中期】

4. 王呼作冊尹冊賜休玄衣黹純、赤市朱黃、■戈琱威、彤沙厚必、鑾旂。
【10170 走馬休盤，西周中期】

5. 蔡侯申之行■戈。【11140 蔡侯躃戈，春秋晚期】

上述辭例皆指「戈」這種武器。

（二）「弋」字形義說明

于省吾贊同《說文》分析，認爲甲骨文「弋」字象豎立有杈之木于地上之形，與說文訓「弋」爲「檃」相符。〔註100〕甲骨文「弋」字的字形和辭例如下：

1. 師令■弋微【合 4242①】

2. 王其■弋【合 14034①】

3. 乙丑卜，大史■弋酒，先酒其有匚于丁三十牛，七月。【合 23064①】

但裘錫圭將它們改釋「必」，如將《合》4242 的「■」字釋「必」讀「毖」，「敕戒鎮撫」，且利用「■（必）」考釋甲骨文一系列從「■（必）」部件的合體字，故傳統釋「弋」之字，皆當從裘錫圭說法改釋爲「必」。〔註101〕

而裘錫圭認爲甲骨文「弋」字的字形和辭例應當爲：

1. 甲申卜，方貞：令家■弋（代）保弜。【掇二 10，京津 2178；合 18722①】

甲骨文「弋」字本義爲「尖頭的柲狀物」，它在甲骨文都作動詞，往往放在兩個人名或國族名之間，似乎都應讀爲「替代」的「代」，可與《書・多士》：「非我小國敢弋殷命」互證。〔註102〕

金文「弋」字的字形和辭例如下：

1. 敔曰：「烏虖，朕文考甲公、文母日庚，■弋（式）休則尚……【02824敔

〔註100〕于省吾，〈釋弋〉，《甲骨文字釋林》，408～410 頁，北京：中華書局，1979 年。

〔註101〕裘錫圭，〈釋柲〉〔附〕〈釋「弋」〉，《古文字研究》3，1980 年 11 月。

〔註102〕裘錫圭，〈釋柲〉〔附〕〈釋「弋」〉，《古文字研究》3，1980 年 11 月。

方鼎，西周中期】

2. 用莽壽、匃永令，綽綰祓祿純魯，弋（式）皇祖考高對爾烈，嚴在上【00246瘨鐘，西周中期】

3. 烈祖文考弋（式）休，受牆爾髓福，懷髮彔，黃耉彌生，堪事厥辟，其萬年永寶用。【10175史牆盤，西周中期】

4. 余老止公僕土田多，弋（式）伯氏從許，公宕其參……【04292五年召伯虎簋（琱生簋），西周晚期】

5. 王親令白犭曰：毋卑農弋（忒），事厥友妻農。【05424農卣，西周中期】

裘錫圭認爲「弋」乃西周金文常見虛詞，即《詩經》常見虛詞「式」，丁聲樹認爲「式者勸令之詞，殆若今言應言當」。〔註103〕

辭例5，楊樹達將「弋」字讀「特」，《方言》卷六云：「物無耦曰特」，《左傳·昭公十四年》：「收介特」，杜注：「介特，單身民也。」王不欲農爲單身無耦之人，故發令使厥友妻農也。〔註104〕

案：本節上文已提過「式」字，《說文》分析從「弋」聲，（《說文》：「式，法也。從工弋聲。」）故將多數金文「弋」字讀「式」，作「虛詞」用。

而辭例5「弋」字之所以可讀「特」，筆者認爲是從「忒」字假借，《說文》分析「忒」字從「弋」聲（《說文》：「忒，戁也。從心弋聲。」）「弋」可讀「忒」，而「忒（透紐職部）」、「特（定紐職部）」二字聲近韻同，故可通假。

雖然李學勤將辭例3「史牆盤」斷句爲「剌且文考，弋（必）宁（予）受牆爾髓，福懷猷（髮）彔，黃耉彌生……」，〔註105〕辭例1、3或可讀「弋（必）」，但是用「弋（必）」並無法通讀辭例2、4、5，且「弋」字本義爲一種「尖頭的柲狀物」；而「必」象「戈柲」，〔註106〕二者代表不同的東西，故不取「必」說。

〔註103〕裘錫圭，〈史牆盤銘解釋〉，《文物》，1978年3期。

〔註104〕楊樹達，《積微居金文說（增訂本）》，北京：中華書局，1997年。

〔註105〕李學勤，〈論史牆盤及其意義〉，《考古學報》，1978年2期。

〔註106〕裘錫圭，〈釋柲〉〔附〕〈釋「弋」〉，《古文字研究》3，1980年11月。

（三）「干」字形義說明

甲骨文、金文「干」字的字形和辭例如下：

1. 弜令成★干衛其☐／弜令。吉【合 28059③】
2. 〔屰〕。子★干。【01718 屰子干鼎，殷商】
3. ★干戈【04167 虔簋，西周中期】

「干」字本義說法有四，① 郭沫若認爲干象圓盾。② 丁山認爲單、干疊韻，二者爲古今字，皆象盾形。〔註107〕 ③ 季旭昇認爲「單」似爲捕鳥狩獵器之象形，「干」亦近之。〔註108〕 ④ 何琳儀認爲象木梃上有分歧之形。〔註109〕

筆者最贊成郭沫若首先提出「干象圓盾」之說，因爲林澐將郭沫若、李孝定等一系列對「干」字演變及本義說明最清晰，其說爲：

> 郭沫若提出干字是盾形很對，李孝定根據郭老對金文★字的分析，
> 進一步推定干字的更原始的象形符號就是甲骨文中的★，上部★爲羽
> 飾，下部則爲盾牌。他認爲干字的演化是：
>
> ★【甲骨文】→★【虔簋】→★【干氏叔子盤】→★【篆文】
>
> 把甲骨文和金文中的干、盾兩字的字形對比，可知干盾之別不在盾
> 形的方圓，而在羽飾之有無。〔註110〕

（四）楚簡「戈」、「弋」、「干」同形原因說明

綜上所述，可將「戈」、「弋」、「干」三字的字形演變簡列於下：

戈：★【合 29783】→★【集 04201 小臣宅簋】→★【郭 7.13】

弋：★【合 18722】→★【集 10175 史牆盤】→★【郭 7.12】

干：★【合 28059】→★【集 04167 虔簋】→★【上博二容 26】

楚簡「戈」、「弋」、「干」三字同形，除了「戈」、「弋」、「干」各自的字形演變外，主要是因爲楚簡「弋」、「干」二字加飾筆的緣故。

〔註107〕 丁山，《說文闕義箋》，3～8 頁；季旭昇，《甲骨文字根研究》361 號，臺灣師範大學國文所博士論文，1990 年。

〔註108〕 季旭昇，《甲骨文字根研究》，361 號，臺灣師範大學國文所博士論文，1990年。

〔註109〕 何琳儀，《戰國古文字典》，992 頁，北京：中華書局，1998 年。

〔註110〕 林澐，〈說干、盾〉，《古文字研究》22，2000 年 7 月。

五、金文、楚簡「戈」、「弋」、「干」部件同形析論

（一）金文、楚簡「戈」、「弋」部件同形析論

金文「戈」、「弋」二字涇渭分明如下表：

字　例	字　形	辭　　例
戈	(字形)	蔡侯申之行戈。【11140 蔡侯躣戈，春秋晚期】
弋	(字形)	致曰：「烏虖，朕文考甲公、文母日庚，弋（式）休則尚……【02824致方鼎，西周中期】
	(字形)	用奉壽、匃永令，綽綰被祿純魯，弋（式）皇祖考高對爾烈，嚴在上【00246癲鐘，西周中期】
	(字形)	烈祖文考弋（式）休，受牆爾齓福，懷髮彔，黃耇彌生，堪事厥辟，其萬年永寶用。【10175 史牆盤，西周中期】
	(字形)	余老止公僕𤰇土田多𢒰，弋（式）伯氏從許，公宕其參……【04292 五年召伯虎簋（琱生簋），西周晚期】
	(字形)	王親令白䇦曰：毋卑農弋（忒），事厥友妻農【05424 農卣，西周中期】

但是金文、楚簡「戈」、「弋」部件，與楚簡「戈」、「弋」二字，出現同形的機率卻相當普遍：

1. 金文「戈」、「弋」部件同形

字　例		字　形	辭　　例
戈		(字形)	1. 蔡侯申之行戈。【11140 蔡侯躣戈，春秋晚期】
戒	從戈	(字形)	2. 載之簡策，以戒嗣王。【09735 中山王𧻹方壺，戰國晚期】
弒	從戈	(字形)	3. 貞：弒以屮取。／貞：弒弗其屮取。【乙 2567；合 3481①】
		(字形)	4. 林弒作父辛寶尊彝。〔亞俞〕。【00613 林弒鼎，西周早期】
		(字形)	5. 賜女婦：爵弒之弋周玉、黃𩜋。【04269 縣妃簋（稽伯彝、縣伯彝、媚妃彝），西周中期】
		(字形)	6. 曾，王蔑段曆，念畢仲孫子，令葬弒饋大則于段。【04208 段簋（畢敦、畢中孫子敦、畢段簋），西周中期】
罜	從弋	(字形)	7. 于我室家，罜獵毋後，算在我車。【09715 杕氏壺，春秋晚期】
貣	從弋	(字形)	8. 不愆不貣（忒）。【00218 蔡侯紐鐘，春秋晚期】
		(字形)	9. 呂大叔之貣車之斧。【11786 邵大弔斧，春秋】
		(字形)	10. 邵大叔新金為貣車之斧十。【11788 邵大叔斧，春秋】

戒，《說文》分析從「戈」（「𢦍，警也。从廾戈，持戈以戒不虞」）。

𢧤，《說文》：「𢧤，擊踝也，從丮戈，讀若踝。」屈萬里認爲「𢧤」字本義象「雙手捧戈之狀」。[註111] 林聖傑認爲𢧤字本義爲護衛人身安全，引申則可作爲警戒。[註112]「𢧤」字本義象「人雙手捧戈，護衛自己的人身安全」，「𢧤」字在辭例3～4、6作「人名」，辭例5作「𢧤（祼）祭」。

罞，郭沫若首先釋「罞」，「弋」的緐文。[註113] 後來李家浩引《史記・范睢傳》：「且夫三代所以亡國者，居專援政，縱酒馳騁弋獵，不聽政事。」[註114] 何琳儀引《呂覽・處方》：「韓昭釐侯出弋。」注：「弋，獵也。」《國語・越語》：「馳騁弋獵。」[註115] 贊同郭沫若的說法，「罞」爲「弋獵」的初文。

貣，《說文》「𧵆，從人求物也。从貝弋聲。」高田忠周舉《荀子・儒效》：「貣而食。」注：「行乞也，假借爲忒。」[註116] 說明辭例8「貣」可假爲「忒」，從「弋」得聲。

總之，「戒」、「𢧤」從「戈」部件，「罞」、「貣」從「弋」部件，可見金文「戈」、「弋」部件同形。金文「弋」字，《集》02824㢻方鼎（西周中期）作「𰀁」、《集》00246瘨鐘（西周中期）作「𰀁」、《集》04292五年召伯虎簋（西周晚期）作「𰀁」，但金文從「弋」部件之字，多會繁化加一橫飾筆，故會和金文「戈」部件同形。

2. 楚簡「戈」、「弋」部件同形

字　例	字　形	辭　例
戈	𢦍	1. 夏用戈，正不服也。愛而正之，虞夏之治也。播而不傳，義恆□□【郭7.13】
𢧣 從弋	𰀁	2. 黃金之𢧣（飾）【隨縣簡42、60】（滕編45）
	𰀁	3. 築爲璿室，𢧣（飾）爲瑤臺，立爲玉門。【上博二容38】

〔註111〕屈萬里，《殷墟文字甲編考釋》，417頁，1961年；甲詁382號。

〔註112〕林聖傑，〈仲𢧤臣乇盤銘文考釋〉，《第十三屆全國暨海峽兩岸中國文字學學術研討會論文集》，國立花蓮師範學院語教系編輯委員會編，2002年。

〔註113〕郭沫若，《兩周金文辭大系考釋》，228頁，1931年；金詁1042號。

〔註114〕李家浩，〈戰國𢧠布考〉，《古文字研究》3，1980年11月。

〔註115〕何琳儀，《戰國古文字典》，71頁，北京：中華書局，1998年。

〔註116〕高田忠周，《古籀篇》，11頁，1925年；金詁819號。

釴	從弋		4. 黃金之釴（飾）【隨縣簡 77】
[土弋]	從弋		5. 子曰：禹立三年，百姓以仁道，啓必盡仁。《詩》云：「成王之孚，下土之[土弋]（式）。」【上博一紂8】
[糸弋]	從弋		6. 製衣裳，表[糸弋]（飾）【九店・叢辰 36】
[糸弋]	從弋		7. 子曰：有國者章好章惡，以視民厚，則民情不[糸弋]（忒）。【郭 3.2～3】
貣	從弋		8. 貣郟異之黃金七益以翟種【包山 105】
			9. 貣让薾之王金不賽【包山 120】
			10. 貣郟異之金三益刖益【包山 116】（滕編 515）
代	從弋		11. 皆三代之子孫【信陽 1.06】
			12. 代易厩尹【包山 61】（滕編 666）
杙	從弋		13. 杙人【隨縣簡 164、169】（滕編 439）

辭例 2 裘錫圭、李家浩釋「[王弋]」，讀「飾」，因爲「弋」、「飾」古音相近可通，詛楚文「飾」字作「𩞁《石刻篆文編》7.27」，從「巾」，「飾」聲，「飾」又從「弋」聲。〔註 117〕

辭例 3 原釋文釋「[王弋]」，讀「飾」，《竹書紀年》有桀「飾瑤臺」之說。〔註 118〕

辭例 4 何琳儀將「釴」釋從「金」、「弋」聲，讀「飾」。〔註 119〕

辭例 6 李家浩釋「[糸弋]」，讀「飾」，從「糸」、「式」聲，「式」亦從「弋」聲。頗疑楚簡「[糸弋]」即「[糸式]」字。解釋有二，一爲「表[糸式]（織）」，大概即古書「表識」。二爲「表[糸式]」，讀爲「服飾」。簡文「表[糸弋]」位於「製衣裳」後，疑「表[糸弋]」應當與「衣裳」同類。若此，上述二說，似以後說更符合原義。〔註 120〕

辭例 7 裘錫圭釋「[糸弋]」，依照今本讀「忒」。〔註 121〕

辭例 8～10 貣，《說文》「貣，從人求物也。从貝弋聲」，從「弋」聲。

〔註 117〕裘錫圭、李家浩，《曾侯乙墓・曾侯乙墓竹簡釋文與考釋》注 98，北京：文物出版社，1989 年。

〔註 118〕馬承源主編，《上海博物館藏戰國楚竹書二》，280 頁，上海古籍出版社，2002 年 12 月。

〔註 119〕何琳儀，《戰國古文字典》，70 頁，北京：中華書局，1998 年。

〔註 120〕湖北省文物考古研究所、北京大學中文系編，《九店楚簡》，注 138，北京：中華書局，2000 年。

〔註 121〕荊門博物館，《郭店楚墓竹簡》，郭 3 注 8，北京：文物出版社，1998 年。

辭例 12 劉釗解釋「代易」乃地名，讀作「弋易」，「代」從「弋」聲（《說文》：「代，更也。從人，弋聲。」）故可用「代」爲「弋」。「弋易」即《漢書・地理志》汝南郡之「弋易縣」，地在今河南省廣川縣西，戰國時屬楚。古璽有「弋易邦粟鈢」（《古璽彙編》0276），又有「㘦（弋）易（陽）君鈢」（《彙編》0002），皆楚璽。〔註122〕

辭例 13 裘錫圭、李家浩將「杙」讀爲「弋獵」之「弋」，可與《漢書・百官公卿表》少府屬官「左弋」對照。〔註123〕

《隨縣簡》簡 42、60，《上博二・容》簡 38「𢧑（飾）」，《隨縣簡》簡 77「釱（飾）」，《上博一・紂》簡 8「𢧗（式）」，《九店・叢辰》簡 36「紎（飾）」，雖都從「戈」形部件，但皆必須釋爲「弋」部件，才能通假讀作「式」或「飾」。

同理，無論是《包山》簡 105、120、116「貣」，《信陽》簡 1.06、《包山》簡 61「代」，或是《隨縣簡》簡 164、169「杙」，雖都從「戈」形部件，但皆必須釋爲「弋」部件，才能通假讀作「貣」、「代」、「杙」。故楚簡「弋」部件會繁化、或加「一飾點」、或加「一橫飾筆」，而和「戈」部件同形。

且楚簡辭例 4「釱（飾）」，與《廣韻》：「釱，鼎附耳在外也」。和辭例 7「紎（䒵）」，與《龍龕手鑒・糸部》：「紎，田器也」，乃兩組跨越時代的同形字。

（二）金文、楚簡「戈」、「干」部件同形析論

金文「戈」、「干」二字涇渭分明如下表：

字　例	字　形	辭　例
戈	𢨇	蔡侯申之行戈。【11140 蔡侯蹯戈，春秋晚期】
干	𢆉	〔屰〕。子干。【01718 屰子干鼎，殷商】
	𢆉	干戈【04167 虦簋，西周中期】

但是金文、楚簡「戈」、「干」部件，與楚簡「戈」、「弋」二字，出現同形的機率卻相當普遍：

〔註122〕劉釗，〈包山楚簡文字考釋〉，注 36，中國古文字研究會學術研討會論文，1992 年；《香港大學：東方文化》，1998 年 1～2 期合刊。

〔註123〕裘錫圭、李家浩，《曾侯乙墓・曾侯乙墓竹簡釋文與考釋》，注 233，北京：文物出版社，1989 年。

1. 金文「戈」、「干」部件同形

字 例	字 形	辭 例
戈	(字形)	1. 蔡侯申之行戈。【11140 蔡侯申戈，春秋晚期】
戒 從戈	(字形)	2. 載之簡策以戒嗣王【09735 中山王䎑方壺，戰國晚期】
䞣 從戈	(字形)	3. 曾，王蔑段曆，念畢仲孫子，令龏䞣讀大則于段。【04208 段簋（畢敦、畢中孫子敦、畢段簋），西周中期】
忐 從干	(字形)	4. 楚王酓忐戰獲兵銅。【02794 楚王酓忐鼎，戰國晚期】

戒，《說文》分析從「戈」（「𢦏，警也。从廾戈，持戈以戒不虞」）。

䞣，《說文》：「䞣，擊踝也，從丮戈，讀若踝。」明顯從「戈」部件。辭例3「䞣」，《銘文選》解釋爲「人名」。

辭例4「忐」字，郭沫若首先提出「羊」即「干」字異文；[註124]《銘文選》和何琳儀都認爲「酓忐」是楚幽王熊悍，以《史記・楚世家》：「考烈王卒，子幽王悍立」爲證，[註125] 若然，則「忐」字必從「干」部件，才能釋讀作「悍」（從「干」）。

「戒」、「䞣」從「戈」，「忐」從「干」，可見金文「戈」、「干」部件同形。金文一般「干」字，《集》01718 屰子干鼎（殷商）作「(字形)」、《集》04167 虡簋（西周中期）作「(字形)」、《集》02841 毛公鼎（西周晚期）作「(字形)」等；金文從「干」部件之字，《集》02841 毛公鼎（西周晚期）作「(字形)」（閈）、《集》10374 子禾子釜（戰國）作「(字形)」（桿），但辭例4 楚王酓忐鼎「忐」字所從「干」部件，會繁化加一橫飾筆，與金文「戈」部件同形。

2. 楚簡「戈」、「干」部件同形

字 例	字 形	辭 例
戈	(字形)	1. 夏用戈，正不服也。愛而正之，虞夏之治也。
玬 從干	(字形)	2. 遊於串谷之內，終見芺玬而薦之。【上博二子 12～13】
邗 從干	(字形)	3. 東邗里人場賈【包山 121】（滕編 536）

辭例2「(字形)」字，程燕讀「幹」，草木之莖。[註126] 何琳儀讀「薊」，《爾雅・釋草》：「芺薊，其實荂。」[註127] 都不如張富海將「玬」釋爲「搴」字異體、

〔註124〕郭沫若，《金文叢考》，412 頁，1932 年；金詁 1388 號。

〔註125〕何琳儀，《戰國文字通論（訂補）》，150 頁，南京：江蘇教育出版社，2003 年。

〔註126〕程燕，〈上海楚竹書二研讀記〉，簡帛研究網，2003 年 1 月 13 日。

〔註127〕何琳儀，〈滬簡二冊選釋〉，簡帛研究網，2003 年 1 月 14 日。

有文獻佐證爲佳，其說爲：

> 搴和攼的聲符幹上古音都是見母元部⋯⋯搴義爲拔取、採取，而且
> 多指拔取草類，如《楚辭・離騷》：『朝搴阰之木蘭兮，夕攬洲之宿
> 莽。』《九歌・湘君》：『采薜荔兮水中，搴芙蓉兮木末。』《晏子春
> 秋・内篇諫下・景公獵休坐地晏子席而諫第九》：『寡人不席而坐地，
> 二三子莫席，而子獨搴草而坐之，何也？』《楚辭》中搴字尤爲常見，
> 揚雄《方言》還以之爲楚方言。因此，『冬見芺，攼而薦之』，應讀
> 爲：『冬見芺，搴而薦之。』〔註128〕

辭例 3「𢏌」，《說文》：「邗，國也。今屬臨淮，从邑干聲。一曰邗本屬吳。」
劉釗以爲「干」的專字。〔註129〕白於藍、何琳儀則認爲是「邗」字。〔註130〕

　　辭例 2 因張富海引《楚辭》爲證，推論最詳盡，故採用其說。而辭例 3 不
管讀「干」或「邗」，都是從「干」部件；可見楚簡「干」部件會繁化、或加「一
飾點」、或加「一橫飾筆」，而和「戈」部件同形。

六、相關字詞析論

（一）《郭店楚簡・唐虞之道》簡 8〜9「𢦔」字析論

　　《郭》7 簡 8〜9「古者虞舜篤事瞽瞍，乃𢦔其孝；忠事帝堯，乃𢦔其臣。」
「𢦔」字討論可分作二大類：

　　1. 釋「戈」。①李銳釋「戈」讀「歌」。〔註131〕

　　2. 釋「弋」。①李零讀「戴（端母之部）」。〔註132〕②白於藍讀「試」或
　　　「式」，訓爲「用」。〔註133〕③趙建偉讀「試」，訓爲「驗」，參《易・

〔註128〕張富海，〈上博簡子羔篇後稷之母節考釋〉，簡帛研究網，2003 年 1 月 17 日。

〔註129〕劉釗，〈包山楚簡文字考釋〉，中國古文字研究會學術研討會論文，1992 年；《香
　　　　港大學：東方文化》，1998 年 1〜2 期合刊。

〔註130〕白於藍，〈包山楚簡文字編校訂〉，《中國文字》新 25，1999 年 12 月。何琳儀，《戰
　　　　國古文字典》，993 頁，北京：中華書局，1998 年。

〔註131〕李銳，〈郭店楚墓竹簡補釋〉，《華學》6，北京：紫禁城出版社，2003 年 6 月。

〔註132〕李零，〈郭店楚簡校讀記〉，《道家文化研究》，第 17 輯、497、499 頁，三聯書店，
　　　　1999 年 8 月。

〔註133〕白於藍，〈荊門郭店楚簡讀後記〉，《中國古文字研究》1，1999 年 6 月。

無妄》釋文:「試,驗也」,謂虞舜之事父以驗其爲子之孝,事堯以驗其爲臣之忠。〔註134〕④周鳳五讀「式」,當虛詞用,即「乃其孝」、「乃其臣」。〔註135〕⑤陳偉讀「式」,當動詞用,垂範義;〔註136〕⑥丁四新讀「一」,不變不改謂之一。〔註137〕⑦涂宗流、劉祖信也讀「一」,專一義。〔註138〕

案:《郭店楚簡·唐虞之道》簡8～9「艸」字的釋讀眾說紛紜,從楚簡「戈」、「弌」同形檢視上述討論皆合理,在辭例皆可通讀的前提下,筆者只好從古文獻詞彙組合慣例考慮,雖然並無「乃歌其孝」之例,但有一些「乃歌」辭例,如《尚書·虞書·益稷》:

> 笙帝庸作歌,曰:「敕天之命,惟時惟幾。」乃歌曰:「股肱喜哉,元首起哉,百工熙哉。」皋陶拜手稽首,颺言曰:「念哉!率作興事,慎乃憲,欽哉!屢省乃成,欽哉!」〔註139〕

《儀禮·大射》:

> 小樂正從之。升自西階,北面東上,坐授瑟,乃降。小樂正立于西階東。乃歌〈鹿鳴〉三終。主人洗,升實爵,獻工,工不興,左瑟。一人拜受爵。主人西階上拜送爵,薦脯醢。使人相祭。卒爵,不拜,主人受虛爵,眾工不拜,受爵,坐祭,遂卒爵,辯有脯醢,不祭。
> 〔註140〕

古文獻存在「乃+歌（動詞）」的詞組,反而不見「乃戴」、「乃試」、「乃式」、「乃一」,此或可增加李銳將《郭》簡8～9「艸」字釋「戈」讀「歌」的說服力。

〔註134〕趙建偉,〈唐虞之道考釋四則〉,簡帛研究網,2003年9月25日。

〔註135〕周鳳五,〈郭店楚墓竹簡「唐虞之道」新釋〉,《史語所集刊》70:3,1999年9月。

〔註136〕陳偉,《郭店竹書別釋》,武漢:湖北教育出版社,2003年1月。

〔註137〕丁四新,《郭店楚墓竹簡思想研究》,369頁,北京:東方出版社,2000年。

〔註138〕涂宗流、劉祖信,《郭店楚簡先秦儒家佚書校釋》,48頁,臺北:萬卷樓,2001年2月。

〔註139〕《十三經注疏·尚書·虞書·益稷》,4頁,臺北:藝文印書館,1955年。

〔註140〕《十三經注疏·儀禮·大射》,27頁,臺北,藝文印書館,1955年。

（二）《郭店楚簡・唐虞之道》簡17～18「」、「」二字析論

《郭》簡7.17～18「今之（以下以「△A」代替）於德者，未年不（以下以「△B」代替），君民而不驕，卒王天下而不疑。」「」字討論可分作兩類：

1. 釋「戈」。①李銳引張守中《郭店楚簡文字編》和湯餘惠《戰國文字編》將「△A」收入「戈」下，讀「歌」，古音皆爲見紐歌部字。「於」，即「鳥」字，「鳥」與「呼」古通，此疑可讀爲「歌呼」。又「鳥」古音爲影紐魚部，疑可讀爲「謳」（影紐侯部）。《荀子・儒效》、《荀子・議兵》：「近者歌謳而樂之」，「歌謳」即「謳歌」，《孟子・萬章上》：「謳歌者，不謳歌堯之子而謳歌舜。」今日讀爲「歌呼」，待考。再將「△B」釋「弋」讀「式」，引申爲「敬」，《漢書・李廣傳》：「登車不式，遭喪不服。」服虔曰：「式，撫車之式以禮敬人也。」《後漢書・明帝紀》：「帝謁陵園，過式其墓。」注：「式，敬也。」《禮記》曰：「行過墓必式。」〔註141〕

2. 釋「弋」。①白於藍將「△A」釋「弋」，訓「取」。〔註142〕②涂宗流、劉祖信將「△A」和「△B」皆釋「弋」，訓「取」。〔註143〕③李零將「△A」和「△B」皆釋「弋」讀「戴」。〔註144〕④周鳳五將「△A」釋「弋」讀「式」，訓爲模則、法也，《老子・二十八章》「知其白，守其黑，爲天下式」王弼注：「式，模則也。」；《詩經・大雅・下武》：「文王之孚，下土之式」傳：「式，法也。」。將「△B」釋「弋」讀「忒」，《廣雅・釋詁》：「忒，差也。」〔註145〕⑤趙建偉將「△A」釋「弋」讀「軾」，取法或恭敬義。將「△B」釋「弋」，讀「式」或「軾」，此謂今日取法（或恭敬）於德，亦會永遠取法（或恭敬）於德。〔註146〕⑥丁四新將

〔註141〕李銳，〈郭店楚墓竹簡補釋〉，《華學》6，北京：紫禁城出版社，2003年6月。

〔註142〕白於藍，〈荊門郭店楚簡讀後記〉，《中國古文字研究》1，1999年6月。

〔註143〕涂宗流、劉祖信，《郭店楚簡先秦儒家佚書校釋》，55頁，臺北：萬卷樓，2001年2月。

〔註144〕李零，〈郭店楚簡校讀記〉，《道家文化研究》，第17輯、498頁，三聯書店，1999年8月。

〔註145〕周鳳五，〈郭店楚墓竹簡「唐虞之道」新釋〉，《史語所集刊》，70：3，1999年9月。

〔註146〕趙建偉，〈唐虞之道考釋四則〉，簡帛研究網，2003年9月25日。

「△A」和「△B」皆釋「弋」、讀「式」，一也，指德行上所下的功夫。
〔註147〕

案：筆者將上述各家說法簡列於下，以方便討論：

1. 李銳：「今之歌於德者，未年不弍（敬義），君民而不驕，卒王天下而不疑。」

2. 白於藍、涂宗流、劉祖信：「今之弋（取義）於德者，未年不弋（取義），君民而不驕，卒王天下而不疑。」

3. 李零：「今之戴於德者，未（微）年不戴，君民而不驕，卒王天下而不疑。」

4. 周鳳五：「今之式（法義）於德者，未年不忒（差），君民而不驕，卒王天下而不疑。」

5. 趙建偉：「今之軾（恭敬義）於德者，未年不軾（恭敬義），君民而不驕，卒王天下而不疑。」

6. 丁四新：「今之一於德者，未年不一，君民而不驕，卒王天下而不疑。」

筆者將《郭店楚簡・唐虞之道》簡 17～18「今之▨於德者，未年不▨，君民而不驕，卒王天下而不疑」的「▨」、「▨」視為一字，因為《郭店楚簡・緇衣》簡 4～5《詩》云：「淑人君子，其儀不弋（忒）」的「弋（忒）」字作「▨」；而《上博簡・紂衣》簡 3 作「▨」。《郭店楚簡・緇衣》簡 12～14《詩》云：「成王之孚，下土之弋（式）」的「弋（式）」作「▨」；而《上博簡・紂衣》簡 8 作「▨」。可見楚簡「▨（加飾點）」和「▨（加飾畫）」的差別不大，故筆者主張《郭店楚簡・唐虞之道》簡 17～18「今之▨於德者，未年不▨，君民而不驕，卒王天下而不疑」的「▨」和「▨」應視為一字，訓讀以上述 2、3、5～6 白於藍、涂宗流、劉祖信、李零、趙建偉、丁四新等人的說法較為可信。

《郭店楚簡・唐虞之道》簡 17～18「今之▨於德者，未年不▨，君民而不驕，卒王天下而不疑」。「▨」、「▨」的釋讀眾說紛紜，從楚簡「戈」、「弋」同形檢視上述討論皆合理，在辭例皆可通讀的前提下，筆者只好從古文獻詞彙組合慣例考慮，「未年不△B」僅找到《管子・君臣下》：

〔註147〕丁四新，《郭店楚墓竹簡思想研究》，374 頁，北京：東方出版社，2000 年。

夫下不<u>戴</u>其上，臣不<u>戴</u>其君，則賢人不來。〔註148〕

且在《鹽鐵論・貧富》中找到「戴」和「德」搭配的詞組：

故上自人君，下及布衣之士，莫<u>不戴其德</u>，稱其仁。〔註149〕

依上述《管子》、《鹽鐵論》的古文獻詞組慣例，增加李零「今之<u>戴</u>於德者，未（微）年不<u>戴</u>，君民而不驕，卒王天下而不疑」釋讀的可能，「弋（喻母之部）」和「戴（端母之部）」，喻母四等字古歸定母，故「弋」、「戴」二字聲近韻同，「戴」可能是「遵奉」義。（《玉篇》：「戴，奉也，侍也。」）

（三）《包山楚簡》267「𢧢」字析論

　　《包山楚簡》簡 267「大司馬悼萻救郙之歲，宭月丁亥之日，左尹葬用車，一乘𢧢：青絹之綎；鹽萬之純；鹽萬之韄絹；鹽萬之鞍；縢組之緄；紫」，其中「𢧢」字的相關說法有二：①原釋文釋「戟」，讀「軾」。《說文》：「車前也」，即車箱前的橫木，較寬，可凭靠。〔註 150〕②劉釗、李天虹、滕壬生等改釋「軒」（從「干」）。〔註 151〕

　　案：其實原釋文將「𢧢」字讀「軾」，便是將「中」部件釋從「弋」，方可通假成「軾」，因爲「軾」從「式」聲，「式」從「弋」聲。

　　「𢧢」字所從「中」部件，因爲楚簡「戈」、「弋」、「干」同形，而累增其釋讀的困難度。爲判斷「𢧢」字釋讀，筆者將《包山楚簡》267「左尹葬用車，一乘𢧢：青絹綎……」，和《包山楚簡》271「一乘正車：兕牛之革靳，青絹之純……」、《包山楚簡》273「一乘韋車；兕牛之革靳，縞純……」、《包山楚簡》274「一乘輲轂〔註 152〕，貝□□」相較，發現《包山楚簡・遣冊・車馬器》辭

〔註148〕　《管子》，536 頁，臺灣商務印書館，1983 年。

〔註149〕　《鹽鐵論・貧富》，218 頁，臺灣古籍出版社，1983 年。

〔註150〕　劉彬徽等，《包山楚墓・包山二號楚墓簡牘釋文與考釋》注 610，北京：文物出版社，1991 年。

〔註151〕　劉釗，〈包山楚簡文字考釋〉，注 181，中國古文字研究會學術研討會論文，1992 年；《香港大學：東方文化》，1998 年 1～2 期合刊。李天虹，〈包山楚簡釋文補正〉，《江漢考古》，1993 年 3 期。滕壬生，《楚系簡帛文字編》，1018 頁，武漢：湖北教育出版社，1995 年 7 月。

〔註152〕　白於藍將「輲轂」讀作「短轂」，常見古代文獻如《周禮・考工記・車人》：「行澤者欲短轂，行山者欲長轂」，而《鹽鐵論・散不足》「短轂」王利器《校注》解釋

例陳述的慣例，首句皆為「車名」，故《包山楚簡》267「左尹葬用車一乘𦙃」之「𦙃」字為「軒」的可能性遠大於「軾」，因為「軒」，《說文》釋為「曲輈藩車也。」《左傳・哀公十五年》：「服冕乘軒」，杜預注：「軒，大夫車」可指「車名」；而「軾」僅是古代車箱前立乘者憑扶的橫木罷了。且用「青絹之綎；鹽萬之純；鹽萬之輇絹；鹽萬之鞍；縢組之緆」形容「軾（古代車箱前立乘者憑扶的橫木）」，也並不恰當。

第三節　「干」、「弋」同形

干、弋是兩個音義完全不同的字。干，《說文》：「半，犯也。从一、从反入。」弋，《說文》：「𣏌橛也。象折木衺銳者形，厂象物挂之也。」楚簡「干」、「弋」會因「干」、「弋」二字各自字形的演化、訛變而同形，若以「干」形為討論基礎，金文「干」形部件，除了「干」、「弋」之外，還會與「屰」字相混。

一、同形字字形舉隅

干	弋
包山 269 包山牘 1	干 郭 3.12～14 弋 郭 3.4～5 干 郭 4.2～4 干 郭 4.4 干 郭 5.14～15 弋 上博二從甲 1

二、同形字辭例舉隅

（一）「干」字辭例

1. 旄中干，絑縞七𨞊（就／游）。【包山 269】

2. 中干，絑縞七𨞊（就／游）。〔註153〕【包山牘 1】（滕編 178）

爲：「長轂者兵車，短轂者非兵車。」所以楚簡「輇轂」爲非兵車中的某一種車。（白於藍，〈曾侯乙墓竹簡考釋〉，《中國文字》30，未刊稿。）

〔註153〕「𨞊」和「𨞊」字同爲「量詞」，可能從李家浩讀「就」（〈包山二六六號簡所記木器研究〉，《國學研究》2，北京：北京大學出版社，1994 年 12 月）。或是從劉信芳讀「游」（〈楚簡器物釋名上篇〉，《中國文字》新 22，1997 年 12 月）。

（二）「弋」字辭例

1. 《詩》云：「成王之孚，下土之弋（式）。」【郭3.12～14】

2. 《詩》云：「淑人君子，其儀不弋（忒）。」【郭3.4～5】

3. 聞之曰：昔三弋（代）之明王之有天下者。【上博二‧從甲1】

4. 成孫弋見，公曰：「嚮者吾問忠臣於子思。子思曰：恆稱其君之惡者，可謂忠臣矣。」【郭4.2～4】

5. 成孫弋曰：「噫，善哉，言乎！」【郭4.4】

6. 窮達以時，德行一也。譽毀在旁，聽之弋母之白不釐。【郭5.14～15】

三、同形字辭例說明

（一）「干」字辭例說明

　　楚簡「ᄉ」字，目前各家都釋「干」。原釋文將「中杆」解釋成旗竿中部。〔註154〕李家浩將「干」讀作「罕」，因爲古有名「罕」之旗，《史記‧周本紀》：「百夫荷罕旗以先驅」，漢代或稱「雲罕」。《文選》卷三《東京賦》：「雲罕九斿，閣戟轇輵」，薛綜注：「雲罕，旌旗之別名也。九斿，亦旗名也。」「罕」從「干」聲，疑簡文「中干」之「干」，當讀爲「罕旗」之「罕」。〔註155〕劉信芳則認爲「中干」，爲以竹竿札束如「中」之字形的旗幟。〔註156〕

　　案：三說中以李家浩配合文獻佐證，最爲可信。

（二）「弋」字辭例說明

　　辭例1「弋（式）」、辭例2「弋（忒）」、辭例3「弋（代）」，都是從「弋」字通假，與「弋」字相關的通假可參考高亨《古字通假會典‧弋字聲系》。〔註157〕辭例1可與《詩‧大雅‧下武》、辭例2可與《詩‧曹風‧鳲鳩》相對照。〔註158〕

〔註154〕劉彬徽等，《包山楚墓‧包山二號楚墓簡牘釋文與考釋》注624，北京：文物出版社，1991年。

〔註155〕湖北省文物考古研究所，北京大學中文系編，《望山楚簡‧二號墓》補正三，北京：中華書局，1995年。

〔註156〕劉信芳，〈楚簡器物釋名上篇〉，《中國文字》新22，2000年7月。

〔註157〕高亨，《古文字通假會典》，412～415頁，濟南：齊魯書社，1997年7月2刷。

〔註158〕荊門博物館，《郭店楚墓竹簡》，郭3注40、13，北京：中華書局，1998年。

辭例 4、5「成孫弋」，李零認爲《禮記》的《檀弓上》、《檀弓下》、《雜記下》有「縣子瑣」，與魯穆公問答，不知是否爲一人。〔註159〕

辭例 6「弋母」，涂宗流、劉祖信疑指魯襄公生母定姒。因爲「姒」，《公羊傳》作「弋」。〔註160〕

四、同形原因說明

干，筆者參照郭沫若、李孝定、林澐的說法，認爲「干」字本義爲「盾牌」。〔註161〕弋，筆者參照裘錫圭的說法，認爲「弋」字本義爲「尖頭的柲狀物」。〔註162〕「干」、「弋」本義的詳細說明，可參見本論文〈「戈」、「弋」、「干」同形〉一節，將「干」、「弋」二字的字形演變簡列於下：

干：𢆶【合 28059③】→ 𢆶【04167 虡簋】→ 𢆶【包山 269】

弋：𢆶【甲骨文合 18722】→ 𢆶【10175 史牆盤】→ 𢆶【郭 3.4～5】

楚簡「干」、「弋」同形，主因爲楚簡「干」、「弋」各自字形的演化、訛變所致，楚簡「干」字作「𢆶」（四筆：第一畫、，第二畫丿，第三畫一，第四畫丨），「弋」字作「𢆶」（三筆：第一畫一，第二畫丶，第三畫丿），其中筆畫、筆順的差別並不明顯，故容易訛誤同形。

五、「干」、「弋」、「屰」部件同形析論

（一）楚簡「干」、「弋」部件同形析論

字 例	字 形		辭例說明
軒	從干	軒	1. 軒反【望二 策】
衦	從干	衦	2. 一丹秋之衦【信陽 2.15】
圩	從干	圩	3. 埮匕一圩【望二 策】（滕編 970）
邗	從干	邗	4. 邗得【包山 184】 5. 邗競【包山 189】（滕編 536）

〔註159〕李零，〈郭店楚簡校讀記〉，《道家文化研究》第 17 輯、493 頁，三聯書店，1999年 8 月。

〔註160〕涂宗流、劉祖信，《郭店楚簡先秦儒家佚書校釋》，37 頁，臺北：萬卷樓，2001 年 2 月。

〔註161〕林澐〈說干、盾〉，《古文字研究》22，2000 年 7 月。

〔註162〕裘錫圭〈釋柲〉〔附〕〈釋「弋」〉，《古文字研究》3，1980 年 11 月。

杕	從弋	（字形）	6. 管夷吾拘囚桎縛，釋杕（械）枑，而爲諸侯相，遇齊桓也。【郭 5.6】

辭例 1 軒，《說文》：「軒，曲輈藩車也。从車干聲。」李家浩認爲簡文「軒」不是車名，應指車兩旁的「輢」。「反」疑當讀爲「板」。古代比較高級的車，兩輢都向外翻，名爲「板」，亦稱「車耳」。《說文》：「板，車耳反出也。」《廣雅‧釋器》：「輢謂之板」。一說「軒反」當讀爲「軒板」。〔註163〕

辭例 2 衦，《說文》：「衦，摩展衣也。从衣干聲。」劉信芳疑簡文「衦」讀若「汗」，《釋名‧釋衣服》：「汗衣，近身受汗垢之衣也。」〔註164〕

辭例 3 玕，裘錫圭、李家浩讀作「盂」，《廣雅‧釋器》：「盂謂之盤。」〔註165〕

辭例 4～5 邗，劉釗釋「干」；何琳儀釋「邘」。〔註166〕

辭例 6 杕（喻母職部），李零、李家浩皆釋讀作「械（匣母職部）」。〔註167〕

隨縣簡從「干」部件的字，如《隨縣簡》簡 4、45、53「圓（雲）軒（幰）」，〔註168〕和《隨縣簡》簡 174「魚軒」的「軒」字，有時會作「（字形）」形；〔註169〕又如《隨縣簡》簡 123「一革衦」的「衦」字，有時會作「（字形）」形；〔註170〕加一反寫的「匕」形飾筆，與從「弋」部件之字區別，但是在《望山簡》、《信陽簡》、《包山簡》等簡文中，不存在「干」字這種區分的寫法，所以會和「弋」

〔註163〕湖北省文物考古研究所，北京大學中文系編，《望山楚簡‧二號墓》注 10，北京：中華書局，1995 年。

〔註164〕劉信芳，〈楚簡器物釋名下篇〉，《中國文字》新 23，1997 年 12 月。

〔註165〕湖北省文物考古研究所，北京大學中文系編，《望山楚簡‧二號墓》，注 150，北京：中華書局，1995 年。

〔註166〕劉釗，〈包山楚簡文字考釋〉，注 138，中國古文字研究會學術研討會論文，1992 年；《香港大學：東方文化》，1998 年 1～2 期合刊。何琳儀，《戰國古文字典》，993 頁，北京：中華書局，1998 年。

〔註167〕李零，〈郭店楚簡校讀記〉，《道家文化研究》第 17 輯、495 頁，三聯書店，1999 年 8 月。李家浩，〈讀郭店楚墓竹簡瑣議〉，《中國哲學》20，1999 年。

〔註168〕白於藍認爲「軒」、「幰」俱爲「曉母元部」字，《說文‧新附》：「幰，車幔也。」《廣雅》：「幨謂之幰。」《玉篇》：「幨，帷也。」故「圓軒」當讀爲「雲幰」，指古代在車的帷幔上畫雲氣之文以爲裝飾。（白於藍，〈曾侯乙墓竹簡考釋〉，《中國文字》30，未刊稿。）

〔註169〕滕壬生，《楚系簡帛文字編》，1018 頁，武漢：湖北教育出版社，1995 年 7 月。

〔註170〕滕壬生，《楚系簡帛文字編》，684 頁，武漢：湖北教育出版社，1995 年 7 月。

部件同形。

　　楚簡「衦（汗）」，和《說文》釋爲「摩展衣也」的「衦」字，爲一組跨越時代的同形字。

（二）金文「干」、「屰」部件同形析論

字　例	字　形		辭　例
干		¥	1. 率以乃友干吾王身。【04342 師訇簋，西周晚期】
		¥	2. 干害王身，作爪牙。【04467 師克盨，西周晚期】
閈	從干	閈	3. 率懷不廷方，亡不閈（覲）于文武耿光。【02841 毛公鼎，西周晚期】
閈	從干	閈	4. 昔者，燕君子噲叡夤夫悟，長爲人宗，閈於天下之物矣。【02840 中山王嚳鼎，戰國晚期】
桿	從干	桿	5. 關人築桿威釜【10374 子禾子釜，戰國】
逆	從屰	逆	6. 衛小子逆諸，其賸衛臣虢胐。【02831 九年衛鼎，西周中期】
		逆	7. 楸車父作皇母　姜寶壺，用逆姞氏，伯車父其萬年子子孫孫永寶。【09697楸車父壺，西周中期】

　　辭例1《銘文選》讀爲「扞禦」。《後漢書‧馬融傳》釋「禦」爲「扞」。「干吾」爲同義連文，義爲捍衛。

　　閈，《說文》：「閈，門也。此猶言域也，限也。言無不限于文武光明普及之內」。《銘文選》將辭例3「亡不閈于文武耿光」，與《尚書‧立政》之「以覲文王之耿光，以揚武王之大烈」相較，將「閈」讀作「覲」，「閈」、「覲」古屬群紐，爲雙聲字。將辭例4「閈」假爲「見」，引《淮南子‧脩務訓》：「而明弗能見者何」，高誘注：「見，猶知也」作解。

　　辭例5，朱駿聲解釋「築桿」說：「古築牆先度其廣輪，乃樹楨幹，繼施橫板于兩邊幹內，以繩束幹，實土築之……此篆從木從旱聲，與廣雅作杆略同，《說文》稈字或體作秆，正爲同例」。吳大澂贊成子禾子釜之「桿」即「斡」。〔註171〕

　　逆，《說文》：「逆，迎也。從辵屰聲。關東曰逆，關西曰迎」，陳昭容解釋辭例7「逆」字有「迎娶」義。〔註172〕

　　「閈」、「桿」從「干」部件，「逆」從「屰」部件，可見金文「干」、「屰」

〔註171〕吳大澂，《說文古籀補》，32 頁，1884 年；金詁 779 號。

〔註172〕陳昭容，〈周代婦女在祭祀中的地位〉，《清華學報》，2001 年 12 月。

部件同形，將「干」、「屰」二字（含部件）的字形演變列出：

  干：✦【合 28059③】→✦【集 4342 師訇簋】→✦【集 02841 毛公鼎】

  屰：✦【合 2960】→✦【集 08964 屰目父癸爵】→✦【集 02831 九年衛鼎】

  金文「干」、「屰」部件同形，主要是「屰」部件訛變成「干」形，「屰部件」可能的字形演變過程爲：

  ✦【集 03731 坉簋，西周早期】→✦【集 04300 作冊夨令簋，西周早期】→

  ✦【集 02831 九年衛鼎，西周中期】→✦【集 09697 楸車父壺，西周中期】

  「干」、「屰」二字的關係，馬敍倫曾說：「干、屰一字。」〔註 173〕孟蓬生引《字彙》：「屰，古戟字，有枝兵也。與干字同體，雙枝爲戟，單枝爲戈」。〔註 174〕

  「干」字本義，筆者採用郭沫若、李孝定、林澐等一貫說法，釋爲「盾牌」。〔註 175〕「屰」字本義，採用羅振玉的說法爲「倒人形，示人自外入之狀」。〔註 176〕再加上「干（見紐元部）」、「屰（疑紐鐸部）」二字聲韻並不相近，所以「干」、「屰」二字，應是彼此形近訛誤而同形，以致衍生「干、屰一字」的假象。

第四節　「甘」、「昌」同形

  甘、昌是兩個音義完全不同的字，甘《說文》：「甘，美也。从口含一。一，道也。」昌，《說文》：「昌，美言也。从日从曰，一曰日光也。詩曰：東方昌矣。」但是楚簡「甘」、「昌」二字，會因爲彼此字形演化、訛變而同形。

一、同形字字形舉隅

甘	昌
甘 郭 1.1.19	昌 郭 3.30 昌 郭 9.9

〔註 173〕金詁 184 號。

〔註 174〕孟蓬生，〈上博簡緇衣三解〉，《上博館藏戰國楚竹書研究》，上海書店，2002 年。

〔註 175〕林澐，〈說干、盾〉，《古文字研究》22，2000 年 7 月。

〔註 176〕羅振玉，《殷虛書契考釋》，66 葉下，1927 年；甲詁 270 號。

二、同形字辭例舉隅

（一）「甘」字辭例

1. 天地相合也，以逾甘露。【郭 1.1.19】

（二）「昌」字辭例

1. 故大人不昌（倡）流【言】。【郭 3.30；上博一紂15 缺】
2. 上苟昌之，則民鮮不從矣。【郭 9.9】

三、同形字辭例說明

（一）「甘」字辭例說明

馬王堆帛書甲、乙本，（西漢）《道德眞經指歸》本，《道德經河上公注》本，（東漢）張道陵《老子想爾注》，（三國・魏）王弼《老子道德經注》本，（唐）傳奕《道德經古本篇》本，《龍興觀本》皆作「甘露」。〔註 177〕

「天地相合也，以𤰊甘露」的「𤰊」字釋法如下，①原整理者讀「揄」或「輸」，〔註 178〕②陳斯鵬讀「輸」。《說文・段注》：「凡傾瀉皆曰輸。」〔註 179〕③魏啓鵬也讀「輸」。《廣雅・釋言》：「輸，寫也。」《玉篇》：「輸，瀉也。」〔註 180〕④趙建偉認爲古「俞」聲、「需」聲之字每每相通，如「褕」又作「襦」，「褕」又作「襦」。疑「俞」、「逾」皆讀爲「濡」，潤也。《文子・精誠》：「雨露以濡之。」即此「以濡甘露。」〔註 181〕⑤劉信芳讀「霢」。《說文》：「霢，雨也。」《楚帛書》霒霜即霢霜，與、逾古音同在侯部、喻紐、平聲。〔註 182〕⑥陳偉認爲《鄂君啓節・舟節》中的「逾」字，表示與上相反的航行過程，大致是下的意思。且《國語・吳語》：「亦令右軍銜枚踰江五里以須」的踰（逾字異體），也是指沿

〔註 177〕彭浩，《郭店楚簡老子校讀》，146 頁，武漢：湖北教育出版社，2000 年 1 月。李若暉，〈老子異文對照表〉，《簡帛研究》2001，860 頁，桂林：廣西師範大學出版社，2001 年 9 月。

〔註 178〕荊門博物館，《郭店楚墓竹簡》，郭 1.1 注 18，北京：中華書局，1998 年。

〔註 179〕陳斯鵬，〈讀郭店楚墓竹簡札記〉，《中山大學學報論叢》，1999 年 6 月。

〔註 180〕魏啓鵬，〈楚簡老子簡釋〉，《道家文化研究 17・郭店楚簡專號》，三聯書店，1999 年 8 月。

〔註 181〕趙建偉，〈郭店楚簡老子校釋〉，《道家文化研究 17・郭店楚簡專號》，三聯書店，1999 年 8 月。

〔註 182〕劉信芳，《荊門郭店竹簡老子解詁》，臺北：藝文印書館，1999 年。

江而下。故《老子甲》中的「逾」字，可以直接訓爲下，與傳世本「以降甘露」的「降」對應。〔註183〕

案：帛書《老子》甲、乙本皆作「俞」，王弼本作「降」，從「降」義和實際楚簡「🔲」形考慮，陳偉「逾」說是最好的選擇，不用通假即可釋讀。

（二）「昌」字辭例說明

辭例 1 今本《禮記・緇衣》作「故大人不倡游言」，簡本句末脫「言」字。〔註184〕故「昌」假借爲「倡」，「提倡、宣揚」義。

辭例 2 裘錫圭讀作「倡導」之「倡」。〔註185〕

四、本義及同形原因析論

甘，甲骨文《合》8888 作「🔲」，許鍇說「甘」爲指示字，馬敘倫說「甘」字本義爲「含」，「一」乃所含物也。〔註186〕楚簡一般「甘」字，《包山》簡 139 作「🔲」、247 作「🔲」，故《郭・老子甲》簡 19「甘」字作「🔲」的字形演變可能有二，一是楚簡「甘」字將「框內指示橫筆」換作「圈筆」；二是楚簡「甘」字先將「框內指示橫筆」換作「・」，如同是《包山楚簡》「十」字，簡 169 作「🔲」、簡 137 作「🔲」；同是《信陽楚簡》「十」字，簡 2.018 作「🔲」，簡 2.05 作「🔲」。再將實心「・」換作空心「○」，因爲古文字實心「・」和空心「○」往往無別。如同是金文辭例「日辛」的「日」字，《集》05338 刺作兄日辛卣（殷商）作「🔲」，《集》05338 刺作兄日辛卣（殷商）作「🔲」。俞偉超、李家浩直言，戰國文字「圓點」或「用勾廓法寫成圓圈」，而「圓點」又往往變作「一橫」。如：《中山王�器文字編》3～4 頁「十」字，分別作「🔲 🔲 🔲」；《侯馬盟書》314 頁「宝」字，分別作「🔲 🔲 🔲」等。〔註187〕所以楚簡「昌」字從「🔲」演變成「🔲」是可能的。

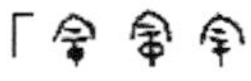

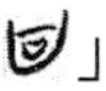

〔註183〕陳偉，〈郭店楚簡別釋〉，《江漢考古》，1998 年 4 月。陳偉，《郭店竹書別釋》，19
　　　　頁，武漢：湖北教育出版社，2003 年 1 月。

〔註184〕荊門博物館，《郭店楚墓竹簡》，郭 3 注 76，北京：文物出版社，1998 年。

〔註185〕荊門博物館，《郭店楚墓竹簡》，郭 9 注 11，北京：文物出版社，1998 年。

〔註186〕《說文解字六書疏證卷九》，《古文字詁林》第四冊，765～766 頁，上海教育出版
　　　　社，2001 年。

〔註187〕余偉超、李家浩，〈論兵闌太歲戈〉，《出土文獻研究》，1985 年。

《郭‧老子甲》簡 19「甘」字作「◲」非孤例,《先秦貨幣文編》28 作「◳」、19 作「◰」、50 作「甘」皆可與之相較。「甘」字「口」部件中所從部件,無論是「一」或「○」,皆爲「指示符號」,代表「所含之物」。

昌,甲骨文《合》19924 作「◲」,裘錫圭認爲「昌」字造字法,正與「名」字相類,「昌」從「日」、「口」,本義爲「日方出時呼喚大家起身幹事的叫聲」。〔註188〕

其實金文已有與楚簡「甘」、「昌」同作「◱」形的「昌」字如下:

1. 康諧穌好,敬配吳王,不諱考壽,子孫蕃◱昌,永保用之,終歲無彊。
   【10171 蔡侯盤,春秋晚期】

2. ◲昌城右【10998 甘城右戈,《小校》10.26.1,戰國晚期】

辭例 2「昌城」,高明認爲在山東諸城縣,《青州府志》:「昌城在諸城縣東北二十五里,今昌城村北」。〔註189〕何琳儀釋爲戰國齊地名,以《史記‧趙世家》正義引《括地志》云:「故昌城,在淄州淄川縣東北四十里也」爲證。〔註190〕

昌字從甲骨文《合》19924「◲」,演變成金文、楚簡的「◲」,主要是金文、楚簡「昌」字,將「口」上的「日」形變成「○」,如《集》09779 癸丁罍(殷商)辭例「日癸」的「日」字作「○」;再將「日」形部件移至「口」內。「昌」字上部所從爲「日」形,可參《十鐘》作「◲」,《陶彙》5.185 作「昌」,《璽彙》4980 作「◲」;將「昌」字上部所從「日」形轉爲「○」,可參《璽彙》4977 作「◲」;將「日」形移至「口」內,可參《璽彙》5390 作「◲」。

金文、楚簡「甘」、「昌」同形,乃因楚簡「甘」字將框內指示橫筆換作圈筆作「◲」形;而金文、楚簡部分「昌」字,則將「口」上「日」形變成「○」形,再將「○」形移至「口」內,故金文、楚簡「甘」、「昌」二字,是因爲各自字形的演化、訛變而同形。

第五節　「也」、「只」同形

也、只本是兩個音義完全不同的字,也,《說文》:「◲,女陰也。象形。」

〔註188〕裘錫圭,〈說字小記〉,《北京師院學報》,1988 年 2 期。

〔註189〕高明,《中國古文字學通論》,656 頁,臺北:五南圖書出版公司,1993 年 12 月。

〔註190〕何琳儀,《戰國文字通論(訂補)》,282 頁,南京:江蘇教育出版社,2003 年。

只，《說文》：「只，語已詞也。从口，象氣下引之形。」但是楚簡「也」、「只」，會因彼此形近訛誤而同形。

一、同形字字形舉隅

也	只
₹郭 8.8	₹上博三彭 4
₹郭 10.19	
₹郭 9.23～24	

二、同形字辭例舉隅

（一）「也」字辭例

1. 君子其施也忠，故蠻親傅也；其言爾信，故轉而可受也。【郭 8.8】

2. 故共是物也而有深焉者，可教也而不可疑也，可教也而不可迪其民，而民不可止也。【郭 10.19】

3. 勉之遂也，強之工也，陳之淹也，詞之工也。【郭 9.23】〔註 191〕

（二）「只」字辭例

1. 既只（躋）於天，又墜於淵。【上博三彭 4】

三、同形字辭例說明

（一）「也」字辭例說明

「也」字在句中的用法有二，可作「句末語氣詞」和「句中助詞」，如《荀子》：「治亂非天也」，或《論語・先進》：「柴也愚，參也魯」等。《郭・忠》簡 8「君子其施也忠，故蠻親傅也；其言爾信，故轉而可受也」的兩個「也」字，即「句末語氣詞」。《郭・忠》簡 8「君子其施也忠」，和《郭・尊》簡 19「可教也而不可疑也，可教也而不可迪其民」的「也」字，為「句中助詞」。

當然「只」也有「句末語氣詞」和「句中助詞」的用法，如《楚辭・大招》：「青春受謝，白日招只」，或《詩・周南・樛木》：「樂只君子，福履綏之」。但一般學者還是將楚簡作「句末語氣詞」和「句中助詞」的「₹」字，逕釋「也」；

〔註 191〕參劉釗，《郭店楚簡校釋》，166 頁，福州：福建人民出版社，2003 年 12 月。

換個角度思考，或許「只」會有「句末語氣詞」和「句中助詞」的用法，是「只、也」形近訛誤同形所致的誤解。

（二）「只」字辭例說明

原釋文釋「只」，疑讀爲「躋」，「躋」精母脂部字，「只」章母支部字，讀音相近。〔註192〕「躋」，《方言》、《說文》皆說：「躋，登也。」《爾雅・釋詁》：「躋，陞也。」《易・震》：「躋於九陵」，孔穎達疏：「躋，升也。」故「躋」有「登上」、「上昇」義，和《上博三・彭》簡4「又墜於淵」相對照，將「」字釋「只」、讀「躋」，是目前最好的選擇。

四、同形原因析論

「也」字，劉心源、容庚、《甲詁》按語都認爲，甲骨文、金文「它」、「也」本同字都作「」，〔註193〕但如李零所說，「也」字至戰國時期便已分化作「」等，〔註194〕其相關字形和辭例，可參考張光裕主編之《郭店楚簡研究・第一卷・文字編》：

1. 聞之於先王之法也。【信陽1.07】（滕編866）

2. 少又優也。【包山231】（滕編866）

3. 堯舜之王，利天下而弗利也。【郭7.1】

4. 不欺弗知，信之至也。【郭8.1】

5. 聖人之在民前也，以身後之；其在民上也，以言下之。【郭1.1.3～4】

6. 子曰：爲上可望而知也，爲下可述而志也，則君不疑其臣，臣不惑於君。【郭3.3～4；上博一紂2】

7. 子曰：上好仁則下之爲仁也爭先。【郭3.10～11；上博一紂6】

8. 春秋亡不以其生也亡耳。【郭15.20～21】

9. 故共是物也而有深焉者，可教也而不可疑也，可教也而不可迪其民，而民不可止也。【郭10.19】

〔註192〕馬承源主編，《上海博物館藏戰國楚竹書三》，306頁，上海古籍出版社，2003年12月。

〔註193〕劉心源《奇觚室吉金文述》，卷3，29頁，齊侯敦，1902年。《金文編》2147號；金詁1688號。

〔註194〕李零，〈讀楚系簡帛文字編〉，《出土文獻研究》，第五集注150，1999年8月。

10. 君子其施也忠，故蠻親傳▓也；其言爾信，故轉而可受也。【郭 8.8】
〔註 195〕

　　甲骨文並無獨體「只」字，但季旭昇認爲在合體字中卻有兩個疑似從「只」部件的例證，如《合》21507「令官▓」之「▓」，從「只」、從「人」從「禾」。「兄」從「口」，與說文「兄」同形，當可釋「只」。〔註 196〕又《京》3032（《合》20250）「戊寅☐▓令☐白」之「▓」，下從「土」，上似亦從「只」。〔註 197〕

　　金文獨體「只」字，季旭昇認爲僅有秦系廣衍戈一例。〔註 198〕李學勤則認爲在金文合體字中，卻有一些疑似從「只」部件的例證如下：

1. ▓【新見青銅器，器呈橢形，深腹，兩側中間內凹，有一對小環耳，有器自名「▓（鈑）」。】

2. 唯王正月初吉壬午，蔡大史秦作其▓厄，永保用。【10356 蔡大史厄，春秋】〔註 199〕

3. 哀成叔之▓厄。【04650 哀成叔厄，春秋晚期】〔註 200〕

4. 史孔作▓厄，子子孫孫永寶用。【10352 史孔厄，春秋】

5. 左關之▓厄。【10368 左關之厄，戰國】〔註 201〕

除此，還有《金文編》1994 號的「娍」字：

6. 取膚子子商鑄盤，用滕之麗▓娍，子子孫孫永寶用。【10126 取膚盤，春秋】

7. 取膚子子商鑄匜，用滕之麗▓娍子子孫永寶用。【10253 取膚匜，春秋】

　　李學勤將上述辭例 2～5，《集成》稱爲「鈳」的器物，全部改稱爲「厄」，因爲它們的器型都是「橢圓形」、「斂口」、「鼓腹」、「雙環耳」，和《說文》：

〔註 195〕張光裕主編《郭店楚簡研究・第一卷文字編》，28～40 頁，臺北：藝文印書館，1999 年。

〔註 196〕季旭昇，《甲骨文字根研究》，68 號，臺灣師範大學國文所博士論文，1990 年。

〔註 197〕季旭昇，《甲骨文字根研究》，77 號，臺北：文史哲出版社，2003 年 12 月。

〔註 198〕季旭昇，《甲骨文字根研究》，77 號，臺北：文史哲出版社，2003 年 12 月。

〔註 199〕武漢市文物商店，〈武漢市收集的幾件重要的東周青銅器〉，《江漢考古》，1983 年 2 期。

〔註 200〕洛陽博物館，〈洛陽哀成叔墓清理簡報〉，《文物》，1981 年 7 期。

〔註 201〕李學勤，〈釋東周器名厄及有關文字〉，《第四屆國際中國文字學研討會論文集》，2004 年 10 月 15～17 日。

「圓器也。一名觚，所以節飲食」，及宋《宣和博古圖》卷 16「卮」器相符。
〔註202〕

楚簡一般從「只」部件的字形、辭例和相關說明如下：

1.「枳（枝）」，《信陽》簡 2～023：「一寢莞，一寢筵，屯結芒之純，六篋筵，屯錦純，一柿■枳（枝），錦純。」李家浩對「■」字的解釋為：

柿枳之前記的是寢莞、寢筵和篋筵三種席，之後綴以錦純，與寢莞、寢筵和篋筵之後綴以結芒之純和錦純文例相同，於此可見，柿枳應該也是席一類的東西。古代的席種類很多，除了莞、筵等席之外，還有一種席叫作「桃枝」。桃枝本來是一種竹子的名字，桃枝席就是用這種竹子編之成的而得名。這裡舉一條《周書・器服》有關桃枝席的記載作為例子：「桃枝、蒲席，皆素獨（襡）。」江陵鳳凰山一六八號漢墓竹簡把桃枝寫作「逃枳」。竹簡原文說：「逃枳，逃枳錦因（茵）各一。」逃枳與桃枝古音相近，我們有理由認為柿枳是桃枝的另外一種寫法。〔註203〕

2.「枳（跂）」字，包山 260「一竹▨枳（跂）」，李家浩對「▨」字的解釋為：

枳應該讀為枕的別名「跂」。《玉篇・立部》：「跂，枕也。」包山二號楚墓出土枕二件。〔註204〕

3.「枳（肢）」字，《郭・唐》簡 26～27「四▨枳（肢）倦惰，耳目聰明衰，播天下而授賢，退而養其生」，裘錫圭將「四枳胅陸」讀作「四肢倦惰」。〔註205〕

4.「枳（枝）」字，《郭・語四》簡 16～17「如將有敗，雄是為害。利木陰者，不折其▨枳（枝）。」「▨」字釋「枳」讀「枝」。〔註206〕

〔註202〕李學勤，〈釋東周器名卮及有關文字〉，《第四屆國際中國文字學研討會論文集》，2004 年 10 月 15～17 日。

〔註203〕李家浩，〈信陽楚簡中的柿枳〉，《簡帛研究》2，法律出版社，1996 年。

〔註204〕李家浩，〈包山楚簡中的「枳」字〉，《徐中舒先生百年誕辰紀念文集》，1998 年。

〔註205〕荊門博物館，《郭店楚墓竹簡》，郭 7 注 30，北京：文物出版社，1998 年。

〔註206〕荊門博物館，《郭店楚墓竹簡》，郭 16 注 13，北京：文物出版社，1998 年。

5.「只〈支（技）〉」字，《郭・尊》簡 14～15「教以**字**只〈支（技）〉，則
民少以吝。教以言，則民訏以寡信。教以事，則民力嗇以面利。」袁
國華對「**字**」字的解釋爲：

尊簡 14，字作**字**若將此字與唐 26 簡的**粹**字所從作比較，即可知二
字全同。只，簡文似可通作技。技字群母支部，只字章母支部。技、
只同屬支部，有通假的條件。軹、歧二字通假之例，亦可以爲證。《爾
雅・釋地》：『中有軹首蛇焉』句，《楚辭・天問》王逸注：『中央之
州，有歧首之蛇。』軹屬章母支部，歧屬群母支部，二字音近可通，
應可成立。古文獻如《商君書》《管子》等屢言若教民以技藝，會對
國家造成禍害，〈尊德義〉所載內容亦與之相類……《商君書・算地》：
『技藝之士用則剽而易徙……技藝之士，資在於手』可見『民野以
爭』則『民剽』之謂也；『民少以吝』則猶言『（民）易徙』而『資
在於手』是也。〔註207〕

楚簡「也」、「只」二字的異體甚多，「只」字作「**字**」，可和《信陽楚簡》「**字**」、
《包山楚簡》「**字**」、「**粹**」，《郭店楚簡》「**粹**」、「**粹**」等字相較，「也」、「只」二
字之所以會同形，主因彼此形近訛誤所致，奇特的是辭例 8 釋作「只」的「**字**」
字，竟會與「兄」字形近，楚簡「只、兄形近表」如下：

字 例	字 形	辭 例
只	**字**	教以只〈支（技）〉，則民少以吝。教以言，則民訏以寡信。教以事，則民力嗇以面利。【郭 10.14～15】
兄	**字**	仁，義禮所由生也，四行之所和也。和於兄弟，戚也。【郭 6.31～32】
	字	獨處則習父兄之所樂。【郭 11.61】
	字	……□父兄任者，子弟大材藝者大官，小才藝者小官…【郭 12.13～14】

差別僅在「只」字，會於末筆加一贅筆作「丿」，與「兄」字區別。

〔註207〕袁國華，〈郭店楚簡文字考釋十一則〉，《中國文字》新 24，1998 年 12 月。

五、相關字詞析論

（一）《信陽楚簡》簡2～024「鈛」字析論

《信陽楚簡》簡2～024「四合鈛，一爲鈛，屯有蓋」的「鈛」字說法有三，滕壬生釋「匜」。〔註208〕李家浩釋「釲」，像方鑑。〔註209〕李零釋「鍔」。〔註210〕

案：楚簡「也」、「只」同形，故《信陽楚簡》簡2～024「鈛」字可從滕壬生釋「匜」，也可從李家浩釋「釲」，皆具有參考價值。而李零釋「鍔」的靈感，可能源自金文《集》10008 欒書缶「也」字作「□」；《集》00321 曾侯乙鐘中三「号」字也作「□」，但是金文「也」、「号」同作「□」形，與「也」、「只」同作「□」形並不相似，故不將李零「鍔」說列入考慮。

可與《信陽楚簡》簡2～024「四合鈛，一爲鈛，屯有蓋」的「鈛」字，作字形比較的是《包山楚簡》簡258的「□」字，辭例爲：

> 鳧茈二箁，蕬二箁，□二箁。

李家浩將《包山楚簡》簡258「□」字釋「䒚」，其說爲：

> 此簡記的是隨葬的食物，這種食物在2：191～3號、2：202～2號竹笥所繫的竹簽上作䒚。萩從枳聲，䒚從只聲，它們當是同一字的異體，鳧茈、蕬是兩種水生植物，那麼位於其後的萩，也應該是水生植物。據2：191～3號、2：202～2號竹笥所繫竹簽文字，這兩件竹笥當是簡文所記載的「萩二箁」。2：202～2號竹笥內所盛的都是菱角，2：191～1號竹笥內也盛有菱角。菱角也是水生植物，與鳧茈、藕同類。簡文所記的萩和簽文所記的䒚，顯然是指竹笥內盛的菱角。楚人把菱角叫做芰。《國語・楚語上》「屈到嗜芰」，賈逵注：「蔆，芰也。楚人謂陵（蔆）爲芰。《說文》艸部：「蔆，芰也。從艸，淩聲，楚謂之芰。」所上文所引馬王堆漢墓帛書枝作枳，和《說文》肢字重文作胑例之，包山楚簡的萩和竹簽的䒚，無疑是芰字的異體。〔註211〕

〔註208〕滕壬生，《楚系簡帛文字編》，882頁，武漢：湖北教育出版社，1995年7月。

〔註209〕李家浩，〈信陽楚簡中的柿枳〉《簡帛研究》2，北京：法律出版社，1996年。

〔註210〕李零，〈讀楚系簡帛文字編〉，《出土文獻研究》，第五集，1999年8月。

〔註211〕李家浩，〈信陽楚簡中的柿枳〉，《簡帛研究》2，法律出版社，1996年。

雖然楚簡「也」、「只」同形，但若將《信陽楚簡》簡 2～024 的「𫓧」字，和《包山楚簡》簡 258 的「」（苀）」字相較，將《信陽楚簡》簡 2～024 的「𫓧」字，釋「鈘」的可能性大於「匜」。

再加上楚簡一般「匜」字的字形和辭例爲：

　　1.　一鉈（匜）【包山 266】（滕編 998）〔註212〕

　　2.　一虵（匜）【望山 2.36】〔註213〕

陳昭容舉春秋楚及鄰近地區的幾個「匜」字異寫，如臺北故宮新收的王子匜（春秋時期楚式匜的主要類型）作「鐁」，淅川下寺銅器銘文作「」、「」、「」，信陽簡 208 作「」，工盧季生匜作「」，蔡子仳匜作「」，王子仳匜作「」等，這些「匜」字都從「与（牙）」得聲。〔註214〕字形與《信陽楚簡》簡 2～024 的「𫓧」字差距頗大，故決定將《信陽楚簡》簡 2～024「𫓧」字，從李家浩的說法釋「鈘」，但是否爲「陶方鑑」，則待商。

因筆者發現《信陽楚墓》稱「匜」的器物有三（圖一、二、三），圖一爲銅匜（信陽 1～735），圖二爲陶匜（信陽 1～726），圖三爲漆木匜（信陽 1～820），其中圖二陶匜（信陽 1～726）和圖三（信陽 1～726）的器形，和圖四李學勤稱爲「左關之（卮）」〔註215〕的器形近似，或許《信陽楚簡》簡 2～024「𫓧」字所指器物爲圖二陶匜（信陽 1～726），或是圖三漆木匜（信陽 1～820），〔註216〕即圖二（信陽 1～726）和圖三（信陽 1～820）皆應將器名改稱爲「卮」。

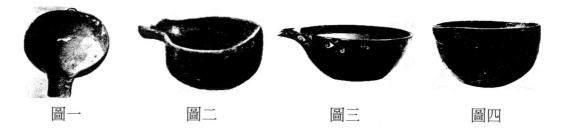

圖一　　　　　圖二　　　　　圖三　　　　　圖四

〔註212〕白於藍，〈包山楚簡文字編校訂〉，《中國文字》新 25，1999 年 12 月。

〔註213〕湖北省文物考古研究所，北京大學中文系編，《望山楚簡・二號墓》，注 147，北京：中華書局，1995 年。

〔註214〕陳昭容，〈故宮新收青銅器王子匜〉，《中國文字》25，1999 年 12 月。

〔註215〕李學勤，〈釋東周器名卮及有關文字〉，《第四屆國際中國文字學研討會論文集》，2004 年 10 月 15～17 日。

〔註216〕河南省文物研究所編，《信陽楚墓》，北京：文物出版社，1986 年。

第六節 「能」、「一」同形

能、一是兩個音義完全不同的字，能，《說文》：「🐻，熊屬，足似鹿，从肉，㠯聲。」一，《說文》：「一，惟初太始，道立於一，造分天地，化成萬物。」但《郭店楚簡》「🪶」字，卻同時代表「能」、「一」兩種意義，可爲一組同形字。

一、同形字字形舉隅

能	一
🪶郭 9.17～19	🪶郭 6.16

二、同形字辭例舉隅

（一）「能」字辭例

1. 福而貧賤，則民欲其福之大也。貴而能讓，則民欲其貴之上也，反此道也，民必因此厚也以復之，可不愼乎？【郭 9.17～19】

（二）「一」字辭例

1. 淑人君子，其儀一也。能爲一，然能爲君子，愼其獨也。【郭 6.16】

三、同形字辭例析論

（一）「能」字辭例析論

《郭》9 簡 17～19「福而貧賤，則民欲其福之大也。貴而🪶讓，則民欲其貴之上也，反此道也，民必因此厚也以復之，可不愼乎？」之「🪶讓」，裘錫圭釋讀作「能讓」。〔註217〕李天虹認爲「🪶」從「能」、「彗」聲，故可隸定作「🪶」，通讀爲「揖」，並舉《論語・八佾》和《荀子・樂論》「揖讓」爲例，而將「貴而🪶讓」讀作「貴而揖讓」。〔註218〕何琳儀釋讀作「貴而🪶（抑）讓」，「抑讓」猶「退讓」。〔註219〕季旭昇認爲李天虹「揖讓」說勝於舊說，因爲「貧賤」與「揖讓」相對爲文，文義較佳，但「揖」和「一」韻部相去較遠，似可考慮讀

〔註217〕荊門博物館，《郭店楚墓竹簡》，郭 9 注 20，北京：文物出版社，1998 年。

〔註218〕李天虹，〈郭店楚簡文字雜釋〉，《郭店楚簡國際學術研討會論文集》，95 頁，武漢：湖北人民出版社，2000 年 5 月。

〔註219〕何琳儀，〈郭店竹簡選釋〉，《簡帛研究 2001》，162 頁，桂林：廣西師範大學出版社，2001 年 9 月。

爲「抑」或「撙」，都是謙讓義。〔註 220〕

　　案：筆者認爲此例如採裘錫圭首先提出的「🜨（能）」說作解，彷彿比《郭店楚簡》原釋文的「🜨（一）」說，更能清楚地傳達此句的涵義。除此，「能讓」，還有傳世文獻佐證，茲條列幾則於下：

1. 《孟子・盡心》：「孟子曰：好名之人，能讓千乘之國；苟非其人，簞食豆羹見於色。」〔註 221〕

2. 《荀子・修身》：「勞苦之事則爭先，饒樂之事則能讓，端愨誠信，拘守而詳；横行天下，雖困四夷，人莫不任。」〔註 222〕

3. 《管子・立政》：「君子所慎者四：一曰大德不至仁，不可以授國柄。二曰：尊賢不能讓，不可與尊位。」〔註 223〕

「而能讓」的傳世文獻例證爲：

1. 《國語・晉語》：「悼公聞之，曰：難雖不能死君而能讓，不可不賞也。使掌公族大夫。」〔註 224〕

「而能+動詞」的出土文獻例證爲：

1. 殺蟲豸，斷而能屬者，潰以灰，則不屬矣。【睡虎地秦墓竹簡・日書甲種】

2. 六行隨之卦，相而能戒也。【馬王堆帛書・易之要】

3. 保安而恒窮。是故柔而不狂，然後文而能勝也；剛而不折，然而後武而能安也。【馬王堆帛書・易之要】

4. 仁而能安，天道也。【馬王堆漢墓帛書・五行】

5. 是故或聞道而能悟，悟正其横臣者□。【馬王堆漢墓帛書・九主】

6. 其辭曰：泫泫淮源，聖禹所導，湯湯其逝，惟海是造，疏穢濟遠，柔順其道，弱而能強，仁而能武⋯⋯【漢代石刻集成・桐柏淮源廟碑】

〔註 220〕李旭昇，《說文新證上冊》，29〜30 頁，臺北：藝文印書館，2002 年 10 月。

〔註 221〕《十三經注疏・孟子》，366 頁，臺北：藝文印書館，1955 年。

〔註 222〕《荀子》，29 頁，臺北：學生書局，1981 年。

〔註 223〕《管子》，51 頁，臺灣商務印書館，1983 年。

〔註 224〕《國語》，442 頁，臺北：里仁書局，1980 年。

7. 溫然而恭，慨然而義，善與人交，久<mark>而能敬</mark>，榮且溺之耦耕，甘山林
之杳藹，遯世無悶，恬佚淨漠……【漢代石刻集成·婁壽碑】〔註225〕

除文獻例證外，「貴而能讓」也可採用語法分析，莊惠茹說：

> 將「貴而能讓」的「能」字作肯願義助動詞解，用以輔助說明其後
> 的動詞「讓」。「能」字在此乃是對「貴而讓」這一命題下「能願」
> 義的判斷，強調事件主語的行為意志。〔註226〕

故將「𤲃」字作「能」解，不僅文義通讀最合理，還有傳世文獻、出土文獻和
語法分析支持。

反之將「貴而𤲃（揖）讓」、「貴而𤲃（抑）讓」和「貴而𤲃（撙）讓」，帶
回《郭·成》簡17～19「福而貧賤，則民欲其福之大也。貴而𤲃讓，則民欲其
貴之上也，反此道也，民必因此厚也以復之，可不慎乎？」，文義理解皆扞格；
如李天虹的「貴而𤲃（揖）讓」說，先看「揖」字相關解釋：

1.《說文》：「揖，攘也，从手咠聲。一曰手箸匈曰揖。」

2.《禮記·玉藻》：「進則揖之，退則揚之。」鄭玄注：「揖之，謂小俯也。」

3.《禮記·內則》：「升降出入揖遊，不敢噦噫。」孫希旦《集解》：「揖，
俯身也。」

4.《儀禮·鄉飲酒禮》：「主人揖，先入。」鄭玄注：「推手曰揖。」

錢玄釋「揖」為行禮最輕者，不跪、兩手相合，向外推謂「揖」，後來統稱
為「拱手」。〔註227〕「揖讓」為「微俯、拱手行禮」的特定儀節。再加上季旭
昇所說，「揖（影紐緝部）」、「一（影紐質部）」二字韻部相去較遠，〔註228〕似
乎缺乏通假條件。而何琳儀、季旭昇的「貴而𤲃（抑）讓」說，「抑讓」一詞，
尚未在先秦漢語中出現；且季旭昇的「貴而𤲃（撙）讓」說，「撙（精紐文部）」、
「一（影紐質部）」二字聲韻俱遠，似乎也缺乏通假條件。

故筆者最後還是決定贊成裘錫圭的「貴而𤲃（能）讓」說。

〔註225〕中研院歷史語言研究所文物圖象資料庫 http://ultra.ihp.sinica.edu.tw/~wenwu/ww.htm。

〔註226〕莊惠茹，《兩周金文助動詞詞組研究》，臺南：成大中文所碩士論文，2003年4月
25日。

〔註227〕錢玄，《三禮通論》，532頁，南京：南京師範大學出版社，1996年10月。

〔註228〕季旭昇《說文新證上冊》，29～30頁，臺北：藝文印書館，2002年10月。

（二）「一」字辭例說明

《郭》6簡16「淑人君子，其儀𧾷也。能爲𧾷，然能爲君子，愼其獨也」，與之對應的《詩經・曹風・鳲鳩》作「淑人君子，其儀一兮」；帛書本184作「叔人君子，其宜一氏」，皆可證明「𧾷」字當釋讀作「一」。〔註229〕

四、同形原因析論

「𧾷」字構形有「能」、「一」兩種釋讀方式：

1. 釋「能」，郭沫若首先提出，「𧾷」字從「羽」、「能」聲，故讀「能」。
〔註230〕

2. 釋「一」，其文字構形解釋有三：

① 李天虹認爲「𧾷」可能從「能」、「𦧋」聲，故可隸定爲「𦧋」，「𦧋」當從「𦧋」爲聲，古音「𦧋」、「一」均質部字，「𦧋」屬匣母，「一」屬影母，音極相近，可以通轉。〔註231〕

② 朱德熙認爲「𧾷」字從「能」字的「㠯」字得聲；〔註232〕贊成者包括李零、孔仲溫、陳偉武、徐在國、周鳳五等。〔註233〕

③ 顏世鉉認爲楚系的「𧾷」，所從的「羽（魚部）」和「能（之部）」，二者均爲聲符，「𧾷」可讀爲「能（之部）」、「代（職部）」、以及「一（質部）」。〔註234〕

〔註229〕荊門博物館，《郭店楚墓竹簡》郭6注19，北京：文物出版社，1998年。

〔註230〕郭沫若，〈關於鄂君啓節的研究〉，《文物參考資料》，1958年4期。

〔註231〕李天虹，〈郭店楚簡文字雜釋〉，《郭店楚簡國際學術研討會論文集》，95頁，武漢：湖北人民出版社，2000年5月。

〔註232〕朱德熙，〈鄂君啓節考釋八篇〉，《紀念陳寅恪先生誕辰百年學術論文集》，1989年。

〔註233〕李零，〈包山楚簡研究（占卜類）〉，《中國典籍與文化論叢》第一輯，1993年9月。孔仲溫，〈楚簡中有關祭禱的幾個固定字詞試釋〉，《第三屆國際中國古文字學研討會論文集》，香港中文大學，1997年10月。陳偉武，〈戰國楚簡考釋斠義〉，《第三屆國際中國古文字學研討會論文集》，652～657頁，香港中文大學，1997年10月。徐在國，〈讀《楚系簡帛文字編》札記〉，《安徽大學學報》，1998年第5期。周鳳五，〈讀郭店竹簡成之聞之札記〉，《古文字與古文獻》試刊號，楚文化研究會，1999年10月。

〔註234〕顏世鉉，〈郭店楚簡散論（一）〉，《郭店楚簡國際學術研討會論文集》，104～105頁，武漢：湖北人民出版社，2000年5月；顏世鉉〈郭店楚簡六德箋釋〉，《史語所集刊》，2001年6月。

案：「⿱羽能」字釋「能」的原因較簡單，因爲「⿱羽能」字明顯從「能」，故可作「能」解，其文字構形的解釋可和「豙」、「⿱爫卒」二字相較，李家浩認爲「豙女」當讀爲「嫁女」，因爲「豙」字包含「家」的字形，所以有「家」音。這跟「⿱爫卒（狄）」字包含「卒」的字形，所以有「卒」音，相雷同。〔註235〕

「⿱羽能」字釋「一」的原因，得先探討「⿱羽能」字的本形本義。「⿱羽能」字上面所從「羽」形，「羽」形本就有兩種解釋，一是「彗」義，一是「羽」義，也算是一組同形字，詳細討論可參本論文〈「彗」、「羽」同形〉一節，所以「⿱羽能」字讀「一」，可從「彗」或從「羽」得聲。再加上「能」字從「㠯」聲（能，《說文》：「能，熊屬，足似鹿，从肉，㠯聲」）。故「⿱羽能」字讀「一」的聲符來源，共有「彗（斜紐月部）」、「羽（匣紐魚部）」、「㠯（余紐之部）」三說，再分別將它們和「一（影紐質部）」字古音相較，其音讀皆尚存討論空間，故邴尚白認爲可能跟楚方言有關。〔註236〕

《郭店楚簡》「能」、「一」皆可作「⿱羽能」形，算是一組「同形字」，筆者將其同形原因歸類爲「造形相同、構義有別」的「偶然同形」現象。

五、相關字詞析論

（一）郭店楚簡其他「⿱羽能」字辭例析論

郭店楚簡其他「⿱羽能」字辭例有：

1. 《郭》2簡6～7「是故太一藏於水，行於時，周而或【始，以己】爲萬物母。⿱羽能缺⿱羽能盈，以紀爲萬物經。」
2. 《郭》16簡25～27「[illegible]家事乃有[illegible]（祏），三雄一雌，三[illegible]（呱）一[illegible]（媞），一王母保三[illegible]（嫛）兒（娩）。」〔註237〕

辭例1，顏世鉉釋作「一缺一盈」，「一」猶「或」也。〔註238〕

〔註235〕湖北省文物考古研究所，北京大學中文系編，《望山楚簡》，註六，北京：中華書局，1995年。

〔註236〕邴尚白，《楚國卜筮祭禱簡研究》，82頁，暨南國際大學中文所碩士論文，1999年。

〔註237〕「[illegible]」字參照原釋文和李天虹讀爲「祏」，《說文》：「祏，宗廟主也。」（〈郭店竹簡與傳世文獻互證八則〉，《江漢考古》，2002年3期）。其他字詞考釋皆採劉釗說法。（《郭店楚簡校釋》，234頁，福州：福建人民出版社，2003年12月）。

〔註238〕顏世鉉，〈郭店竹書校勘與考釋問題舉隅〉，《史語所集刊》74：4，2003年12月。

辭例2，林素清釋作「一家事，乃有石」，整句解釋爲「治理一個諸侯之國，難道有一百二十斤重嗎？」〔註239〕陳偉釋作「一家事」，指「對家事統一管理」。〔註240〕「一」皆作「動詞」用。

案：雖然辭例1～2皆可用「一」字通讀，但辭例1也可讀作「能缺能盈」，辭例2也可讀作「能家事」，「家」字轉品作「動詞」用，指「做國事」、或「做家事」，「缺」、「盈」、「家」等動詞前加助動詞「能」都合文法，故筆者還是決定讓二說並存。

筆者之所以不將《郭店楚簡》「🦗」字，參照多數學者看法，全部改釋爲「一」，除了《郭》9簡17～19「貴而能讓」的辭例外，還有下列兩點原因：

其一，辭例1～2同句中皆出現「一」形的「一」字，如辭例1的「太一」，辭例2的「三雄一雌」、「三䇂（呱）一堇（媞）」和「一王母保三䏌（嬰）兒（婉）」，且同是《郭》16簡21「四時一遣一來」的「一」字也作「一」形，當然它們可能像顏世鉉所說「是以不同的字形來表示字義的細微差別」，〔註241〕但也不排除此是「🦗（能）」、「一（一）」二字的區別。

其二，若將「🦗」字釋「一」的假設成立，那麼它和戰國文字其他也可釋「一」的區別何在。這些「一」字的異體包括：楚系《郭店楚簡》另外的「弌」字、金文《集》09735中山王𫞠方壺的「🪶」字，和何琳儀所提秦系文字的「壺（壹）」字。〔註242〕李零曾嘗試對此進行解釋說：

> 楚文字的『一』有繁簡兩體，情況實與同一時期秦文字的『一』有『一』、『壹』兩體相似（後者也流行於漢），其實是有地方特色的繁體。後者本來是起防僞作用的的特殊用字。〔註243〕

晉系「中山王𫞠方壺」的「🪶（一）夫」字，是具有中山國地方特色的繁體。

〔註239〕林素清，〈郭店竹簡語叢四箋釋〉，《郭店楚簡國際學術研討會論文集》，2000年5月。

〔註240〕陳偉，《郭店竹書別釋》，242頁，武漢：湖北教育出版社，2003年1月。

〔註241〕顏世鉉，〈郭店竹書校勘與考釋問題舉隅〉，《史語所集刊》74：4，2003年12月。

〔註242〕何琳儀，〈郭店竹簡選釋〉，《簡帛研究2001》，162頁，桂林：廣西師範大學出版社。

〔註243〕李零，《郭店楚簡校讀記（增訂本）》，42頁，北京：北京大學出版社，2002年3月。

但李零之說並不能解釋所有情形，如同樣都是引用《詩經・曹風・鳲鳩》：「淑人君子，其儀一兮」中「一」字的寫法最耐人尋味，其在《郭店・五行》簡 16 作「⿱羽能」；在《郭店・緇衣》簡 39 作「弌」；在《馬王堆帛書・五行》184 和《上博簡・紂衣》簡 20 逕寫作「一」。所以《郭店・五行》簡 16 的「⿱羽能」字，對同是楚系簡帛文字而言，並無標舉地方特色的作用。

筆者認爲「⿱羽能」字，仍不排除可同時釋讀作「能」和「一」的可能，所以筆者採用「同形字」的觀點詮釋「⿱羽能」字。

（二）鄂君啟節「歲⿱羽能返」句析論

「⿱羽能」字引起討論，源自於戰國金文《集》12110～12112 鄂君啓車節「車五十乘，歲⿱羽能返」，和《集》12113 鄂君啓舟節「屯三舟爲一舿、五十舿，歲⿱羽能返」。筆者將此字考釋分成五大類：1. 郭沫若「⿱羽能（能）」說。2. 朱德熙「⿱羽能（代）」說。3. 于省吾「⿱羽能（盈）」說。4. 其他。5.《郭店楚簡》出現後的「⿱羽能（一）」說。

1. 郭沫若「⿱羽能（能）」說，「⿱羽能」字從「羽」、「能」聲，當是「態」之異文，在此讀爲「能」，言舟往返之有效期限爲一年。〔註 244〕

   商承祚說：「借⿱羽能爲能，又或爲能之異體」。〔註 245〕饒宗頤說：「⿱羽能字爲能之繁體」。〔註 246〕《銘文選》659 號註 5：「⿱羽能爲能之繁寫」。陳偉武說：「⿱羽能爲能字異構」；皆是郭沫若「⿱羽能（能）」說的引申。陳偉武只是進一步將「⿱羽能（能）」訓「乃」，其說爲：「傳世文獻和出土文獻都有『能』、『乃』互作之例，『乃』，『而』也。『歲⿱羽能返』即一年就返回之義」。〔註 247〕姚漢源贊同陳偉武的訓解。〔註 248〕

2. 朱德熙「⿱羽能（代）」說，「⿱羽能」字從「羽」、「能」聲，《說文》認爲「能」從之部的「㠯」字得聲，「㠯」、「異」古音極近，故懷疑從「羽」、從「能」聲的「⿱羽能」，即「翼」字異體，「歲翼返」似當讀爲「歲代返」，「代」從「弋」聲，「弋」、「翼」古通，《漢書・食貨志上》：「……過能爲代田……」，

〔註 244〕郭沫若，〈關於鄂君啓節的研究〉，《文物參考資料》，1958 年 4 期。

〔註 245〕商承祚，〈鄂君啓節考〉，《文物精華》第二輯，北京：文物出版社，1963 年。

〔註 246〕饒宗頤，〈楚繒書疏證〉，《史語所集刊》第 40 本，1968 年。

〔註 247〕陳偉武，〈戰國楚簡考釋斠義〉，《第三屆國際中國古文字學研討會論文集》，652～657 頁，香港中文大學，1997 年 10 月。

〔註 248〕姚漢源，〈鄂君啓節釋文〉，《安徽省考古學會刊》，7。

顏師古注：「代，易也。」節銘「歲代返」與《漢書》「歲代處」文例正同，意思是「一年之內分批輪流返回」。〔註249〕劉彬徽、李家浩贊同朱德熙「𤢽（代）」說。〔註250〕

3. 于省吾「𤢽（盈）」說，「𤢽」即「贏」字，長沙仰天湖戰國楚墓出土竹簡的「贏」字作「𤓋」，「盈」為「贏」與「嬴」的後起字，典籍多訓「盈」為滿，「歲𤢽返」即「歲盈返」，言歲滿而返，此節的通行有效期間以一年為限。〔註251〕

李零、劉和惠、陳偉、湯餘惠皆贊成于省吾「𤢽（盈）」說。〔註252〕

4. 其他說法有羅長銘的「𤢽（膡）」說，和殷滌非的「𤢽（罷）」說。〔註253〕

5. 當《郭店楚簡・六德》簡16「淑人君子，其儀𤢽也。能為𤢽，然後能為君子，慎其獨也」出現後，與之對應的《詩經・曹風・鳲鳩》作「淑人君子，其儀一分」，帛書本184作「叔人君子，其宜一氏」，可證「𤢽」當釋讀作「一」。〔註254〕《郭店楚墓竹簡》原釋文、何琳儀便因此類推，將金文〈噩君啟車／舟節〉辭例釋讀作「歲𤢽（一）返」。〔註255〕

案：第3類于省吾「𤢽（盈）」說，問題在於「𤢽」即「贏」的假設，其所舉證〈長沙仰天湖楚簡〉的「𤓋」字，與「𤢽」仍有字形差距。第4類其他說法，皆無字形根據，故完全不考慮。僅第1類郭沫若「𤢽（能）」說、第2類朱德熙「𤢽（代）」說，和第5類「𤢽（一）」說，具有參考價值。

〔註249〕朱德熙，〈鄂君啟節考釋八篇〉，《紀念陳寅恪先生誕辰百年學術論文集》，1989年。

〔註250〕劉彬徽，《楚系青銅器研究》，343頁，湖北教育出版社，1995年7月。湖北省文物考古研究所、北京大學中文系編，《望山楚簡》，注90，北京：中華書局，1995年。

〔註251〕于省吾，〈鄂君啟節考釋〉，《考古》，1963年8期。

〔註252〕李零，〈楚國銅器銘文編年匯釋〉，《古文字研究》13，1986年。劉和惠，〈鄂君啟節新探〉，《考古與文物》，1982年5期。陳偉，〈鄂君啟節與楚國的免稅問題〉，《江漢考古》1989年3期。湯餘惠，《戰國銘文選》，6頁註9，長春：吉林大學出版社，1993年9月。

〔註253〕殷滌非、羅長銘，〈壽縣出土的鄂君啟金節〉，《文物參考資料》，1958年4期。

〔註254〕荊門博物館，《郭店楚墓竹簡》，郭6注19，北京：文物出版社，1998年。

〔註255〕荊門博物館，《郭店楚墓竹簡》，126頁，北京：文物出版社，1998年。何琳儀，《戰國文字通論（訂補）》，301頁，南京：江蘇教育出版社，2003年。

《周禮・地官・掌節》所載「符節」的使用情形爲：

> 掌節：掌守邦節而辨其用，以輔王命。守邦國者用玉節，守都鄙者用角節。凡邦國之使節，山國用虎節，土國用人節，澤國用龍節皆金也，以英蕩輔之。門關用符節，貨賄用璽節，道路用旌節，<u>皆有期以反節</u>。凡通達於天下者必有節，以傳輔之。無節者，有幾則不達。〔註256〕

尤其從「皆有期以反節」，可知符節的使用是有時間限制，如此將金文〈鄂君啓車／舟節〉的「歲[羉]返」，釋讀作「歲一返」較佳，因無論「歲[羉]（能）返」、或是「歲[羉]（代）返」，都顯現太過強烈的隨意性。

（三）楚簡「[羉]禱」析論

「[羉]」字在楚簡有一常用詞彙「[羉]禱」，見於《天星觀楚簡》、《望山楚簡》和《包山楚簡》，〔註257〕筆者將其相關考釋分述於下：

1. 「廣州中山大學楚簡整理小組」釋「[羉]」爲「龓」，《爾雅・釋器》：「旄謂之龓」，《疏》：「旄牛尾一名龓，舞者所執也」。執龓作舞而禱告於先君神祇爲「[羉]禱」。〔註258〕

2. 《包山楚簡》原釋文認爲「[羉]」似讀「嗣」，《國語・魯語》：「苟半姓實嗣」，注：「嗣，嗣世也」。「[羉]禱」爲後人對先輩的祭祀。〔註259〕

3. 李零認爲「[羉]」字從「羽」、從「能」，「能」是之部字，「翌」是職部字，此以音近讀「翌」，「翌」表示次年、次月、次日，「翌禱」則是來年的禱。〔註260〕

4. 吳郁芳、黃人二認爲「[羉]」當作「罷」，即今「劈」，古與「剖」、「副」音義相當。〔註261〕

〔註256〕《十三經注疏・周禮》，23 頁，臺北：藝文印書館，1997 年 8 月。

〔註257〕滕壬生，《楚系簡帛文字編》，305 頁，武漢：湖北人民出版社，1995 年 7 月。

〔註258〕《戰國楚簡研究（三）》，廣州：中山大學，1977 年。

〔註259〕劉彬徽等，《包山楚墓・包山二號楚墓簡牘釋文與考釋》注 359，北京：文物出版社，1991 年。

〔註260〕李零，〈包山楚簡研究（占卜類）〉，《中國典籍與文化論叢》第一輯，1993 年 9 月。

〔註261〕吳郁芳，〈包山楚簡卜禱簡牘釋讀〉，《考古與文物》，1996 年 2 期。黃人二，《戰國包山卜筮祝禱簡研究》，21 頁，臺灣大學中文所碩士論文，1996 年 6 月。

5. 孔仲溫認爲無論釋「🦅」爲从「羽」、「能」聲，或以「🦅」爲「熊」之繁形古體，「🦅」皆應讀「熊」，楚簡「🦅禱」疑讀爲「禜禱」，屬《周禮・春官・太祝》所掌「六祈」之一。〔註262〕

6. 陳偉武認爲「🦅」爲「能」字異構，傳世文獻、出土文獻都有「能」、「乃」互作例。「乃」，而也，在此應讀「仍」，訓爲因仍、連續。「舉禱」爲初始祭神求福，「🦅禱」則是因仍而祭禱之義。〔註263〕

7. 徐在國認爲朱德熙、李家浩所說「🦅」字從「羽」、「能」聲，乃「翼」字異體，其說可從。疑「翼」字應讀「祀」，「翼禱」即「祀禱」。〔註264〕

8. 周鳳五認爲「🦅禱」當讀爲「代禱」。「代禱」即由主持禱祠儀式的巫覡，以巫覡名義代替當事人舉行祭祀，如《尚書・金縢》所載。〔註265〕

9. 《郭店楚簡・六德》簡 16「淑人君子，其儀🦅也。能爲🦅，然後能爲君子，慎其獨也」出現後，與之對應的《詩經・曹風・鳲鳩》作「淑人君子，其儀一分」，帛書本 184 作「叔人君子，其宜一氏」，可證「🦅」字當讀「一」後；〔註266〕有人便類推將楚簡「🦅禱」辭例，往「🦅（一）禱」的方向作解，如劉信芳疑「🦅禱」與宜祭相關。〔註267〕何琳儀則讀作「一禱」，猶「皆禱」。〔註268〕只有李家浩認爲目前對「與禱」、「🦅禱」的確切涵義還不清楚。〔註269〕

　　案：綜上所述，「🦅」字考釋共有 1「罷」、2「嗣」、3「翌」、4「罷」、5「熊（禜）」、6「能」、7「翼（祀）」、8「代」、9「宜」、10「一」等十說。1、2、4

〔註262〕孔仲溫，〈楚簡中有關祭禱的幾個固定字詞試釋〉，《第三屆國際中國古文字學研討會論文集》，香港中文大學，1997 年 10 月。

〔註263〕陳偉武，〈戰國楚簡考釋斠義〉，《第三屆國際中國古文字學研討會論文集》，652～657 頁，香港中文大學，1997 年 10 月。

〔註264〕徐在國，〈讀《楚系簡帛文字編》札記〉，《安徽大學學報》，1998 年第 5 期。

〔註265〕周鳳五，〈讀郭店竹簡成之聞之札記〉，《古文字與古文獻》試刊號，楚文化研究會，1999 年 10 月。

〔註266〕荊門博物館，《郭店楚墓竹簡》，郭 6 注 19，北京：文物出版社，1998 年。

〔註267〕劉信芳，《荊門郭店竹簡老子解詁》，77 頁，臺北：藝文印書館，1999 年。

〔註268〕何琳儀，《戰國文字通論（訂補）》，301 頁，南京：江蘇教育出版社，2003 年。

〔註269〕李家浩，〈包山祭禱簡研究〉，《簡帛研究 2001》，33～34 頁，桂林：廣西師範大學出版社，2001 年 9 月。

缺乏字形演變，7「翼（余紐職部）」、「祀（斜紐之部）」聲部相差較遠，皆暫不列入考慮。其他因「🐻」字既可分析象「熊」形（參本節下述甲骨文「🐻」字的討論）；或是依照本節上文「同形原因析論」，可將「🐻」字分析為從「羽（匣紐魚部）」、「彗（斜紐月部）」或「㠯（余紐之部）」得聲，故「翌（余紐職部）」、「禜（匣紐耕部）」、「代（定紐職部）」、「宜（疑紐歌部）」、「一（影紐質部）」等，皆有一定的參考價值。但就上古音判斷，「翌（余紐職部）」、「代（定紐職部）」二字，和「🐻」字所從「㠯（余紐之部）」聲，在「喻」紐古歸「定」，韻母「之」、「職」對轉的條件下，較有通假的可能。再加上「🐻」字有明確讀「能」、「一」的辭例，故陳偉武的「能（仍）禱」說，和何琳儀的「一禱」說也不宜忽略。

楚簡常見禱祠有「與禱」、「🐻禱」和「賽禱」三種；最沒爭議的是「賽禱」，《史記·封禪書》：「冬賽禱祠」，索隱「賽謂報神福也。」賽禱即對神靈賜與的福祐給予回報。《包山楚簡》原釋文認為「與禱」可作「舉禱」，《周禮·天官·膳夫》：「王日一舉」，鄭注：「殺牲盛饌曰舉」。〔註270〕將上述「🐻禱」較有可能的訓解，如李零「翌禱」說、周鳳五「代禱」說、陳偉武「能（仍）禱」說，和何琳儀「一禱」說，分別與「報神福」的「賽禱」，和「殺牲盛饌」的「舉禱」相較。李零、陳偉武、何琳儀皆將「與禱」、「🐻禱」對照解釋，且將「與禱」假設為「始禱」，奇怪的是三者皆無說明為何「舉」有「始」義。周鳳五引《論語》：「子曰：吾不與祭，如不祭」的「與」，說明「與」有「參與」義，故「代禱」、「與禱」最主要差別，在於當事人是否親自參與祭禱。〔註271〕以文義理解，或許周鳳五的說法比李零、陳偉武、何琳儀等更勝一籌；不過就像李家浩對「與禱」、「🐻禱」和「賽禱」相關簡文，作通盤整理後所言，如今可以確定的是「與禱」、「🐻禱」屬於「祈禱」，「🐻禱」用牲，「與禱」不用牲而已。〔註272〕若是「🐻禱」為「代禱」用牲，「與禱」為「親自參與祭祀」不用牲，也無法依禮制作出

〔註270〕劉彬徽等，《包山楚墓·包山二號楚墓簡牘釋文與考釋》，注370、375，北京：文物出版社，1991年。

〔註271〕周鳳五，〈讀郭店竹簡成之聞之札記〉，《古文字與古文獻》試刊號，楚文化研究會，1999年10月。

〔註272〕李家浩，〈包山祭禱簡研究〉，《簡帛研究2001》，33～34頁，桂林：廣西師範大學出版社，2001年9月。

合理解釋。當然最重要的是目前無論將「與禱」、「■禱」如何解釋，皆無法將它們和唯一有文獻記載，確定爲「報神福」的「賽禱」，互相搭配成一套系統的祭祀儀式。因筆者迄今仍無法找到直接相關文獻佐證，故僅能先將此問題存而不論。

（四）甲骨文「■」字析論

《小屯南地甲骨》2169 號有一「■」字，辭例爲：

　　壬午卜，王其⋯⋯／其在■■■／茲用王獲鹿／弗■／王田宮。

《摹釋總集》、《類纂》隸定爲「熊」。季旭昇、吳振武、陳偉武、孔仲溫、何琳儀，也贊成將此字釋爲「熊」的象形。〔註273〕吳振武、陳偉武認爲上部所從「羽」，應由象形文裂變而來，與羽毛無關。〔註274〕

　　案：《小屯南地甲骨》2169 號的完整辭例，爲一組「田獵卜辭」。從「王獲鹿」推敲，「■」可能與「鹿」同爲「捕獲的動物」；但從「其在■■」推敲，「■」則爲「地名」。「■」字是否爲「熊」，必需經過一些字形比對，金文「能」字說法有二：

1. 徐鉉、徐灝、饒宗頤皆認爲「能」完全是「熊」的象形，引《夏小正》曰「能罷則穴」，即「熊罷」也，和《左傳・昭公七年》「黃能」，同書釋文和《夏本紀正義》作「黃熊」爲證；〔註275〕

2. 朱芳圃、林清源、何琳儀皆認爲是「象形兼聲」，《說文》分析「能」字爲「从肉㠯聲」，「㠯」聲爲「熊頭形的訛變」。〔註276〕

　　上述皆贊成「能」與「熊」相關，故要確定《小屯南地甲骨》2169「■」

〔註273〕季旭昇，《甲骨文字根研究》，188 號，臺灣師範大學國文所博士論文，1990 年。陳偉武，〈戰國楚簡考釋斠議〉，《第三屆國際中國古文字學研討會論文集》，香港中文大學，1997 年 10 月。孔仲溫，〈楚簡中有關祭禱的幾個固定字詞試釋〉，《第三屆國際中國古文字學研討會論文集》，香港中文大學，1997 年 10 月。何琳儀，《戰國古文字典》，76 頁，北京：中華書局，1998 年。

〔註274〕陳偉武，〈戰國楚簡考釋斠議〉，注 18，《第三屆國際中國古文字學研討會論文集》，香港中文大學，1997 年 10 月。

〔註275〕饒宗頤，〈楚繒書疏證〉，《史語所集刊》，40 本上 2 頁；金詁 1321 能。

〔註276〕林清源，《楚國文字演變構形研究》，東海大學中文所博士論文，1997 年。何琳儀，《戰國古文字典》136、76 頁，北京：中華書局，1998 年。

字是否爲「熊」，可將其與金文「能」字比對，金文「能」字的字形和辭例如下：

1. ![能] 能匋賜貝于厥智公矢 ![田] 五朋，能匋用作文父日乙寶尊彝。〔![字]〕。
   【05984 能匋尊，西周早期】

2. 乃沈子其褱多公 ![字] 能福。【04330 沈子它簋蓋，西周早期】

3. 弗 ![字] 能許鬲比。【04278 鬲比簋蓋，西周晚期】

4. 柔遠 ![字] 能邇【04326 番生簋蓋，西周晚期】

5. 勿或 ![字] 能怠。【02782 哀成叔鼎，春秋晚期】

6. 不 ![字] 能寧處，率師征燕【09734 妟子鎛壺，戰國早期】

7. 其誰 ![字] 能之【02840 中山王 ![字] 鼎，戰國晚期】

8. 舉賢使 ![字] 能【09735 中山王 ![字] 方壺，戰國晚期】

若不將《小屯南地甲骨》2169「![字]」字上部的「羽」形納入考慮，「![字]」字下部與「能（熊）」的確極爲相像；若將《小屯南地甲骨》2169「![字]」字上部的「羽」形納入考慮，甲骨文「![字]」字確極可能是〈鄂君啓節〉和楚簡常見「![字]」字的來源。「![字]」字上部「羽」形，就像吳振武、陳偉武所說「應由象形文裂變而來，與羽毛無關」，後來變形聲化成「羽」、「彗」以表音；此演變和「能」字本表「熊」，後來「熊頭」變形聲化成「㠯」如出一轍。故筆者認爲《小屯南地甲骨》2169「![字]」字，可直接隸定爲「熊」，至於作「獸名」或「地名」，則待考。

第五章　始見於戰國楚簡之部件同形字組

第一節　「右」、「厷」部件同形

右、厷是兩個音義不同的字，右，《說文》:「右，手口相助也。」厷《說文》:「厷，臂上也。」金文、楚簡「右」、「厷」二字分明，季旭昇分析「右」字下方作「ㅂ」形，「厷」字下方作「○」形。〔註 1〕下表爲金文「右」、「厷」分明之例：

字　例	字　形	辭　例
右		1. 王格大室，即立，宰引右頌入門立中廷，尹氏受王令書……用作朕皇考龏叔、皇母龏始寶隣簋，用追孝旂匃康𩁹屯右，通彔永令……【04332 頌簋，西周晚期】
		2. 宰引右頌入門，立中廷，尹氏受王令書，王呼史虢生冊令頌……頌敢對揚天子丕顯魯休，用作朕皇考恭叔、皇母恭姒寶尊鼎，用追孝，祈匃康𩁹純右（祐）、通彔永令。【02827 頌鼎，西周晚期】
厷		3. 賜汝秬鬯一卣、祼圭瓚寶、朱市、悤黃、玉環、玉瑹、金車、桒縟、較、朱鞹鞃靳、虎冟熏裏、厷軛、畫轉、畫輯、金甬、錯衡、金踵、金豙、勅䡅、金簟笰、魚箙、馬四匹、攸勒、金𠯑、金膺、朱旂二鈴。【02841 毛公鼎，西周晚期】

〔註 1〕季旭昇，《說文新證上冊》，187 頁，臺北：藝文印書館，2002 年 10 月。

又	4. 賜朱巿、悤黃、韓韐、玉環、玉玲、車、電軨、桒縪䡈、朱鞹䡈邕、虎冟熏裏、造衡、厷軛、畫轉、畫輻……【04326 番生簋蓋，西周晚期】

楚簡「右」、「厷」分明之例：

字 例	字 形	辭 例
右	（字形）	1. 右司寇【包山 102】 2. 右司馬【包山 133】（滕編 101）
厷	（字形）	3. 敗矣！厷矣！大矣！【上博二民 9】

雖然楚簡「厷」部件仍會作「（字形）」形，如《郭店楚簡》「雄」字作「（字形）」，辭例有《郭》16.14「邦有巨雄，必先與之以爲朋」、《郭》16.16「如將有敗，雄是爲害」、《郭》16.25～27「三雄一雌」。又如楚簡「拡」字作「（字形）」，「鈜」字作「（字形）」，〔註2〕「忟」字作「（字形）」等。〔註3〕

但是楚簡「厷」部件也會作「（字形）」形，與楚簡「右」部件同形，如裘錫圭、李家浩解釋「弘」字說：

> 隨縣簡 48 號簡有「革（字形）」，53 號簡有「反录之（字形）」，10 號簡「䙐定之（字形）」與弘當指同一種東西，疑并當讀爲靷……靷的異體作鞃、鞗（《玉篇·革部》）弦（《詩·大雅·韓奕》陸德明《釋文》）等形，弘、厷、弓皆可用爲聲符，故簡文弘、笁等字可以讀爲靷。《詩·大雅·韓奕》：「鞹鞃淺幭。」毛傳：「鞹，革也。鞃，軾中也。」簡文「革弘」和「革弓」猶此鞹鞃。〔註4〕

所以就隨縣簡 48「革（字形）」、53「反录之（字形）」、10「䙐定之（字形）」等，雖然字形都從「右」部件，但皆必須釋作從「厷」部件方能訓解，故楚簡之「右」、「厷」部件同形。

〔註2〕滕壬生，《楚系簡帛文字編》，855、999 頁，武漢：湖北教育出版社，1995 年 7 月。

〔註3〕參劉信芳，〈包山楚簡文字考釋四則〉，《于省吾教授百年誕辰紀念文集》，長春：吉林大學出版社，1996 年。

〔註4〕裘錫圭、李家浩，《曾侯乙墓·曾侯乙墓竹簡釋文與考釋》注 71，北京：文物出版社，1989 年。

第二節　「云」、「巳」部件同形

　　楚簡「云」字作「乀」，辭例如《郭》3.35 作「《大雅》云：『白珪之石，尚可磨也。此言之玷，不可爲也』」，會與「巳」部件同形，楚簡「云」、「巳」部件同形的字形和辭例如下：

字　例	字　形	辭　例
云	乀	1.《大雅》云：「白珪之石，尚可磨也。此言之玷，不可爲也。」【郭 3.35～36；上博一紂18 作靈】
陰 從云	侴	2. 陰巳女【包山 180】（滕編 1032）
	𤳖	3. 陰大迅尹【包山 51】 4. 陰之正【包山 131】（滕編 1032）
	𨹙	5. 神明復相輔也，是以成陰陽。陰陽復相輔也，是以成四時。【郭 2.2】
园 從云	㠯	6. 园軒【隨縣簡 4.7.45.53】（滕編 511）
	囝	7. 二葦园【望二　策】（滕編 511）
	囝	8. 二革园【包山 264】（滕編 511）
軛 從巳	𨊱	9. 軛駁【包山 93】
		10. 軛膺志【天　卜】
	軛	11. 軛膺志【天　卜】（滕編 1022）

　　陰從「云」聲，《說文》：「陰，闇也。山之南，水之北也。從𨸏，侌聲。」何琳儀分析辭例 2「侴」，從「云」、「今」聲，「霒」之省文，姓氏，周文王第三子管叔鮮之後，管夷吾七代世孫修，適夢爲陰大夫，因氏焉，見《元和姓纂》。辭例 3～4 爲地名，《左傳·昭公十九年》：「楚公尹赤遷陰於下陰」，杜預注：「今屬南鄉郡」。在今湖北省光化縣境內。〔註5〕

　　园亦從「云」聲，裘錫圭、李家浩讀「圓」，因爲「云」、「員」音近古通。〔註6〕辭例 7「葦园」的解釋有二，或疑爲葦編盛物圓器；或疑當讀作「革园」，爲皮革製成的盛物圓器。〔註7〕

〔註 5〕何琳儀，《戰國古文字典》，1393～1394 頁，北京：中華書局，1998 年。

〔註 6〕裘錫圭、李家浩，《曾侯乙墓·曾侯乙墓竹簡釋文與考釋》，注 47，北京：文物出版社，1989 年。

〔註 7〕裘錫圭、李家浩，《望山楚簡·二號墓》，注 110，北京：中華書局，1995 年。

軏，李家浩說「軏」字所从「巳」旁，用塡實法寫出，與「云」字同形。
〔註8〕辭例9～11都作「姓氏」。何琳儀讀「范」；〔註9〕白於藍讀「範」，引《正字通》：「範，姓。漢範依，宋範昱」爲證。〔註10〕

辭例9～11「軏」字讀法未定，「范」說爲姓氏較普遍，但「範」說可解釋爲何「軏」字從「車」部件，故暫將二說並存，但從「巳」部件是無庸置疑的。

楚簡「云」、「巳」部件同形，尤其以辭例8《包山》簡264「囩」字作「圀」（從「云」），和辭例11《天星觀》「軏」字作「軏」（從「巳」）最相像。

因楚簡「云」、「巳」部件同形，故《包山楚簡》有一皆作「地名」的「邔」字引發討論，《包山》簡22、24作「邔司馬」，《包山》30作「邔司馬」。此可和《集》12113 噩君啓舟節（戰國）：「……自鄂市，逾湳、上漢，就㲼、就漾陽、逾漢，就磬、逾夏、入邔、逾江……」之「邔」字，合而觀之。

有關《包山楚簡》和噩君啓舟節「邔」字說法有四：

1. 「邔」：郭沫若、于省吾、商承祚、陳煒湛等皆釋「邔」，《包山楚簡》原釋文認爲「邔」，楚縣名，故城在今湖北省宜城縣境內。〔註11〕

2. 「邵」：譚其驤釋「邵」，以地言即漢代雉縣，以水言即雉縣境內的主要河川，今鴉河。〔註12〕

3. 「邔」：殷滌非釋「邔」，讀「溳」。朱德熙、李家浩、湯餘惠、黃錫全等也贊成釋「邔」。〔註13〕顏世鉉除釋「邔」外，還推論其地望有兩種

〔註8〕 李家浩，〈燕國「洀谷山金鼎瑞」補釋〉，《中國文字》24，1998年12月。

〔註9〕 何琳儀，《戰國古文字典》，1402頁，北京：中華書局，1998年。

〔註10〕 白於藍，〈包山楚簡文字編校訂〉，《中國文字》新25，1999年12月。

〔註11〕 郭沫若，〈關於鄂君啓節的研究〉，《文物參考資料》，1958年4期。于省吾，〈鄂君啓節考釋〉，《考古》，1963年8期。商承祚，〈鄂君啓節考〉，《文物精華》3。陳煒湛，〈包山楚簡研究七篇〉，《容庚先生百年誕辰紀念文集》，1998年4期。劉彬徽等，《包山楚墓·包山二號楚墓簡牘釋文與考釋》，注62，北京：文物出版社，1991年。

〔註12〕 譚其驤，〈鄂君啓節銘文釋地〉，《長水集》下冊，197頁。

〔註13〕 殷滌非，〈鄂君啓節兩個地名簡說〉，《中華文史論叢》6，1965年。朱德熙、李家浩，〈鄂君啓節考釋八篇〉，《紀念陳寅恪先生誕辰百年學術論文集》，1989年。湯餘惠，〈包山楚簡讀後記〉，《考古與文物》，1993年2期。黃錫全，〈包山楚簡部分釋文校釋〉，《湖北出土商周文字輯證》，武漢大學出版社，1992年。

可能，或在今湖北湨水入漢水附近，或在今湖北鍾祥市北境的漢水東岸。〔註14〕

4.「𨛜」：李零釋「𨛜」，且認為舊釋「邵」、「鄐」均不確，近陳蔚松考為《詩‧召南‧江有汜》之「汜」，今枝江百里洲一帶江水分支。〔註15〕何琳儀也隸作「𨛜」，但讀作「汎」，今漢水下游，古亦稱夏水，汎水是漢（沔）水中上游支流，在今湖北穀城縣附近會合。〔註16〕

《包山楚簡》和噩君啟舟節「𨛜」字，共有「𨛜」、「邵」、「鄐」、「𨛜」四種說法，先將《包山楚簡》和噩君啟舟節「𨛜」字右部所從，分別和金文、楚簡「巳」、「己」相比較如下表：

字 例	金 文	楚 簡
巳	ꝑ 集 02837 大盂鼎 ꝑ 集 02841 毛公鼎 ꝑ 集 02701 公朱左𠂤鼎	ꝑ 包山 4、121 ꝑ 包山 33、47
己	ꝑ 集 01260 父己鼎 ꝑ 集 02807 大鼎 ꝑ 集 1008 欒書缶	ꝑ 包山 196 ꝑ 包山 39 ꝑ 包山 226 ꝑ 包山 79

經字形比較，可清楚得知《包山楚簡》和噩君啟舟節「𨛜」字，不可能釋作「𨛜」和「邵」。

本節上文已述楚簡「云」、「巳」部件同形，故《包山楚簡》和噩君啟舟節「𨛜」字，從「云」、「巳」的可能性大增，但將「𨛜」形分別與楚簡「云」、「巳」部件比較，發現還是較近「云」字，故筆者還是贊成將《包山楚簡》和噩君啟舟節「𨛜」字釋「鄐」，地望暫從顏世鉉二說並存。

第三節 「丑」、「升」、「𡿨」部件同形

楚簡「丑」字作「𠦂」，辭例如《包山楚簡》簡 19、49「乙丑」，205～206「癸丑」。楚簡「𡚱（好）」字作「𡚱」，辭例如《郭》14 簡 21～22「斂生於卯，

〔註14〕 顏世鉉，《包山楚簡地名研究》，132～136 頁，臺大中文所碩士論文，1997 年 6 月。

〔註15〕 李零，〈楚國銅器銘文編年匯釋〉，《古文字研究》13，1986 年。

〔註16〕 何琳儀，〈古璽雜識續〉，《古文字研究》19，484 頁，1992 年 8 月。

好生於斂，從生於好。」「竏」是「好」字異體，可參《古文四聲韻》卷三・二十下、卷四・三十下和《敦煌俗字譜》。〔註17〕故楚簡「竏（好）」字作「𦎧」，可證明「𰯠」部件為「丑」。本節若以「𰯠」形部件為基礎，可歸納楚簡「𰯠（丑）」部件，會同時和「升」、「攵」二部件同形，分述於下：

一、楚簡「丑」、「升」部件同形析論

楚簡幾個從「𰯠」部件之合體字，其「𰯠」部件可能為「升」字的字形、辭例和討論如下：

（一）「升鼎」辭例

二𤔔升鼎【望二 策】（滕編 1117）

李家浩據蔡侯墓銅鼎銘文「鼾」字訂為「升」。此墓出陶製平底「爬獸鼎」二件（頭一三八、一五三號），形制與蔡侯墓「鼾」相似，蔡侯墓「鼾」為平底鼎（《壽縣蔡侯墓出土遺物》圖版肆），即簡文所記之器。〔註18〕

案：筆者擬藉金文、楚簡相同辭例「升鼎」，證明楚簡「升」字寫法可能為「𰯠」（從「𰯠」）。先將金文、楚簡「升鼎」的字形和辭例並列於下：

    1.1. 唯正月初吉丁亥，王子午擇其吉金，自作𦇚彝𩰿鼎，用享以孝于我皇且文考，用祈眉壽，啻恭訞屖，畋馭趩趩，敬厥盟祀，永受其福，余不畋不差，惠于政德，忞于威儀，閑閑攸攸，命尹子庚殹民之所敔，萬年無期，子孫是利。【02811，王子午鼎，春秋中晚期】

    1.2. 佣之𩰿𣥂鼾。【02811，王子午鼎蓋，春秋中晚期】

    2. 蔡侯申之飤𣥂鼾。【02215，蔡侯鼾，春秋晚期】

    3. 二𤔔升鼎【望二 策】（滕編 1117）

從辭例 1.1～1.2 王子午鼎、蓋銘文可知「鼾」即「鼎」字，因為王子午鼎器銘用「自作𦇚彝𩰿鼎」，蓋銘用「佣之𩰿鼾」，器蓋異字，足證「鼾」、「鼎」

〔註17〕 荊門博物館，《郭店楚墓竹簡》，200 頁，注 18，北京：文物出版社，1998 年。張光裕、袁國華合編，《郭店楚簡研究第一卷文字編》，147 頁，0343 號，臺北：藝文印書館，1999 年。涂宗流、劉祖信，《郭店楚簡先秦儒家佚書校釋》，臺北：萬卷樓，2001 年 2 月。

〔註18〕 湖北省文物考古研究所，北京大學中文系編，《望山楚簡・2 號墓》注 138，北京：中華書局，1995 年。

同義。〔註19〕而王子午鼎「鼎鼎」和蔡侯鼎「飤鼎」之不同在於「升鼎乃是實牲體的祭器，一般的鼎即通常生活實用的，稱爲飤鼎。」〔註20〕

　　辭例 1.2 王子午鼎蓋「鼎」字作「⿰」，辭例 2 蔡侯鼎「鼎」字作「⿰」，金文一般「升」字，如《集》04194 眘簋作「⿰」、《集》02084 連迁鼎作「⿰」，以字形即可證明「⿰」、「⿰」釋讀作「鼎」之不誤。而此類「鼎」字加「升」，可參照金文《集》04468 師克盨之「盨」字加「升」作「⿰」。

　　楚簡相同辭例的「鼎」字作「⿰」，也可證明楚簡「升」字寫法可能爲「⿰」（從「⿰」）。

（二）「陞」字辭例

1. 如是而不可，然後從而攻之，⿰升自戎（？）遂，入自北門【上博二容 39】

2. 高山⿰登，蓁林入，焉吕行正。【上博二容 31】

3. 睽：小事吉……六五，悔无，⿰登宗噬膚，往何咎。【上博三周 33】

4. （艮）六二，艮其足，不⿰登其隨，其心不快。【上博三周 48】

5. ⿰令壴宜命之於王大子而吕⿰徵⿰人【包山 2】（滕編 1039）

6. 湯聞之，於是乎愼戒⿰徵賢。【上博二容 39】

　　辭例 1 可參《書・湯誓序》：「伊尹相湯伐桀，升自陑，遂與桀戰于鳴條之野，作《湯誓》」。孔傳：「桀都安邑，湯升道從陑，出其不意。陑在河曲之南。」〔註21〕

　　辭例 3～4「陞」字，帛書本都作「登」。〔註22〕

　　辭例 5 可參《周禮・地官・縣正》：「各掌其縣之政令徵比。」鄭玄注：「徵，徵召也。」賈公彥疏：「徵比者，謂政教號令徵發校比之等也。」〔註23〕

〔註19〕張世超等，《金文形義通解》，京都：中文出版社，1995 年。

〔註20〕馬承源，《中國青銅器》，84 頁，臺北：南天書局，1991 年。

〔註21〕馬承源主編，《上海博物館藏戰國楚竹書二》，281 頁，上海古籍出版社，2002 年 12 月。

〔註22〕馬承源主編，《上海博物館藏戰國楚竹書三》，181、200、234、243 頁，上海古籍出版社，2003 年 12 月。

〔註23〕劉信芳，《包山楚簡解詁》，8 頁，臺北：藝文印書館，2003 年。

辭例 6 陳劍讀作「徵賢」。〔註24〕

（三）「證」字辭例

1. 陰之正既爲之盟**證**證【包山 137 反】（滕編 191）
2. 幣帛，所以爲信與**證**證也，其詞義道也。【郭 11.22】

（四）「隥」字辭例

1. 故君子所復之不多，所求之不**登**徵，察反諸己而可以知人。【郭 9.19～20】
2. 君子簟席之上，讓而受幼；朝廷之位，讓而處賤；所託不**登**徵矣。【郭 9.34】

「**登**」字釋法有三：①裘錫圭認爲「遠」之誤寫。〔註25〕②趙平安釋「夌」，當「越」講。〔註26〕③劉信芳釋「徵」，但其讀法先後不同，辭例 1 先讀作「所求不爲利之徵也」，再說「不以徵驗作爲追求的目標」。辭例 2 先讀作「既讓而處賤位，則所以託身者，非爲徵求於利也」，再說讓而處賤，讓謂揖讓，揖讓而處於相對爲賤的位置，將尊位讓給他人；「所託不徵」爲所託不在徵驗。將「徵」字皆改訓爲「徵驗」。〔註27〕

案：筆者依照楚簡一般「徵」字寫法，贊成劉信芳將「**登**」字釋讀作「徵驗」。無論將楚簡「堹」、「證」、「隥」釋作「升」、「登」、「證」或「徵」，「堹」、「證」、「隥」三字都從「手」部件，而「登」、「證（從『登』）」、「徵」三字的古音皆爲「端紐蒸部」，和「升（書紐蒸部）」聲近韻同。故筆者認爲「登」、「證（從『登』）」、「徵」等字，皆可從「升」得聲，楚簡「手」部件爲聲符「升」。

以下補充一些例證說明「登」、「徵」二字，和「升」的關係密切：

例1、「升」、「登」二字關係密切的文獻例證，如①《說文》「抍」或作「撜」。②《書·文侯之命》「昭升於上」，《史記·周本記》「升」作「登」。③《易·同人》

〔註24〕 陳劍，〈上博簡《容成氏》的拼合與編連問題小議〉，簡帛研究網，2003 年 1 月 9 日。

〔註25〕 荊門博物館，《郭店楚墓竹簡》，郭 9 注 21，北京：文物出版社，1998 年。

〔註26〕 趙平安，〈釋郭店簡《成之聞之》中的「遬」字〉，《簡帛研究》2001，桂林：廣西師範大學出版社，2001 年 9 月。

〔註27〕 劉信芳，〈郭店竹簡文字考釋拾遺〉，《江漢考古》，2000 年 1 期。劉信芳，〈郭店簡文字例解三則〉，《史語所集刊》71：4，2000 年 12 月。

「升其高陵」，漢帛書作「登」。④《楚辭・九懷》「車登兮慶雲」，考異「登一作升」。⑤《集韻》：「阩，登也，本作陞」。⑥《爾雅・釋詁》：「登，陞也。」〔註28〕

例 2、「升」、「登」二字關係密切的出土文獻例證，如①侯馬盟書人名「陞」的異文作「阩」。〔註29〕②《包山楚簡》簡 265「二盨鼎」的「盨」字讀作「升」，「盨鼎」即「升鼎」，東室有兩件平底束腰鼎，楚墓中都以此種鼎爲升鼎。〔註30〕

例 3「徵」字也可從「升」得聲，如《金文編》1377 號「徵」字作：

其中以第四種寫法，最容易看出「徵」字是以「（升）」爲聲符。

若此說成立，便可證明楚簡存在「丑」、「升」部件同形，例證如下表：

字　例	字　形	辭　例
丑	手	乙丑【包山 19、49】　（全部參考滕編 1075）
升	斜	二升鼎【望二 策】（滕編 1117）
陞 從升	刊	如是而不可，然後從而攻之，升自戎（？）遂，入自北門【上博二容 39】
	楚	高山登，秦林入，焉曰行正。【上博二容 31】
	楚	睽：小事吉……六五，悔无，登宗噬膚，往何咎。【上博三周 33】
	楚	（艮）六二，艮其足，不登其隨，其心不悸。【上博三周 48】
	楚	令壴宜命之於王大子而曰徵人【包山 2】（滕編 1039）
	楚	湯聞之，於是乎愼戒徵賢。【上博二容 39】
證 從升	辭	陰之正既爲之盟證【包山 137 反】（滕編 191）
	辭	幣帛，所以爲信與證也，其詞義道也。【郭 11.22】
陞 從升	登	故君子所復之不多，所求之不徵，察反諸己而可以知人。【郭 9.19～20】
	登	君子簟席之上，讓而受幼；朝廷之位，讓而處賤；所託不徵矣。【郭 9.34】

〔註28〕何琳儀，《戰國古文字典》，143 頁，北京：中華書局，1998 年。

〔註29〕裘錫圭、李家浩，《曾侯乙墓・曾侯乙墓竹簡釋文與考釋》，注 220，北京：文物出版社，1989 年。

〔註30〕劉彬徽等，《包山楚墓・包山二號楚墓簡牘釋文與考釋》注 585，北京：文物出版社，1991 年。

二、楚簡「丑」、「夊」部件同形析論

楚簡從「ㄓ」部件之合體字，其「ㄓ」部件可能爲「夊」字的字形、辭例和討論如下：

1. 與禱與絕無**邊**後者。【包山 250】（滕編 158）
2. 絕僞棄慮，民**秉**复（復）孝慈。【郭 1.1.1】
3. 凡於**逄**路毋畏，毋獨言。獨處則習父兄之所樂。【郭 11.60～61】
4. 豐、鎬之民聞之，乃**陣**降文王【上博二容 48】

辭例 3 李零、劉信芳釋「徵」。〔註31〕陳偉認爲應該讀爲「客」或「路」，但前文說「交」，隨後講「毋獨言」，讀爲「客」的可能性恐怕要大一些。〔註32〕此字聚訟紛紜，但從《上博一·性情論》簡 30 與之對應辭例「凡於道逄（路）毋畏，毋獨言」出現後，李零、黃德寬、徐在國皆認爲「**逄**」必爲「路」（從「夊」）。〔註33〕

辭例 4「陣」是「降」字之誤，向文王投降。〔註34〕

案：從《說文》解釋，皆可證明楚簡「後」、「复」、「路」、「降」四字，皆從「ㄓ（夊）」部件。後，《說文》：「禓，遲也。從彳幺夊者。」复，《說文》：「亯，行故道也。從夊畐省聲。」路，《說文》：「蹭，道也。從足、從各。」各，《說文》：「屙，異辭也。從口夊。夊者，有行而止之，不相聽也。」降，《說文》：「臟，下也。從自夅聲。」夅，《說文》：「屙，服也。從夊中，相承不敢竝也。」

若此說成立，便可證明楚簡「丑」、「夊」部件同形，例證如下表：

字 例	字 形	辭 例
丑	ㄓ	乙丑【包山 19、49】（滕編 1075）

〔註31〕 李零，〈郭店楚簡校讀記〉，《道家文化研究》第 17 輯，三聯書店，1999 年 8 月。劉信芳，〈郭店簡文字例解三則〉，《史語所集刊》71：4，2000 年 12 月。

〔註32〕 陳偉，〈郭店楚簡六德諸篇零釋〉，《武漢大學學報》，1999 年 5 期。

〔註33〕 李零，《郭店楚簡校讀記（增訂本）》，115 頁，北京：北京大學出版社，2002 年 3 月。黃德寬、徐在國，〈《上海博物館藏戰國楚竹書（一）緇衣·性情論》釋文補證〉，《古籍整理研究學刊》，2002 年 2 期。

〔註34〕 馬承源主編，《上海博物館藏戰國楚竹書二》，288 頁，上海古籍出版社，2002 年 12 月。

後	從夂	[字]	與禱與絕無後者。【包山 250】（滕編 158）
复	從夂	[字]	絕僞棄慮，民复（復）孝慈。【郭 1.1.1】
路	從夂	[字]	凡於路毋畏，毋獨言。獨處則習父兄之所樂。【郭 11.60～61】
降	從夂	[字]	豐、鎬之民聞之，乃〈陞〉〔降〕文王【上博二容 48】

三、相關字詞析論

（一）包山楚簡》「阩門有敗」句析論

《包山楚簡》「阩門有敗」，簡 20 作「**[字]**」、56 作「**[字]**」、224 作「**[字]**」、62 作「**[字]**」（以下全用△代替），筆者將「△」字的相關討論分作以下四類：

1. 釋「丑」，讀「茅」。夏淥認爲簡文茅門有敗，從丑不從升，丑與簡文干支子丑寅卯的丑完全相同。方言中有柳、扭不分，柳與茆皆從卯得聲，阩門讀茆門也就有線索可循了……na、la 不分的古方言區，阩讀茆若茅，並非絕無可能……楚史楚莊王曾在茅門頒布楚法，茅門也就成了楚法的省稱。〔註 35〕

2. 釋讀作「升」。①曹錦炎認爲阩即陞，升遷意。敗，失敗，失利。升門有敗，當爲考核評語，猶言不利升遷，即不合適升遷。〔註 36〕②李零認爲似指升堂開庭而審理失敗。〔註 37〕

3. 釋讀作「登」。①葛英會引《秋官・司民》：「登，上也。」將「阩門有敗」讀爲「登聞又敗」，解作「將治獄文書上報司寇並乞以詳察。」〔註 38〕②蘇杰引《集韻》：「阩，登也，本作陞。」《爾雅・釋詁》：「登，陞也。」《說文》：「門，聞也。」將「阩門有敗」讀爲「登聞，有敗」，解作「報告，有過錯。」〔註 39〕

〔註 35〕夏淥，〈讀包山楚簡偶記——受賄、國帑、茅門有敗等字詞新義〉，《江漢考古》，1993 年 2 期。

〔註 36〕曹錦炎，〈包山楚簡中的受期〉，《江漢考古》，1993 年 1 期。

〔註 37〕李零，〈包山楚簡研究文書類〉，《王玉哲先生八十壽辰紀念文集》，天津：南開大學出版社，1994 年。

〔註 38〕葛英會，〈包山簡文釋詞兩則〉，《南方文物》，1996 年 3 期。

〔註 39〕蘇杰，〈釋包山楚簡中的阩們又敗——兼釋「司敗」〉，《中國文字研究》3，桂林：廣西教育出版社，2002 年 10 月。

4. 釋讀作「徵」。①原釋文分析从升得聲，通作「徵」，驗也。〔註40〕②何琳儀釋爲「徵問」，引《左・僖四》：「爾貢苞茅不入，王祭不供，無以縮酒，寡人是徵。昭王南征而不復，寡人是問。」「徵」、「問」對文見義，簡文「徵問」爲法律名詞，似與訟辭有關。〔註41〕

案：筆者雖然將「△」字釋讀分作四類，其實可將2～4類合而觀之，因爲無論釋讀作「升」、「登」或「徵」，都是將「△」字右部所從「[illegible]」部件釋爲「升」，而本節上文已經說明楚簡「丑」、「升」部件會同作「[illegible]」形，故上述「丑」、「升」、「登」、「徵」的釋讀，就字形而言，都是合理的推測，故只好從辭例判斷。

「△門有敗」爲《包山楚簡》法律套語，茲舉幾則完整辭例羅列於下：

① 夏栾之月乙丑之日，郘正[illegible]受期，八月乙亥之日不遅龔倉以廷，△門又敗。義覩。【包山19】

② 夏栾之月乙丑之日，鄗司敗李聽受期，九月甲辰之日不貞周惃之奴以致命，△門又敗。秀免。【包山20】

③ 八月己巳之日，司豊司敗鄝𦘦受期，辛未之日，不遅集獸黃辱、黃蟲以廷，△門又敗。正旦塙戠之。【包山21】〔註42〕

「△門有敗」皆出現在《包山楚簡》「受期」簡中，其辭例確如陳偉所分析，有公式可循：「日期Ⅰ+某某受期+日期Ⅱ+不字句+△門又敗」「受期」簡「不╳╳，△門又敗」，是對未然之事的一種假設，大意是說：「某年某月某人接受約定，某年某月如果不怎樣，就會有不利。」〔註43〕

再將各家說法帶入「不╳╳，△門又敗」這個固定辭組驗證，筆者認爲夏淥的「茅門有敗」，「丑（透紐幽部）」、「茅（明紐幽部）」的聲部有差距，且將「茅門」解作「楚司法」帶入辭例「楚司法有敗」並不成詞。李零的「升堂開庭而審理失敗」，無解釋「門」爲何有「堂」、「庭」義。曹錦炎的「不合適升遷」與文義無關。葛英會、蘇杰的「登聞又敗」，無論解作「將治獄文書上報司寇並乞以詳察」，或是「報告，有過錯」，在推論過程中皆無解釋爲何「門（聞）」會

〔註40〕劉彬徽等，《包山楚墓・包山二號楚墓簡牘釋文與考釋》注8，北京：文物出版社，1991年。

〔註41〕何琳儀，《戰國文字通論（訂補）》，160頁，南京：江蘇教育出版社，2003年。

〔註42〕相關釋文參照劉信芳，《包山楚簡解詁》，臺北：藝文印書館，2003年。

〔註43〕陳偉，《包山楚簡初探》，47～56頁，武漢：武漢大學出版社，1996年8月。

有「報告」義。《包山》原釋文僅將「△」字釋讀作「徵」，無解釋；何琳儀進一步讀作「徵問有敗」，則「△」字所從之「𢆶」部件爲「升」，才能通假讀作「徵」；「門」、「問」二字皆爲「明紐文部」，通假例證爲《銀雀山竹簡・晏子四》：「公疑之，則嬰請門（問）湯……」對照傳本《內諫篇上》第二十二章，「門」讀爲「問」。〔註44〕最重要的是用「徵問有敗」理解文義毫無扞格，故筆者決定暫以何琳儀「徵問有敗」訓解。

（二）《郭店楚簡・成之聞之》簡31「天⊙大常」句析論

《郭店楚簡・成之聞之》簡31「⊙」字討論如下：①劉信芳釋讀作「升」。〔註45〕②張光裕、袁國華釋讀作「證」。〔註46〕③李學勤認爲是「徵」字省體，引《廣雅・釋詁》：「徵，明也」，說明「天徵大常」即「天明大常」。〔註47〕④陳偉先釋「降」，引《古文四聲韻》卷一引《義雲章》「降」字作「⊙」，且古書常見「天降」某某。如《尚書・大誥》：「天降威」，《詩經・大雅・蕩》：「天降滔德」，《左傳・昭公三十二年》「天降禍於周」等等。〔註48〕後來改釋讀作「格」，認爲「格」有至、匡正、法式諸義，用在簡書中似皆可通。〔註49〕張桂光、蘇建洲皆贊成陳偉先前的「降」說。〔註50〕

案：筆者將「⊙」字釋讀討論分爲兩大類：

1. 從「𢆶（升）」部件說，包含劉信芳「升」說，張光裕、袁國華「證」說，李學勤「徵」說，因爲「證」、「徵」皆從「升」得聲。

2. 從「𢆶（夊）」部件說，包含陳偉的「降」、「格」二說，因爲「降」、「格」二字皆以「夊」作義符。

〔註44〕王輝，《古文字通假釋例》，804頁，臺北：藝文出版社，1993年。

〔註45〕劉信芳，〈郭店簡文字例解三則〉，《史語所集刊》71：4，2000年12月。

〔註46〕張光裕主編，《郭店楚簡研究第一卷文字編》，567頁，臺北：藝文出版社，1999年元月。

〔註47〕李學勤，〈試說郭店簡成之聞之兩章〉，《清華簡帛研究》1，北京：清華大學思想文化研究所，2000年8月。

〔註48〕陳偉，〈郭店楚簡別釋〉，《江漢考古》，1998年4期。

〔註49〕陳偉，《郭店竹書別釋》，109頁，武漢：湖北教育出版社，2003年1月。

〔註50〕張桂光，〈《郭店楚墓竹簡》釋注續商榷〉，《簡帛研究》2001，桂林：廣西師範大學出版社，2001年9月。蘇建洲，〈上博（二）・容成氏補釋一則〉，簡帛研究網，2003年7月10日。

因爲楚簡「升」、「夊」部件皆會同形作「彡」，故上述「升」、「證」、「徵」、「降」、「格」的釋讀，以字形而言，都是合理推測，故只好以辭例判斷其通讀。

釋讀《郭店楚簡・成之聞之》簡 31「天彡大常，以理人倫」之「彡」字，得先理解「大常」，「大常」屢見於《周禮》，如〈春官宗伯第三〉：

> 及國之大閱，贊司馬頒旗物：王建大常，諸侯建旂，孤卿建旜，大夫、士建物，師都建旗，州里建旟，縣鄙建旐，道車載旞，斿車載旌。〔註51〕

〈夏官司馬第四〉：

> 中秋教治兵，如振旅之陳。辨旗物之用：王載大常，諸侯載旂，軍吏載旗，師都載旃，鄉遂載物，郊野載旐，百官載旟，各書其事與其號焉。〔註52〕

〈夏官司馬第四〉：

> 司勳：掌六鄉賞地之法，以等其功。王功曰勳，國功曰功，民功曰庸，事功曰勞，治功曰力，戰功曰多。凡有功者，銘書於王之大常，祭於大烝，司勳詔之。〔註53〕

故劉信芳會引鄭玄注：「大常，九旗之畫日月者」說明「大常」，〔註54〕但以此通讀辭例「天彡大常，以理人倫」會有困難，因爲作「旗」義的「大常」，無法連接下句「以理人倫」。筆者重新檢視《郭店楚簡・成之聞之》簡31～33的完整辭例「天彡大常，以理人倫。制爲君臣之義，著爲父子之親，分爲夫婦之辨。是故小人亂天常以逆大道，君子治人倫以順天德」後，更加肯定參照上下文義，「大常」應是與「人倫」相關的「大道」。

將「升」、「證」、「徵」、「降」、「格」分別帶入「天彡大常（道）」，發現以李學勤「徵（明義）」說，和陳偉「降」說最佳。「天降」一詞，常見於《尚書》、《詩經》、《禮記》、《左傳》、《國語》，如《尚書・商書・伊訓》作「皇天降災」、《尚書・商書・咸有一德》作「惟天降災祥，在德」，《毛詩・大雅・蕩之什・

〔註51〕《十三經注疏・周禮》，419 頁，臺北：藝文印書館，1955 年。

〔註52〕《十三經注疏・周禮》，444 頁，臺北：藝文印書館，1955 年。

〔註53〕《十三經注疏・周禮》，454 頁，臺北：藝文印書館，1955 年。

〔註54〕劉信芳，〈郭店簡文字例解三則〉，《史語所集刊》71：4，2000 年 12 月。

桑柔》作「天降喪亂」、《禮記・孔子閒居》作「天降時雨」等，與《郭店楚簡・成之聞之》簡31「天⬚大常，以理人倫」辭例最相關的是《新書・勸學》作：

> 今夫子之達，佚乎老聃，而諸子之材，不避榮辱，而無千里之遠，
>
> 重繭之患，親與巨賢連席而坐，對膝相視，從容談語，無問不應，
>
> 是天降大命以達吾德也。〔註55〕

「降」字，甲骨文《合》16475作「⬚」，金文《集》04261天亡簋作「⬚」、《集》10176散氏盤作「⬚」，楚簡《郭》11.2作「⬚」、《郭》6.12作「⬚」，《帛書・甲》6.10作「⬚」、《帛書・乙》2.14作「⬚」。〔註56〕甲骨文、金文右側皆從「二足」，〔註57〕到楚簡字形才發生訛變，《郭店楚簡・成之聞之》簡31「⬚」字，下部正好從「止」部件，上部「⬚」又可能爲「夂」，故最後決定採陳偉的「天降大常」說。

〔註55〕貫誼，《新書》，151頁，北京：中華書局，1978年。

〔註56〕滕壬生，《楚系簡帛文字編》，1034頁，湖北教育出版社，1995年7月。

〔註57〕羅振玉，《殷虛書契考釋》中，65葉下，1927年：甲詁1275號。

第六章　分見於不同書寫材質之同形字組

第一節　「星」、「三」同形

晶，《說文》：「晶，精光也。從三日。」甲骨文「晶（精紐耕部）」形字作「星（心紐耕部）」解，因爲二字聲近韻同，故可用通假說明。但是楚簡「晶（精紐耕部）」形字代表的是數字「三（心紐侵部）」義。楚簡這種「三」字，無論是與「晶」或「星」，在古音韻部皆有差距，意義上也毫無任何引申關係，故筆者將「星」和「三」二字，視爲一組跨越時代、跨越材質的同形字。

一、同形字字形舉隅

甲骨文星	楚簡三
合 11504 合 11505	隨縣簡 179 上博三・周 1 上博三・周 7

二、同形字辭例舉隅

（一）甲骨文「星」字辭例

　　1. ☒大星出☒南。【合 11504①】

　　2. 貞：〔王〕　☒〔日〕先☒大星☒好☒【合 11505①】

　　3. 庚午卜：☒大星。【合 29696③】

（二）楚簡「三」字辭例

1. 三匹駒馴【隨縣簡 179】

2. （蒙）六三：勿用取女；見金夫，不有躬，无攸利。【上博三・周 1】

3. 師：貞，丈人吉，无咎。初六：師出以律，不臧凶。九二，在師中吉，无咎，王三賜命。六三：師或輿尸，凶。【上博三・周 7】

4. 蠱：元亨，利涉大川。先甲三日，後甲三日。【上博三・周 18】

三、同形字辭例說明

（一）甲骨文「星」字辭例說明

將甲骨文「𣇵」字釋讀作「星」者，有董作賓、楊樹達、李孝定、李學勤等。〔註1〕楊樹達說「星」字別構爲「姓」，《說文》：「姓，雨而夜除星見也。從夕、升聲。」「姓」即今之「晴」字；引《詩・鄘風・定之方中》：「星言夙駕，說于桑田」，鄭玄箋：「星，雨止星見」，《韓非子・說林下》：「雨十日夜，星」爲證。〔註2〕除此，李學勤還舉《乙編》6385：「王固曰：止□勿雨。乙卯，允明霧，三□，食日大星」，《乙編》6664＋《殷墟文字綴合》481：「乙巳明雨，伐既雨，咸伐亦雨，施、卯鳥星」，和《合》11499：「明雨，伐既雨，咸伐亦雨，施、卯鳥大啓，易」，相對照後，「大啓，易（大啓而日出）」正好是「晴」字的同義語。〔註3〕

除此，陳奇猷《韓非子校注》引《說苑・指武》：「雨十日十夜，晴」，和《韓非子・說林下》：「雨十日夜，星」對照，可見甲骨文「星」字讀「晴」，「雨後天晴」義，應是可信的。

（二）楚簡「三」字辭例說明

辭例 2～3「六三」，分別表示蒙卦、師卦第三爻爲陰爻，帛書本《周易》

〔註1〕董作賓，《殷曆譜》，下編卷 3〈交食譜〉2 頁，1945 年。楊樹達，〈釋星〉《積微居甲文說》，1954 年 5 月。李孝定，《甲骨文字集釋》，2246 頁，1965 年；甲詁 1142 號。李學勤，〈論殷墟甲骨文的「星」〉，《鄭州大學學報》，1981 年 4 期。李學勤，〈續說「鳥星」〉，《傳統文化研究》7，1999 年。李學勤，〈論殷墟甲骨文的新星〉，《北京師範大學學報》，2000 年 2 期。

〔註2〕楊樹達，〈釋星〉《積微居甲文說》，1954 年 5 月；甲詁 1142 號。

〔註3〕李學勤，〈論殷墟甲骨文的「星」〉，《鄭州大學學報》，1981 年 4 期。

與今本《周易》亦作「三」。〔註4〕

　　辭例 3「王三賜命」，帛書《周易》爲「王三湯命」，今本《周易》作「王三錫命」。「三賜」爲貨財、衣服、車馬，可參《禮記・曲禮》：「一命受爵，再命受服，三命受車馬」，和《周禮》：「壹命受職，再命受服，三命受位。」〔註5〕

　　辭例 4「先甲三日，後甲三日。」帛書《周易》和今本《周易》皆作「先甲三日，後甲三日」，「先甲三日」即「辛日」，「後甲三日」即「丁日」，甲日，宣令之日，用辛取改新之義，丁日取丁寧之義。〔註6〕

四、同形原因析論

　　甲骨文「星」和楚簡「三」除同作「晶」形外，還可能同作「品」形和「㗊」形，茲先將甲骨文、楚簡作「品」形的字形、辭例和討論羅列於下：

1. 辛未有兆〔註7〕，新██星。【合 6063 反①】
2. 七日己巳夕鄉（嚮）〔註8〕☑有新大██星並火☑【合 11503 反①】
3. ██三鉇【包山 12.13】
4. 愛類七，唯性愛爲近仁。智類五，唯義道爲近忠。惡類██三，唯惡不仁爲近義。【郭 11.41】
5. 人有六德，██三親不斷。【郭 12.30】

　　辭例 3，原釋文作「三璽」，三合之璽。〔註9〕林清源引《湖南省博物館藏

〔註4〕馬承源主編，《上海博物館藏戰國楚竹書三》，137、146、217、220 頁，上海古籍出版社，2003 年 12 月。(《帛書周易》取自馬王堆漢墓帛書整理小組，〈馬王堆帛書六十四卦釋文〉，《文物》，1984 年 3 期。今本《周易》取自《十三經注疏・周易正義》，北京：中華書局，1980 年 10 月。)

〔註5〕馬承源主編，《上海博物館藏戰國楚竹書三》，146 頁、220 頁，上海古籍出版社，2003 年 12 月。

〔註6〕馬承源主編，《上海博物館藏戰國楚竹書三》，162 頁、226 頁，上海古籍出版社，2003 年 12 月。

〔註7〕「██」，李學勤對照《侯馬盟書》人名「██」字釋「██」，讀「兆」，訓爲「預兆」，「新星」在古人看來是有吉凶意義的預兆。(〈論殷墟甲骨文的新星〉，《北京師範大學學報》，2000 年 2 期。)

〔註8〕裘錫圭，〈釋殷墟卜詞中的██等字〉，《第二屆國際中國古文字學研討會論文集》，1993 年 10 月。

〔註9〕劉彬徽等，《包山楚墓・包山二號楚墓簡牘釋文與考釋》，注 32，北京：文物出版

古璽印集》，收錄「大廐」（編號 10）、「菱邟□璽」（編號 1）兩組三合璽，證明楚國確實流行三合璽。〔註10〕

再將甲骨文、楚簡作「㗊」形的字形、辭例和討論羅列於下：

1. 戊申☒有兆☒〔新〕🉐星【合 11507①】
2.1 㞢重犬㞢羊一人🉐星【合 10344 正①】（此字書寫方向，兩口在上。）
2.2 丁亥卜，㞢一牛🉐星【合 10344 反①】
3. 道四術，唯人道爲可道也。其🉐三術者，道之而已。詩、書、禮、樂，其始出皆生於人。【郭 11.14～16】
4. 🉐三世之福，不足以出亡。【郭 16.3】

辭例 2～3，無論是照鍾柏生斷句作「牛星（腥）」、「人星（腥）」；〔註11〕或是照張玉金、蔡哲茂將「晶」字獨立斷句作「星（晴）」；〔註12〕都不妨礙將甲骨文「🉐」字釋「星」，因爲「腥（心紐耕部）」、「晴（精紐耕部）」二字，都是從「星（心紐耕部）」字假借。

星，《說文》：「曐，萬物之精，上爲列星。从晶从生聲」。甲骨文「星」字不管作「🉐」（似「晶」形）、「🉐」或「🉐」，皆可引徐灝《段注箋》象「眾星羅列之形」〔註13〕作解。

三，《說文》：「三，數名。天、地、人之道也。」楚簡「三」字之所以能和甲骨文「星」字皆作「🉐」（似「晶」形）、「🉐」或「🉐」，或許擬以「三」個「日」形或「口」形，表示「三」這個抽象義。

因古代文獻經常假借「參」字紀錄數詞「三」，〔註14〕所以附帶討論「參」。

參，《說文》：「參，商星也，從晶，㐱聲。」金文「參」字的字形、辭例和討論如下：

社，1991 年。
〔註10〕林清源，〈楚國官璽考釋五篇〉，《中國文字》新 22，1997 年 12 月。
〔註11〕鍾柏生，〈釋「人㗊」與「牛㗊」〉，《王叔岷先生八十壽慶論文集》，1993 年 6 月。
〔註12〕張玉金，《甲骨文虛詞詞典》，北京：中華書局，1994 年 3 月。蔡哲茂，〈甲骨文釋讀析誤〉，《第十三屆全國暨海峽兩岸中國文字學學術研討會論文集》，花蓮師範學院語教系編輯委員會編，2002 年。
〔註13〕李孝定，《甲骨文字集釋》，2246 頁，1965 年；甲詁 1142 號。
〔註14〕林清源，〈釋「參」〉，《古文字研究》24，2002 年 7 月。

1. 〔籐〕。🔸參父乙。【09370 籐參父乙盉，殷商】

2. 單伯乃令🔸參有司：司徒微邑、司馬單𣄴、司工邑人服逮受田，𤎩趞、衛小子　逆者其饗。【09456 裘衛盉，西周中期】

3. 用司六師王行🔸參有司：司徒、司馬、司工。【06013 盠方尊，西周中期】

4. 曰徲有蚩七，述王魚顚，曰：欽弌，出游水虫，下民無智，🔸參（摻）蚩尤命帛命入，欼藉入藉出，毋處其所。【00980 魚鼎七，戰國】〔註15〕

5. 今吾老賙，親率🔸參軍之眾，以征不義之邦……寡人庸其敓德，嘉其力，是以賜之厥命，雖有死睾（罪），及🔸參世，亡不若赦，以明其敓德，庸其功。【02840 中山王𧑣鼎，戰國晚期】

　　金文「參」字，若非從「晶」形，就是從「品」形，故將楚簡「晶」、「品」等形釋作「三」。以字形演變是前有所承，且「參（清紐侵部）」、「三（心紐侵部）」二字聲近韻同，故林清源「借『參』字來紀錄數詞『三』」的說法可信。他認爲「參」字上半所從斷非「星」旁，經過對從「參」得聲諸字的字義進行歸納，將字形一併考慮，得出「參」字應是取象於「人的長髮捲曲」，或是「系結髮飾」之形，不過「參」字爲了擁有比較明顯的形體區別特徵，才誇張的把長髮末端寫成圓圈形。〔註16〕

　　甲骨文「星」和楚簡「三」字，是屬於「造形相同、構義有別」的「偶然同形」現象，這種跨越材質所造成的同形，提醒我們在考釋文字時，當以共時、同區域的材料爲優先，因爲共時、同區域的材料，爲避免語義誤傳，區分最明顯，作爲考釋文字的依據最恰當。

五、相關字詞析論

（一）《信陽楚簡》1.03「晶」字析論

　　《信陽楚簡》簡 1.03「教箸晶歲，教言三歲」的「晶」字，劉雨、商承祚都曾依照字形將「晶歲」釋作「晶歲」；商承祚甚至把「晶歲」讀作「星歲」，指

〔註15〕詹鄞鑫：《廣雅・釋言》：「摻，操也。」《詩・鄭風》：「遵大路兮，摻執子之袪兮。」毛傳：「摻，擥。」謂操執也。「參蚩尤命」謂操持著蚩尤族的命運。（〈魚鼎七考釋〉，《中國文學研究》2，桂林：廣西教育出版社，2001 年 10 月。）

〔註16〕林清源，〈釋「參」〉，《古文字研究》24，2002 年 7 月。

「歲星」，一年義。〔註17〕林清源則將「易歲」釋讀作「三歲」，和同簡「三歲」作「三」，是爲了避免書體單調，刻意變換用字所造成的結果。〔註18〕

案：從上述辭例，楚簡存在大量「三」字辭例作「易」形，故贊成林清源將《信陽楚簡》簡 1.03「易歲」，釋讀作「三歲」。

（二）《九店楚簡・龝、梅等數量》簡 4「篸」字析論

《九店楚簡・龝、梅等數量》簡 4「櫓（擔）又三櫓（擔）三赤二篸」的「篸」字，李零、李家浩都釋「篸」，〔註19〕李家浩解釋「篸」字說：

> 《說文・竹部》：「篸，篸差也。」差，不齊貌。《集韻》卷四侵韻又以篸爲先（簪）字的重文。此皆非簡文篸字之義。所以篸到底是不是篸，目前還不能確定。〔註20〕

案：除了上述楚簡「晶」、「三」同形外，楚簡「驂」字（《說文》：「驂，駕三馬也。从馬參聲。」），如《曾侯乙墓楚簡》簡 166、142「左驂」；簡 169、17、142「右驂」也皆作「毳」（從「晶」形），〔註21〕故李零、李家浩將「篸」字隸定作「篸」是合理的，但辭義待考。

第二節　「彗」、「羽」同形

彗、羽是兩個音義完全不同的字，彗，《說文》：「彗，掃竹也。從又持甡。」羽，《說文》：「羽，鳥長毛也。象形。」但是甲骨文「彗」字卻作「羽」形，和楚簡「羽」字形成一組「構意不同」，但是「字形偶然相同」的「同形字」。

〔註17〕劉雨，《信陽楚簡釋文與考釋》注 5，北京：文物出版社，1986 年。商承祚，《戰國楚竹簡匯編》，166 頁，濟南：齊魯書社，1995 年。

〔註18〕林清源，〈釋「參」〉，《古文字研究》24，2002 年 7 月。

〔註19〕李零，〈讀九店楚簡〉，《考古學報》，1999 年 2 期。李家浩，《九店楚簡・56 號墓》注 11，北京：中華書局，2000 年。

〔註20〕李家浩，《九店楚簡・56 號墓》注 11，北京：中華書局，2000 年。

〔註21〕滕壬生，《楚系簡帛文字編》756 頁，武漢：湖北教育出版社，1995 年 7 月。

一、同形字字形舉隅

甲骨文彗	楚簡羽
合 13613 合 23803	包山 260 望二 47

二、同形字辭例舉隅

（一）甲骨文「彗」字辭例

1. □□卜，□貞：□疾□彗。【合 13431①】

2. □□卜，貞：☒疾☒彗。二【合 13434①】

3. 旬〔亡〕尤。旬㞢咎。王疾首，中日彗。【合 13613①】

4. 壬子卜，貞：雍目㞢彗。一。【合 13422①】

5. 己酉卜，貞：亞从止（趾）㞢彗。三月。【合 13426①】

6. □□卜，出〔貞〕：王止（趾）☒㞢彗。【合 23803②】

（二）楚簡「羽」字辭例

1. 一羽翣【包山 260】（滕編 296）

2. 一長羽翣【信 1.019】（滕編 297）

3. 一大羽翣【望二 47】（滕編 298）

三、同形字辭例說明

（一）甲骨文「彗」字辭例說明

　　從辭例 1～3 可知「羽（彗）」字與「疾」字相關，從辭例 3～6 可見發生疾病的部位可能為「首」、「目」、「趾」等，將「羽（彗）」字用「疾樜」義解釋皆文從字順，其文獻佐證有《方言・三》：「差、間、知，愈也。南楚病愈者謂之差，或謂之間，或謂之知。知，通語也。或謂之慧，或謂之憭，或謂之瘳，或謂之蠲，或謂之除」，和《廣雅・釋詁一》：「為、已、知、瘥、蠲、除、慧、間、瘳，愈也。」〔註22〕故後世「慧」、「瘳」二字所從的「羽（彗）」部件，即甲骨文「羽（彗）」字，才同樣都有「疾樜」義。

〔註22〕蔡哲茂，〈說〉，《第四屆中國文字學全國學術研討會論文集》，1993 年；引自裘錫圭〈殷墟甲骨文彗字補說〉，《華學》第 2 輯，廣州：中山大學，1996 年 12 月。

（二）楚簡「羽」字辭例說明

　　《包山楚簡》、《信陽楚簡》、《望山楚簡》皆有「羽翣」一詞，《儀禮・既夕禮》：「燕器：杖、笠、翣。」注：「翣，扇也。」「羽翣」，以羽毛作的扇子。〔註23〕

四、本義及同形原因析論

（一）「彗」字本形本義

　　唐蘭首先將甲骨文「⿰」字釋「彗」，其推論爲：卜辭「⿰」字爲「霨」，《說文》「霨」從「彗」聲，則「⿰」固「彗」之本字也。且卜辭「習」字從「⿰」；《說文》「彗」字或作「篲」，古文作「簪」，從竹、羽，正合輾轉相從之例，則「⿰」即「彗」字，更可無疑矣。〔註24〕

　　甲骨文「⿰（彗）」字本義，唐蘭認爲是「掃帚」，乃狀其器。〔註25〕楊樹達闡釋說：「彗爲掃竹，用爲掃除，故引申有除字之義。孛星似慧，古書謂爲除舊佈新之象。」〔註26〕但爲何甲骨文「羽（彗）」字本義「掃帚」，會和「疾櫅」義相關，裘錫圭試圖從巫術角度解釋：

> 　　《馬王堆漢墓帛書・五十二病方》：「……以敝帚騒（掃）尤（疣）……」
> 　　和唐孫思邈《千金要方》卷二十三去疣目方也有：「以禿條帚掃三七
> 　　遍」所以彗字的疾櫅義，可能是由這種用掃帚除去疾病的巫術思想，
> 　　所引申而來的。〔註27〕

這種用掃帚除去疾病而疾櫅的巫術思想，的確可爲「掃帚」和「疾櫅」義作出合理連結。

（二）「羽」字本形本義

　　唐蘭認爲甲骨文、金文「⿰（羽）」字象「鳥羽之形」。〔註28〕裘錫圭認爲象

〔註23〕劉彬徽等，《包山楚墓・包山二號楚墓簡牘釋文與考釋》，注558，北京：文物出版社，1991年。

〔註24〕唐蘭，《殷虛文字記》，15頁，1934年；甲詁1903號。

〔註25〕唐蘭，《殷虛文字記》，15頁，1934年；甲詁1903號。

〔註26〕楊樹達，《積微居甲文說・讀胡厚宣君殷人疾病考》，1954年5月；甲詁1903號。

〔註27〕裘錫圭，〈殷墟甲骨文彗字補說〉，《華學》第2輯，廣州：中山大學，1996年12月。

〔註28〕唐蘭，《殷虛文字記》，9頁下至10頁下，1934年；甲詁1908號。

「鳥或蟲的翼」。〔註29〕甲骨文、金文「▨（羽）」字用法，依照唐蘭歸納分述於下，其一是「紀時之稱」：

1. 丙午卜，▨羽（翌）甲寅酒▨，禦于大甲，羌百羌，卯十牢。【合 32042④】
2. ▨羽（翌）日丙午【05413 四祀切其卣，殷商】

其二是「祭名」，屬「周祭」之一：

1. 甲寅酒▨羽（翌）上甲。王二十祀。【合 37867⑤】
2. 庚申，王在闌，王各，宰椃从，賜貝五朋，用作父丁尊彝，在六月，
   唯王廿祀，▨羽（翌）又五。【09015 宰椃角，殷商】

（三）同形原因說明

茲將「彗」、「羽」二字的字形演變列出：

彗：▨【合 13613】

羽：▨【合 32042】→▨【05413 四祀切其卣】→▨【望二 47】

甲骨文、金文「羽」字，不管是「紀時之稱」或是「祭名」，都是假借用法，所以並不能確定「▨」等必為「羽」字；只能確定甲骨文「▨」形確實得釋「彗」。故甲骨文「彗」字和楚簡「羽」字，是屬於「造形相同、構義有別」的「偶然同形」現象。

五、相關字詞析論

（一）古文字從「彗」部件之字析論

古文字從「彗」部件可供討論的字，包括甲骨文「霅」、金文「韢」、楚簡「篲」、「瘳」等，先將它們的字形、辭例和相關討論羅列於下：

1. 庚子卜，壬寅雨。／甲辰雨。二／甲辰卜，▨霅（雪）。二／丙子雨。
   二【合 21023①】
2. ▨韢（衛）音【00340 曾侯乙鐘，戰國早期】
3. ▨篲【隨縣簡 9】
4. 疾速〔註30〕又▨瘳【天 卜】（滕編 626）

〔註29〕裘錫圭，《文字學概要》，7 頁，臺北：萬卷樓，1994 年 3 月。

〔註30〕季旭昇，〈說朱〉，《甲骨文發現一百週年學術研討會》，臺北：中研院歷史語言研究所，1999 年。

5. 大又瘳【望一 卜】（滕編 590）

辭例 1霉，《說文》：「霉，冰雨說，物者也。从雨彗聲」，唐蘭說甲骨文以爲霉，《說文》霉从彗聲，則羽固彗之本字也。〔註31〕

辭例 2韡，裘錫圭、李家浩解釋說：

「韋」、「彗」古音極近，《六韜·文韜·守土》：「日中必彗」的「彗」，銀雀山漢墓竹簡《六韜》作「衛」，「韋音」疑讀爲「衛音」……鐘銘「韋音」之「韋」有加「羿」旁者，所從之「羽」疑是「彗」的初文……《周語下》在四個特殊的律名之後都有一句解釋律名意義的話，解釋羽字意義的那一個字是「所以藩屏民則也」……如將「韋音」之「韋」讀爲「衛」，正與「藩屏之義」相合。〔註32〕

辭例 3裘錫圭、李家浩首先釋「篿」，〔註33〕何琳儀讀作「韡」，引《廣韻》「韡，囊組名。或作韘」解釋。〔註34〕

辭例 4～5林清源、何琳儀、季旭昇都贊成釋「瘳」，「病除」。〔註35〕

案：辭例 1「霉」、「雨」對文，故「」的確可能是《說文》「霉」字，是否爲「冰雨」或「雪」，則待進一步考證。

辭例 2 戰國曾侯乙鐘「韋（衛）」字，一般如《集》00287 作「圖 A」，而《集》00340 加了「羿」旁的「韋（衛）」字作「圖 B」：

圖 A《集》00287「韋（衛）」　　　　圖 B《集》00340「韡（衛）」

〔註31〕唐蘭，《殷虛文字記》，15 頁，1934 年；甲詁 1903 號。

〔註32〕裘錫圭、李家浩，《曾侯乙墓·曾侯乙墓竹簡釋文與考釋》，注 11、14，北京：文物出版社，1989 年。

〔註33〕裘錫圭、李家浩，《曾侯乙墓·曾侯乙墓竹簡釋文與考釋》，注 70，北京：文物出版社，1989 年。

〔註34〕何琳儀，《戰國古文字典》，1182 頁，北京：中華書局，1998 年。

〔註35〕林清源，《楚國文字構形演變研究》，73 頁，東海大學中文所博士論文，1997 年 12 月。何琳儀，《戰國古文字典》，238 頁，北京：中華書局，1998 年。季旭昇，《說文新證上冊》，272 頁，臺北：藝文印書館，2002 年 10 月。

辭例 4～5 楚簡「瘳」字，「病除」義，與甲骨文「」字有「疾楙」義相對照後，更加可以肯定楚簡「𡰥」、「𤕦」二字所從的「羽」形部件必爲「彗」。

（二）古文字從「羽」部件之字析論

古文字從「羽」部件可供討論的字相當多，金文從「羽」部件之字的字形、辭例和討論如下：

1. 𦏿羽角【00340 曾侯乙鐘，戰國早期】
2. 新鐘之濬𦏿羽【00286 曾侯乙鐘，戰國早期】
3. 史喜作朕文考𦏿翟祭，厥日佳乙。【02473 史喜鼎，西周】

辭例 1～2𦏿，《銘文選》認爲「𦏿」、「羽」音近可通，即傳統五音中的羽音。

辭例 3 翟，《說文》：「翟，山雉也，尾長，從羽从隹。」《詩·邶風·簡兮》：「左手執籥，右手秉翟。」毛傳：「翟，翟羽也。」史喜鼎「翟」字，楊樹達作祭名，然古祭無名翟者，余謂蓋假爲禴也。〔註36〕

案：將同出《集》00340 曾侯乙鐘（戰國早期）「轊（衛）音」的「轊（轊－衛）」字，和「𦏿（羽）角」的「𦏿（羽）」字並列於下：

《集》00340「轊（衛）」　　　　　　　　　《集》00340「𦏿（羽）」

《集》00340 曾侯乙鐘「轊（衛）」字，所加表聲的「𡉚」旁，「羽」、「工」有共筆，其所從「羽」形部件表「彗」音，假借爲「衛」；和「𦏿」字所從「羽」形部件表「羽」音，爲一組同形字。因爲「轊（轊－衛）音」、「𦏿（羽）角」同出《集》00340 曾侯乙鐘，更可證明金文「彗」、「羽」部件同形。

楚簡從「羽」部件之字的字形、辭例和討論如下：

1. 「𦏿」字作「𦏿」，辭例如《隨縣簡》簡 6「紫羽之常」、79「玄羽」、81「白羽」、106「綠羽」，《郭》6 簡 17「能差池其羽，然後能至哀。」裘錫圭、李家浩首先釋「𦏿」，《說文》以爲「雩」字或體，「羽」、「雩」音近，故「𦏿」既可用爲「羽」，也可用爲「雩」。〔註37〕林清源認爲

〔註36〕楊樹達，《積微居金文說》，191 頁，1959 年；金詁 479 號。

〔註37〕裘錫圭、李家浩，《曾侯乙墓·曾侯乙墓竹簡釋文與考釋》，注 55，北京：文物出版社，1989 年。

曾侯乙墓簡 𦏡 字出現多次，𦏡 字都作羽毛義，羽、于二字古音同在匣
紐魚部，𦏡 應是羽字繁體，于旁則是新增音符。〔註38〕

2. 「翡」字作「𦏡」，辭例如《望二 策》「翡翠之首」，《說文》分析「翡」
為「从羽非聲」，楚簡「𦏡」字當從「肥」聲，何琳儀引《文選・西都
賦》：「翡翠火齊，流耀含英」，注：「翡翠，鳥羽也」為證。〔註39〕

3. 「翠」字作「𦏡」，辭例如《包山楚簡》簡 269「翠首」，《說文》分析「翠」
為「从羽卒聲」，楚簡「𦏡」字當從「辠」聲，「辠」即「罪」字，原釋
文認為「翠之首」為朱旄上裝飾的「翠鳥羽毛」；〔註40〕裘錫圭、李家浩
認為翠為青羽鳥，故字或從鳥。翠首是用翠鳥之羽繫於旗竿之首。〔註41〕

4. 「旌」字作「𦏡」，辭例如《包山楚簡》簡 269「絑旌」、《包山牘》1「絑
旌」、《望二 策》「堆旌」。裘錫圭、李家浩解釋「旌」字說：「古代旗
杆之首系有鳥羽或犛牛尾。《周禮・春官・司常》：『全羽為旞，析羽為
旌。』」〔註42〕

5. 「旄」字作「𦏡」，辭例如《包牘》1「一𦏡緣旄首」。裘錫圭、李家浩
解釋「旄」字說：「古代旗杆之首系有鳥羽或犛牛尾。《詩・鄘風・干
旄》：『孑孑干旄。』毛傳：『注旄于干首。』」〔註43〕

6. 「輕」字作「𦏡」，辭例如《郭・緇衣》簡 28「故上不可以褻刑而輕爵。」
簡 44 作「輕絕貧賤，而厚絕富貴，則好仁不堅，而惡惡不著也。」陳
偉武認為古人因羽毛質輕，故加羽符為輕的專用字。〔註44〕

〔註38〕 林清源，《楚國文字構形演變研究》，88～89 頁，東海大學中文所博士論文，1997
年 12 月。

〔註39〕 何琳儀，《戰國古文字典》1130 頁，北京：中華書局，1998 年。

〔註40〕 劉彬徽等，《包山楚墓・包山二號楚墓簡牘釋文與考釋》注 623，北京：文物出版
社，1991 年。

〔註41〕 裘錫圭、李家浩，《曾侯乙墓・曾侯乙墓竹簡釋文與考釋》注53，北京：文物出版
社，1989 年。

〔註42〕 裘錫圭、李家浩，《曾侯乙墓・曾侯乙墓竹簡釋文與考釋》注53，北京：文物出版
社，1989 年。

〔註43〕 裘錫圭、李家浩，《曾侯乙墓・曾侯乙墓竹簡釋文與考釋》注53，北京：文物出版
社，1989 年。

〔註44〕 陳偉武，〈新出楚系竹簡中的專用字綜議〉，《新出楚簡與儒學思想國際學術研討

7.「翳」字作「🖋」，辭例如《隨縣簡》簡 6「屯八翼之翼之翳」、20「一翼之翳」。李家浩首先釋「翳」，其義當是一種羽毛名。〔註45〕劉信芳說：「翳，本指鳥羽翩飛之貌，戟上之束旄及斾上的燕尾狀之旒，隨風飄飛，此所以又名之曰翳。」〔註46〕

8.「翟」字作「🖋」，辭例如《隨縣簡》簡 26 作「翟輪」，裘錫圭、李家浩疑「翟輪」，是用翟羽裝飾的車輪，或繪有翟羽紋飾的車輪。〔註47〕

案：將楚簡從「羽」部件之「翠」、「翠」、「翡」、「旌」、「旄」、「輕」、「翳」、「翟」等字，和上述「箽」、「瘳」二字相較，可知楚簡「彗」、「羽」部件同形。

（三）楚簡「罷」字析論

楚簡「罷」字有「能」、「一」兩種釋讀，相關討論可參見本論文〈「能」、「一」同形〉一節，而本節討論重點在於為何楚簡「罷」字可以釋讀作「一」。《郭店楚簡・五行》簡 16「淑人君子，其儀🖋也。能為🖋，然能為君子，慎其獨也。」《詩經・曹風・鳲鳩》作「淑人君子，其儀一分」；帛書本 184 作「叔人君子，其宜一氏」，皆證明「🖋」字當釋讀作「一」。〔註48〕

本節上文將楚簡從「羽」部件的「翠」、「翠」、「翡」、「旌」、「旄」、「輕」、「翳」「翟」，和從「彗」部件的「箽」、「瘳」等字相較，得出楚簡「彗」、「羽」部件同形的結論。故楚簡「罷」字讀「一」，以文字構形解釋有三，1 李天虹認為從「羽（彗）」得聲。〔註49〕2 朱德熙等認為從「㠯」字得聲，因為「罷」字從「能」、而「能」字從「㠯」聲。〔註50〕3 顏世鉉認為「羽」、「能」均為聲符。

會》，2002 年 3 月 31 日～4 月 2 日。

〔註45〕李家浩，〈包山二六六號簡所記木器研究〉，《國學研究》2，北京大學出版社，1994年 12 月。

〔註46〕劉信芳，〈楚簡器物釋名上篇〉，《中國文字》新 22，1997 年 12 月。

〔註47〕裘錫圭、李家浩，《曾侯乙墓・曾侯乙墓竹簡釋文與考釋》注 85，北京：文物出版社，1989 年。

〔註48〕荊門博物館，《郭店楚墓竹簡》郭 6 注 19，北京：文物出版社，1998 年。

〔註49〕李天虹，〈郭店楚簡文字雜釋〉，《郭店楚簡國際學術研討會論文集》，95 頁，武漢：湖北人民出版社，2000 年 5 月。

〔註50〕朱德熙，〈鄂君啓節考釋八篇〉，《紀念陳寅恪先生誕辰百年學術論文集》，1989 年。

〔註51〕

將「罷」字讀「一」的三個聲符來源，「彗（斜紐月部）」、「羽（匣紐魚部）」、「㠯（余紐之部）」，分別和「一（影紐質部）」字古音相較，發現「罷」字讀「一」，無論從「彗」、「羽」、或「㠯」得聲，於音讀皆有再議空間，所以邴尚白認爲可能跟楚方言有關。〔註52〕若以「罷」字所從「羽」形部件觀察，雖可能受限於出土材料，但在楚系「卜筮祭禱簡」和「遣冊簡」數量差距不大的前提下，在楚簡所有「從羽形部件」的文字中，代表「羽」義的可能性遠大於「羽（彗）」義，故楚簡「罷」字釋讀作「一」，上部所從「羽形部件」爲「羽」字的可能性較大。

（四）古文字「習」字析論

甲骨文、楚簡「習」字的字形、辭例和討論如下：

1.  ■習龜卜【明 715，合 26979③】

2. ■習茲卜【合 31667③】

3.  ■習二卜，■習三卜，■習四卜。【合 31674③】

4. ■習之【天卜】（滕編 295）

5. 屈宜■習之以形答爲左尹邵��貞【包山 223】（滕編 294）

6. 凡人雖有性，心亡奠志，待物而後作，待悅而後行，待■習而後奠。【郭 11.1～2】

7. 起■習文章，益。【郭 15.10】

因爲古文字「彗」、「羽」部件同形，故「習」字所從「羽」形部件的構形分析，有「彗」、「羽」二說：

其一，從「彗」說。唐蘭認爲習字當从日、羽聲，羽今彗字也，古緝部字每變入脂部，金文即立、朕立之立今作位，是其證，則習可從羽聲也。《說文》彗之古文作篲，當從竹、習聲，然則彗之本音若習，習從羽聲，可無疑焉，賈誼傳云：「日中必熭」，《說文》：「熭，暴乾也。」疑習字本訓爲暴乾矣……習聲

〔註51〕顏世鉉，〈郭店楚簡散論（一）〉，《郭店楚簡國際學術研討會論文集》，104～105 頁，武漢：湖北人民出版社，2000 年 5 月；顏世鉉〈郭店楚簡六德箋釋〉，《史語所集刊》，2001 年 6 月。

〔註52〕邴尚白，《楚國卜筮祭禱簡研究》，82 頁，暨南國際大學中文所碩士論文，1999 年。

與疊、襲相近，故有重義、慣義，引申有學義。〔註53〕

其二，從「羽」說。《說文》：「習，數飛也。从羽白聲。」何琳儀主張「習」字從羽、從日，會鳥近日高飛意。〔註54〕

案：筆者最贊成季旭昇的說法：「戰國文字至隸書大體都保持從日彗聲的字形，只是彗形與羽形已無法區分，所以《說文》以爲習從羽。」〔註55〕因爲甲骨文「習」字作「🔲」，本節上文已經說明甲骨文「彗」字作「🔲」，「霎」字作「🔲」；甲骨文的「羽」字可能作「🔲」，將這些字形簡單比對即知「習」字從「彗」的可能性較大。楚簡「習」字作「🔲」，也可和楚簡從「彗」部件的「🔲（簧）」、「🔲」、「🔲（瘩）」等字相較，皆可證明「習」字所從「羽」形部件爲「彗」之不誤，本義是否如唐蘭所說爲「獎」，則待考。

第三節　「道」、「行」、「永」同形

道、行、永是三個音義完全不同的字，道，《說文》：「🔲，行所道也。從辵，從𩠐。」行，《說文》：「行，人之步趨也。從彳、從亍。」永，《說文》：「🔲，長也。象水巠理之長。」但是《郭店楚簡》「道」字、石鼓文「行」字，和甲骨文「永」字，卻可同作「衍」形；可見古文字「道、行、永」爲一組「構意不同」，但「字形偶然相同」的同形字。

一、同形字字形舉隅

《郭店楚簡》「道」	石鼓文「行」	甲骨文「永」
🔲郭 1.1.6	🔲【石鼓・霝雨】	🔲合 28712
🔲郭 1.1.13	🔲【石鼓・鑾車】	

二、同形字辭例舉隅

（一）《郭店楚簡》「道」字辭例

1. 以道佐人主者，不欲以兵強于天下。【郭 1.1.6】

2. 道恆無爲也，侯王能守之，而萬物將自化。【郭 1.1.13】

〔註53〕唐蘭，《殷墟文字記》，16 頁，1934 年；甲詁 1904 號。

〔註54〕何琳儀，《戰國古文字典》，1378 頁，北京：中華書局，1998 年。

〔註55〕季旭昇，《說文新證上冊》，270 頁，臺北：藝文印書館，2002 年 10 月。

（二）石鼓文「行」字辭例

1. □□自█，徒█湯湯，惟舟以**行**，或陰或陽，極深以□，□于水一方。
   【石鼓・霝雨】

2. █（昔）車█（載）**行**，如徒如章，邊█（隰）陰陽。【石鼓・鑾車】

（三）甲骨文「永」字辭例

1. 叀壬田，弗悔，湄日亡災，<u>永王</u>。吉【合 28712③】

2. 壬寅卜，王其田，叀雩兕先█，亡𢦏，禽，<u>王永</u>。【合 28398③】

3. ☑田，湄日亡災，<u>永王</u>。【合 28713③】

三、同形字辭例說明

（一）《郭店楚簡》「道」字辭例說明

　　《郭店楚簡》「道」字辭例，彭浩對照《帛書》甲乙本、《王弼本》、《河上本》、《龍興觀本》；李若暉對照《道德眞經指歸本》、《老子想爾注本》、《道德經古本篇》都釋「道」。〔註56〕其中僅有李若暉曾釋「永」，〔註57〕不過後來也改釋「道」。〔註58〕

（二）石鼓文「行」字辭例說明

　　石鼓文「衍」字考釋，分別有「道」、「行」、「永」三說。

1. 釋「道」。嚴一萍以吳式芬、陳介祺輯《封泥考略》卷 5 第 37 頁著錄「衍人令印」封泥一，卷 10 第 27 頁「房衍私印」，《考略》認爲是《漢書・地理志・道人縣》，屬代郡，證明石鼓文「衍」字爲「道」。〔註59〕薛尚功也釋「道」。〔註60〕

2. 釋「行」。王襄釋「行」，解釋石鼓文「行」亦從「人」，象人行於四通

〔註56〕彭浩，《郭店楚簡老子校讀》，134 頁、140 頁，武漢：湖北人民出版社，2000 年 1
　　　月。李若暉，〈老子異文對照表〉，《簡帛研究》2001，855 頁、857 頁，桂林：廣
　　　西師範大學出版社，2001 年 9 月。

〔註57〕李若暉，〈郭店楚簡「衍」字略考〉，《中國哲學》，2000 年第 1 期。

〔註58〕李若暉，〈由上海博物館藏楚簡重論「衍」字〉，《上博館藏戰國楚竹書研究》，上海
　　　書店，2002 年 3 月。

〔註59〕嚴一萍，〈釋衍〉，《甲骨古文字研究》第一輯，59 頁：甲詁 2310 號。

〔註60〕李鐵華，《石鼓新響》，126 頁，西安：三秦出版社，1994 年。

之衢。〔註61〕郭沫若、羅君惕、李鐵華、李學勤、裘錫圭等也釋「行」，〔註62〕主因有二，一是錢大昕首先提出「詩以湯、衍、陽、方爲韻，皆屬古陽部」，二是石鼓「道」字作「（圖）」，分見《作原》、《吾水》二石，證明石鼓文「衍」字，不能再讀爲「道」。

3. 釋「永」。何琳儀認爲石鼓文「衍」字从「人」、「行」聲。「永」和「行」古韻均屬陽部，「永」訓「引」，如《詩・唐風・山有樞》：「且以永日」，「維舟以永」亦謂「以維舟引導」。〔註63〕

案：筆者贊成將「衍」字釋「行」，因爲石鼓文《作原》、《吾水》等篇有自己的「（圖）（道）」字。且《石鼓・霝雨》「衍」字必須和「湯」、「陽」、「方」押韻，《石鼓・鑾車》「衍」字必須和「章」、「陽」押韻，故必須將「衍」字釋讀作「行」或「永」，才能同時和「湯」、「陽」、「方」、「章」等「陽部」字押韻。而在同是「陽部」字的「行（匣紐陽部）」和「永（匣紐陽部）」間，筆者之所以選擇「行」，因爲只有「行」字可同時通讀石鼓文「惟舟以（圖）」和「（圖）（昔）車（圖）」，「惟舟以行」較好理解，就是「舟行」義；「（圖）（昔）車（圖）」的「（圖）」字，一般讀作「載」，因爲此字可和下列金文「（圖）（載）」字相較：

（圖）石鼓文　（圖）集04327 卯簋蓋　（圖）集02830 師虎鼎

石鼓文有很多句式可和《詩經》比較，若將「（圖）（載）（圖）」和《詩・鄘風・載馳》：「載馳載驅」相類比，「（圖）」字必須釋「行」，方可與「載」、「馳」辭義相當；反之何琳儀的「永」說，只能解釋「惟舟以（圖）」，無法用「永」之「引」義解釋「（圖）（昔）車（圖）（載）（圖）」。

（三）甲骨文「永」字辭例說明

甲骨文「衍」字考釋，分別有「道」、「行」、「永」、「咏」、「辰」、「衍（侃）」六說。

〔註61〕王襄，《簠室殷契類纂》，第 8 頁，1920 年 12 月；甲詁 2310 號。

〔註62〕李學勤，〈說郭店簡道字〉，《簡帛研究》3，桂林：廣西教育出版社，1998 年 12 月。裘錫圭，〈釋「衍」、「侃」〉，《魯實先先生學術討論會論文集》，臺北：萬卷樓，1993 年 6 月。陳霖慶，《郭店性自命出暨上博性情論綜合研究》，臺灣師範大學國文所碩士論文，2003 年 6 月。

〔註63〕何琳儀，《戰國文字通論》，278～279 頁，北京：中華書局，1989 年 4 月。

1. 釋「道」。嚴一萍認爲當讀如《禮記・學記》：「道而弗牽」之「道」，注：「道，示之以道途也。」田獵甲骨文每向祖先神祇祈求「亡戋」、「弗每」，今綴以「道王」成語，乃更進而祈求「示王以塗」，期以多獲。〔註64〕

2. 釋「行」。王襄首先將「衍」釋作「行」，〔註65〕後來屈萬里、李學勤分別做不同訓讀。屈萬里引《廣雅・釋詁》：「行，陳也。」《左氏・襄三年傳》：「亂行於曲梁」杜注亦云：「行，陳也。」將「衍王」之「衍」釋讀作「列陣」義，謂「王親布田獵之陣也」；〔註66〕李學勤則認爲田獵甲骨文的這個字，其實也讀爲「行」，不過意思不是行走，而是賜予，「行」訓賜，古書屢見，如《周禮・羅氏》注：「行，謂付賜。」《禮記・月令》注：「行，猶賜也。」辭義是說該次田獵，神以獵物賜王，故云賜王有擒。「行」字此訓詁還見於商代金文，如《商周金文遺錄》507～508方彝：「竹宁（予），父戊，告。」竹即孤竹國。揣係孤竹君對器主有所賜予，於是作器祭祀父戊，以告這次賞賜。〔註67〕

3. 釋「永」。劉釗說：「永字典籍訓長、訓久，長、久與美善義本相因。長本有善義，如《晉書・樂廣傳》：『論人必先稱其所長』此長即爲美善義。『永王』如甲骨文言『若王』，『王永』如甲骨文言『王若』。」〔註68〕贊成釋「永」的還有《類纂》和何琳儀。〔註69〕

4. 釋「咏」。于省吾說認爲甲骨文於祭祀每言「咏」或「不咏」，是對被祭者歌頌與否義。〔註70〕趙誠贊成釋讀作「咏」，典籍中與「詠」通用。甲骨文有歌頌、讚頌、稱頌義。〔註71〕

〔註64〕嚴一萍，〈釋衍〉，《甲骨古文字研究》第一輯，59頁；甲詁2310號。

〔註65〕王襄，《簠室殷契類纂》，第8頁，1920年12月；甲詁2310號。

〔註66〕屈萬里，《殷墟文字甲編考釋》，90頁，1961年；甲詁2310號。

〔註67〕李學勤，〈說郭店簡道字〉，《簡帛研究》3，桂林：廣西教育出版社，1998年12月。

〔註68〕劉釗，〈釋「？」、「？」諸字兼談甲骨文「降永」一辭〉，《殷墟博物苑苑刊》創刊號，北京：中國社會科學出版社，1989年；甲詁2309號。

〔註69〕《類纂》872～873頁，何琳儀，《戰國文字通論（訂補）》，71頁，南京：江蘇教育出版社，2003年。

〔註70〕于省吾，〈釋咎〉，《甲骨文字釋林》，北京：中華書局，1979年。

〔註71〕趙誠，《甲骨文簡明辭典——卜辭分類讀本》，357頁，北京：中華書局，1988年1月。

5. 釋「辰」。考古所認爲是「派」之異構。〔註72〕

6. 釋「衍」讀「侃」。主張此說的是裘錫圭，說法摘錄於下：

> 我們認爲在殷墟甲骨文裡，永和衍這兩個詞本來是用相同的字形來
> 表示的，後來出現了分化現象，一般以⬛等表示永，⬛等表示衍，這
> 一分化在殷末應即以完成。「衍王」和「王衍」的衍當釋爲衍，讀爲
> 侃（衍）。〔註73〕

案：上述除「辰」說無法訓解外，「道」、「行」、「永／咏」、「衍（侃）」諸
說，在字形和辭例說明皆有可觀，囿於甲骨文辭例太過簡短，且有同形可能，
故難以定奪。筆者擬將甲骨文「道」、「行」、「永」、「衍（侃）」等字形，和本節
討論「王⬛」或「⬛王」的「⬛」字相較：

字　例	衍	道	行	永	衍
字　形	⬛合 28712	甲骨文缺	⬛《甲編》574	⬛《甲編》2414	⬛合 21326

從上表可知甲骨文缺「道」字，「行」字皆作「⬛」形，尚無在「⬛」內加
「人」之例；而「⬛」字，雖然王襄、羅振玉、裘錫圭皆釋「衍」，但是郭沫若、
陳夢家、屈萬里卻疑是「巡」字，〔註74〕參照《類纂》878 頁所有辭例，發現
根本無法判定「⬛」字的正確釋讀；即使「⬛」字確爲「衍」，其字形和本節討
論「⬛」字也仍有差距。所以筆者選擇劉釗的「永」說，因爲劉釗對「永」字
從「⬛」演變成「⬛」，甚至是「⬛」（因爲有很多「王⬛」或「⬛王」的「⬛」字
作「⬛」）的說明最清楚可信，他將「永」字分作五類：

A⬛　B⬛　C⬛　D⬛　E⬛

A 爲「永」字最早構形，從「彳」、從「人」，B 加三點代表「水」，當時人已認
爲「永」字字義與「水」有關，C 變化三點簡化、連寫成一彎筆，D 加「口」，
古文字加「口」可作爲文字孳乳分化或裝飾繁化的手段，如：

⬛－⬛　⬛－⬛　⬛－⬛　⬛－⬛　⬛－⬛　⬛－⬛

E「永」字從「行」從「人」，甲骨文從「彳」的字，往往又寫成從「行」，如：

〔註72〕中國社會科學院 考古研究所，《小屯南地甲骨》，902 頁，北京：中華書局，1985 年。

〔註73〕裘錫圭，〈釋「衍」、「侃」〉，《魯實先先生學術討論會論文集》臺北：萬卷樓，1993
年 6 月。

〔註74〕甲詁 2341 號。

再加上金文「永」字作：

且父乙簋、豚卣、師櫨鼎、頌鼎、史頌簋

與本節討論「王❖」或「❖王」的「❖」字更像。

將「永」字依照劉釗訓爲「美善」義，〔註76〕和裘錫圭所說：

> 無名組和侯家莊卜骨上的甲骨文都有「弗悔」跟「衍王」或是「王衍」
> 同見於一辭的例子……悔是《周易》常用的表示吉凶的術語。《易·
> 繫辭·上》說：「悔吝者，憂虞之象也。」《公羊傳·哀公二十九年》：
> 「尚速有悔於予身。」何休注：「悔，咎也。」「衍王」或「王衍」
> 應該是和憂虞和有咎相反的事。〔註77〕

也是相符合。且本節討論「王❖」或「❖王」的「❖」字多作「」，其所加的「口」
可能是「羨符」，也可能有「口」義，若後說成立，則可依照于省吾、趙誠釋讀
作「咏」，與典籍「詠」通用，表示歌頌、讚頌、稱頌義。〔註78〕

四、同形原因析論

古文字「衍」字，《郭店楚簡》、漢封泥釋「道」，石鼓文釋「行」，甲骨文
釋「永」。前輩學者對此現象所作的解釋如下：

1. 李學勤認爲行、道有時可互訓，但不是一個字，音也不能通假。郭店
   簡以衍爲道乃是一種晚起現象……《汗簡》、《古文四聲韻》中道字有
   多種形體……讀爲道字的衍是省去聲符首而形成的。它和讀爲「行」
   的「衍」字是人步於衢道之間的會意字，來源本不一樣。〔註79〕

2. 吳辛丑認爲衍（道）與衍（行）是同形字。然而這兩個字又有共同的

〔註75〕 劉釗，〈釋「❖」、「❖」諸字兼談甲骨文「降永」一辭〉，《殷墟博物苑苑刊》創刊號，
北京：中國社會科學出版社，1989 年；甲詁 2309 號。

〔註76〕 劉釗，〈釋「❖」、「❖」諸字兼談甲骨文「降永」一辭〉，《殷墟博物苑苑刊》創刊號，
北京：中國社會科學出版社，1989 年；甲詁 2309 號。

〔註77〕 裘錫圭，〈釋「衍」、「侃」〉，《魯實先先生學術討論會論文集》臺北：萬卷樓，1993
年 6 月。

〔註78〕 于省吾，〈釋杏〉，《甲骨文字釋林》，北京：中華書局，1979 年。趙誠，《甲骨文簡
明辭典——卜辭分類讀本》，357 頁，北京：中華書局，1988 年 1 月。

〔註79〕 李學勤，〈說郭店簡道字〉，《簡帛研究》3，桂林：廣西教育出版社，1998 年 12 月。

形源和義源，是同源字……若取意偏于人的行走動作，乃有衍（行）字。若取意偏于所走之路，則爲衍（道）字。〔註80〕

3. 李若暉認爲甲骨文的衍與楚簡衍字沒有任何繼承關係，應是完全獨立的兩個同形字。〔註81〕

4. 何琳儀先說古文字「永、行」二字的關係，「衍」從「人」、從「行」，會人行路途長遠之意，「行」亦聲，「永」爲「行」之準聲首，「永」和「行」古韻均屬陽部。再說古文字「永、道」二字的關係，《汗簡》以「道」釋「衍」，是因爲「道（導）」與「永」的義訓「引」意義相近的緣故。〔註82〕

　　案：「道（定紐幽部）」、「行（匣紐陽部）」、「永（匣紐陽部）」三字，就聲韻而言，「行（匣紐陽部）」、「永（匣紐陽部）」二字聲韻皆同；就意義而言，「道」、「永」皆有「引」義。但我們都習慣將「道」、「行」、「永」視爲三個獨立的字，因爲「道」字金文散盤作 🔸，石鼓文作 🔸；「行」字甲骨文《甲編》574 作 🔸，金文虢季子白盤作 🔸。「永」字甲骨文《甲編》2414 作 🔸，金文且父乙簋作 🔸、豚卣作 🔸 等；各有其本形本義，之所以會同作「衍」，都是經過一番字形演變所致。如「道」字得將「首」部件替換成「人」部件，「行」字得在「🔸」部件增加「人」部件，「永」字得將原本「彳」旁繁化成「行」旁，故筆者決定採用「同形字」詮釋「道」、「行」、「永」這組字的關係。

五、相關字詞析論

（一）《上博三‧中》簡 15～16「🔸」字析論

　　《上博三‧中》簡 15～16「孔子曰：善哉，聞乎足以教矣，君宜🔸之至者，教而使之，君子無所猖人。」

　　依照本節上文所述「道」、「行」、「永」爲一組同形字，將🔸字釋「道」、「行」、

〔註80〕 吳辛丑，〈簡帛典籍異文與古文字資料的釋讀〉，《古文字研究》24，2002 年 7 月。

〔註81〕 李若暉，〈由上海博物館藏楚簡重論「衍」字〉，《上博館藏戰國楚竹書研究》，上海書店，2002 年 3 月。

〔註82〕 何琳儀，《戰國文字通論》，278～279 頁，北京：中華書局，1989 年 4 月。何琳儀，《戰國古文字典》，626 頁，北京：中華書局，1998 年。何琳儀，《戰國文字通論（訂補）》，302 頁，南京：江蘇教育出版社，2003 年。

「永」都合理，筆者贊成釋「道」。雖然禤健聰反對，但並無提出具體反對原因；〔註83〕反之與《上博三》同樣都是楚簡的《郭店》便有不少「道」字作「術」，可與《上博三・中》的「術」字比對。且將「道」字訓爲「引導」，如《楚辭・離騷》：「乘騏驥以馳騁兮，來吾道夫先路。」王夫之《通釋》說：「道，引導之也。」或是訓爲「開導、教導」，如《莊子・田子方》：「其諫我也似子，其道我也似父。」成玄英疏：「訓導我者，似父之教子」，帶回「君宜術之至者」皆文從字順，故筆者逕釋爲「道」。

（二）金文〈仲滋鼎〉（春秋中期）「術」字析論

金文〈仲滋鼎〉（春秋中期）辭例爲「仲滋正（？）術，嚚（鐊）良鈇黃。盛（？）旨羞不□□□。」〔註84〕

依照本節上文所述「道」、「行」、「永」爲一組同形字，將「術」字釋「道」、「行」、「永」都合理，筆者贊成釋「行」。因爲王輝舉春秋銅器屢見「征」、「行」連用之例，如《集》04631 曾伯霖簠（春秋早期）「以征以行」、《集》04579 史免簠（西周晚期）「史免作旅匡，從王征行，用盛稻粱，其子子孫孫永寶用享」，和《集》04580 叔邦父簠（西周晚期）「叔邦父作匡，用征用行，用從君王，子子孫孫其萬年無□」等，證明金文仲滋鼎「術」字釋「行」，〔註85〕是相當具有參考價值的。

第四節　「侃」、「冶」、「強」同形

侃、冶、強是三個音義完全不同的字。侃，《說文》：「侃，剛直也。」冶，《說文》：「冶，銷也。从仌，台聲。」強，《說文》：「強，蚚也。从虫弘聲。」但是金文「侃」、「冶」，和楚簡「強」字，會因爲「人、刀、弓」部件形近訛誤；再加上「侃」字「口部件」下的三斜畫訛變、簡省成二橫畫；「冶」字省略「火」部件，僅留「刀、口、二」部件；「強」字從「弘」字分化，加了「二」作爲分化符號而同形。

〔註83〕禤健聰，《上博簡（三）小箚》，簡帛研究網，2004 年 5 月 12 日。

〔註84〕李景林，〈陝西永壽縣出土春秋中滋鼎〉，《考古與文物》，1990 年 4 期。

〔註85〕王輝，《秦文字集證》，19～21 頁，臺北：藝文印書館，1999 年元月。

一、同形字字形舉隅

金文侃	金文冶	楚簡強
集 00065 兮仲鐘	集 00975 倕盤埜匕	郭 1.1.6
集 00068 兮仲鐘	集 00976倕盤埜匕	郭 1.1.7
集 00145 士父鐘	集 00977倕紹坴匕	郭 1.1.7
集 00146 士父鐘	集 02794 楚王酓忎鼎	郭 9.13
集 00147 士父鐘	集 02795 楚王酓忎鼎	郭 9.23
	集 09931 秦苛蝓勺	郭 12.32
	集 09932 秦苛蝓勺	郭 16.25
	集 10158 楚王酓忎盤	郭殘 5
	集 10941 冶瘍戈	
	集 11347 十三年□陽令戈	
	集 11355 十二年趙令戈	
	集 11546 七年宅陽令矛	
	集 11815 齊城右造刀	

二、同形字辭例舉隅

（一）金文「侃」字辭例

1. 兮仲鐘辭例都是「用侃喜前文人」。

2. 士父鐘辭例都是「用喜侃皇考」。

（二）金文「冶」字辭例

1. 冶師吏秦佐苛臘爲之。冶師盤埜佐秦忎爲之。【02794 楚王酓忎鼎，戰國晚期】

2. 冶師坴佐陳共爲之。【02795 楚王酓忎鼎，戰國晚期】

3. 冶師坴佐陳共爲之。【10158 楚王酓忎盤，戰國晚期】

4. 冶盤埜秦忎爲之。【00975 倕盤埜匕，戰國晚期】

5. 冶盤埜秦忎爲之。【00976 倕盤埜匕，戰國晚期】

6. 冶紹坴陳共爲之。【00977 倕紹坴匕，戰國晚期（楚幽王）】

7. 冶吏秦苟蛸爲之。【09931 秦苟蛸勺，戰國晚期】

8. 冶吏秦苟蛸爲之。【09932 秦苟蛸勺，戰國晚期】

9. 冶瘍。【10941 冶瘍戈，戰國晚期】

10. 十（？）三年繁陽令繁戲工師邵壘、冶黃（？）。【11347 十三年□陽令戈，戰國早期】

11. 十二年少曲令邯鄲□右庫工師□紹冶者造。【11355 十二年趙令戈，戰國早期】

12. 十七年兟命艐斀司寇鄭🐾左庫工師□較（較）冶□造。【11382 十七年兟令戈，戰國晚期】

13. 七年宅陽令🁬，右庫工師夜瘥冶趣造。【11546 七年宅陽令矛，戰國】

14. 齊城右造車戟冶腯。【11815 齊城右造刀，戰國晚期】

（三）楚簡「強」字辭例

1. 禍莫大乎不知足。知足之爲足，此恆足矣。以道佐人主者，不欲以兵強於天下。善者果而已，不以取強。果而弗伐，果而弗驕，果而弗矜，是謂果而不強。【郭 1.1.6～7】

2. 農夫務食不強，加糧弗足矣。士成言不行，名弗得矣。【郭 9.13】

3. 不反其本，雖強之弗入矣。上不以其道，民之從之也難。【郭 9.15】

4. 勉之遂也，強之工也，陳？之弁也，詞之工也……【郭 9.23】

5. 金玉盈室不如謀，眾強甚多不如時。故謀爲可貴。【郭 16.24～25】

三、同形字辭例說明

（一）金文「侃」字辭例說明

侃，《玉篇》云：「侃，樂也。」《字彙》：「侃，和樂貌。」阮元認爲金文「侃」字義同「衎」，《說文》：「衎，行喜皃。從行干聲。」《爾雅・釋詁上》：「衎，樂也。」〔註86〕金文「侃」字，無論辭例爲「喜侃」或「侃喜」，皆「喜樂」義。

（二）金文「冶」字辭例說明

辭例 1～8 皆 1933 年安徽壽縣朱家集出土，推測爲楚幽王熊悍時的銅器。這批銅器上的「冶」字，辭例可分作兩類，辭例 1～3 是「冶師」，辭例 4～8

〔註86〕阮元，《積古齋鐘鼎彝器款識》卷 3、7 頁，1804 年；金詁 1449 號。

是「冶」，即「冶師」的省略。辭例9～14對照林清源文中第四十四式、第四十五式（103～108號），戰國兵器上有「冶」字者。〔註87〕

李學勤首先將這批銅器的「⟦圖⟧師」釋讀作「冶師」，其說為：

> ⟦圖⟧不能釋為工，因為在同時的勺銘上，⟦圖⟧師可簡稱為⟦圖⟧……工師的身分與工大有不同，工師決不能自稱為工，況且楚器如懷王二十九年的漆奩……工字並不作⟦圖⟧。〔註88〕

贊成李學勤所說「工師」、「冶師」應有區別者，還有《銘文選》，其在664號齊城右造刀解釋1971年河南新鄭縣城出土戰國大量兵器時說：〔註89〕

> 每見戈、矛銘中「工師」和「⟦圖⟧」字鑄於同器，「工師」之「工」與「⟦圖⟧」字非一字。

故上文所舉《集》11347、11355、11382、11546「工師」，都和「⟦圖⟧（冶）」字一起出現，證明「⟦圖⟧師」只能釋讀作「冶師」。

這類銘文的考釋除了《銘文選》第四冊664～669號外，還可參考湯餘惠《戰國銘文選》和劉彬徽《楚系青銅器研究》，他們都釋作「冶師」。〔註90〕

對「冶師」提出不同見解者只有何琳儀和蘇建洲。何琳儀說：

> 刀形部件不但會與人形部件訛混，也會與尸形部件訛混，且人、尸是一字之分化，口和二是裝飾符號，先秦典籍是否已有「冶師」，待檢；反之讀作「肆師」，在《周禮·春官·肆師》中有記載，主要掌管國家重要的典禮和祭祀。〔註91〕

蘇建洲說：

> 傾向將楚器的「⟦圖⟧」字釋為「侃」，讀為「冶」……「侃」古音溪紐元部……「冶」，余紐魚部。余溪二紐可通，如「衍」，古音余紐魚

〔註87〕 林清源，〈戰國冶字異形的衍生與制約及其區域特徵〉，《第二屆國際中國古文字學研討會論文集》，350～351頁，香港中文大學，1993年。

〔註88〕 李學勤，〈戰國題銘概述下〉，《文物》，1959年9期。

〔註89〕 郝本性，〈新鄭「鄭韓故城」發現一批戰國銅兵器〉，《文物》，1972年10期。

〔註90〕 湯餘惠，《戰國銘文選》，22～23頁註六，長春：吉林大學出版社，1993年。劉彬徽，《楚系青銅器研究》，359～361、472～475頁，武漢：湖北教育出版社，1994年。

〔註91〕 何琳儀，〈楚官肆師〉，《江漢考古》，77～81頁，1991年1期。

部;「愆」，溪紐元部，而「愆」的籀文正作「諐」。而韻部魚元主要

元音相同，有通轉的關係。如《呂氏春秋‧異用》:「非徒網鳥也」，

《注》曰:「徒（定魚），猶但（定元）也」。《漢書‧欒布傳》:「徒

以彭王居梁地」，《顏注》:「徒，但也。」目前學界多認為戰國文字

「冶」字的結構是從「刀」，但在楚系標準銅器的「刀」旁並不作如

此，尤其是「畲忎盤」已有從「刀」的「槊」作「」部件與同銘的

「」不類。所以如同何琳儀所說，「」所從非「人」即「尸」⋯⋯

以上都說明楚系文字的應從楊樹達釋為「侃」，而結合典籍文獻來

看則應讀作「冶」。〔註92〕

　　案:針對何琳儀的說法，林清源在〈戰國冶字異形的衍生與制約及其區域

特徵〉一文註六作了說明，主要從否定何琳儀文中舉證的「右、命、若、向、

石」等字，所從的「口、二皆是裝飾符號」這點作為開端，且同劉彬徽在《楚

系青銅器研究》所說一樣，兩人都認為典籍「肆師」與銘文「冶師」地位不合，

〔註93〕故何琳儀的「肆師」說，不列入考慮。

　　而蘇建洲的說法，最後還是贊同釋讀作「冶師」，但得先將字形隸定作「侃」、

再通假成「冶」，筆者以蘇建洲的說法，對照林清源對「冶」字的分析，還是決

定選擇林清源的說法，因為蘇建洲的通假仍嫌迂迴，而林清源的說法可逕將此

字隸定成「冶」，構形原因為「冶」字省略了「火」形部件，再加上連蘇建洲都

贊同的「刀」、「人」形近訛混所致。「人」、「刀」（含部件）的狀況本就複雜、

容易同形，在此僅舉蘇建洲所提《集》10158 號畲忎盤「冶師佐陳共為之」

的「冶」、「」二字為例。

 冶　　　　　　　 槊

　　蘇建洲認為「」字為「侃」，從「人」部件;「槊」字從「刀」部件。其

實「槊」為人名，從「刀」與否實在難說，且筆者認為「冶」、「槊」二字的「人」、

「刀」部件，差別僅在末筆線條的彎曲度而已，似乎還不構成區別符號;且在

〔註92〕 蘇建洲，〈楚簡文字考釋三則〉（二），簡帛研究網，2003 年 1 月 1 日。

〔註93〕 林清源，〈戰國冶字異形的衍生與制約及其區域特徵〉，《第二屆國際中國古文字學
　　　　 研討會論文集》，371～373 頁，香港中文大學，1993 年。劉彬徽，《楚系青銅器研
　　　　 究》，359～361、472～475 頁，武漢:湖北教育出版社，1994 年。

「冶（余紐魚部）」、「侃（溪紐元部）」通假關係並非如此緊密的條件下，若可從字形直接分析，應該就不需要迂迴的通假釋讀吧！

（三）楚簡「強」字辭例說明

　　將《郭店楚簡》「彊」之辭例，參照丁原植《郭店老子試析與研究》、彭浩《郭店楚簡老子校讀》，[註94] 他們將《郭店楚簡》「彊」字，分別與帛書甲乙本、王弼本、傅奕本、河上本、龍興觀本對照，發現傳世文獻全都寫成「強」字，且用「強」解釋《郭店楚簡》所有辭例皆文從字順，故可直接將楚簡「彊」字釋作「強」。

四、同形原因析論

（一）金文「侃」字說明

　　金文其他「侃」字辭例，都是「用侃喜前文人」，但寫法和上述「鬪（侃）」字並不相同，舉例於下：

1. 《集》00066 兮仲鐘作「鬪」、
2. 《集》00067 兮仲鐘作「鬪」、
3. 《集》00069 兮仲鐘作「鬪」、
4. 《集》00141 師㝨鐘作「鬪」、
5. 《集》00148 士父鐘作「鬪」。

　　金文「侃」字異體寫法有三，區別在於「冂形部件」下所從可能是兩橫畫、兩斜畫和三橫畫，以「冂形部件」下從二橫筆的寫法，最容易與金文「冶」字，楚簡「強」字同形。而楚簡「侃」字，《郭》3 簡 32 作「彸」，《上博一・紂》簡 16 作「鬪」，辭例都是「《詩》云：『叔慎尔止，不侃（愆）于儀。』」其「冂形部件」下皆從兩斜畫，所以不會產生同形現象。

（二）金文「冶」字說明

　　李學勤認爲「冶」字，是由「刀」、「火」、「口」、「二」四部件組成，表達「冶鍊的過程」，本義爲「銷金製器」。贊成李學勤「冶」字構形分析，且針對「冶」字所從「刀」、「火」、「口」、「二」四部件作專文者，包括王人聰〈關於

[註94] 丁原植，《郭店老子試析與研究》，臺北：萬卷樓，1998 年 9 月。彭浩，《郭店楚簡老子校讀》，武漢：湖北人民出版社，2000 年。

壽縣楚器銘文中◇字的解釋〉、黃盛璋〈戰國冶字結構類型與分國研究〉,和林清源〈戰國冶字異形的衍生與制約及其區域特徵〉,〔註95〕其中以林清源的文章分析最為詳盡,將「冶」字依照四部件的組合分成五十八式、十一種類型,這四部件的寫法包括「刀 (ㄣ、ㄣ、ㄣ、刂)」、「火 (火、火、ㅅ、⊥、⊥、土)」、「口 (ㄩ)」、「二 (二、ㅅ)」,限於文章篇幅僅將十一類型羅列於下:

第一類型:增ㄩㄣ型,如 1〔註96〕十五年守相杢波劍作「◇」。

第二類型:從ㄣ不省型,如 3 八年新城大令韓定戈作「◇」、4 二年寧鼎作「◇」。

第三類型:從ㄣ不省型,如 12 十七年相邦春平侯劍作「◇」。

第四類型:省ㄩ增⊥型,如 17 十五年武□令戈作「◇」。

第五類型:省ㄩㄣ增⊥型,如 43 三年杖首作「◇」。

第六類型:省ㄩ從⊥型,如 26 十二年邦司寇野弟矛作「◇」。

第七類型:省ㄩ從火型,如 37 十五年相邦春平侯劍作「◇」。

第八類型:省火型,本章討論的「冶」字都屬此類。

第九類型:省二火增ㄣ型,如 53 卅五年虒令鼎作「◇」。

第十類型:省二ㄩ型,如 57 六年鄭令戈作「◇」。

第十一類型:省ㄩㄣ型,如 58 綷戈作「◇」。〔註97〕

金文「冶」字「刀」、「火」、「口」、「二」四部件具全的寫法如:八年新城大令韓定戈作「◇」、二年寧鼎作「◇」;當它省略「火」部件,僅留「口」、「二」、「刀」部件,再加上楚簡「刀」、「人」、「弓」的部件訛混,便極易與金文「侃」字、和楚簡「強」字同形。

〔註95〕 李學勤,〈戰國題銘概述下〉,《文物》,1959 年 9 期。王人聰,〈關於壽縣楚器銘文中◇字的解釋〉,《考古》,45～47 頁,1976 年 6 期。黃盛璋,〈戰國冶字結構類型與分國研究〉,《古文字學論集初編》,425～439 頁,香港中文大學,1983 年。林清源,〈戰國冶字異形的衍生與制約及其區域特徵〉,《第二屆國際中國古文字學研討會論文集》,333～374 頁,香港中文大學,1993 年。

〔註96〕 案:林清源文章中的編號。(〈戰國冶字異形的衍生與制約及其區域特徵〉,《第二屆國際中國古文字學研討會論文集》,333～374 頁,香港中文大學,1993 年。)

〔註97〕 林清源,〈戰國冶字異形的衍生與制約及其區域特徵〉,《第二屆國際中國古文字學研討會論文集》,333～374 頁,香港中文大學,1993 年。

（三）楚簡「強」字和「勞」字說明

　　楚簡「強」字，如《包山》簡 103 作「**㩦**」、162 作「**㩦**」，左部明顯從「弓」部件。其文字構形分析有二，一是裘錫圭引于省吾、馬敘倫的說法：

> 釋「弘」爲「弘」，分析爲從弓從口，弓亦聲……我們認爲在較早的古文字裡，「弘」可能既是「弘」字，又是強弱之「強」的本字，但是並不是由於「弘」、「強」音近而同用一字，而是由於這個字形恰好同時適用於「弘」、「強」這兩個詞〔註98〕……一部分春秋戰國文字在用作「強」字的「弘」的「口」旁下加兩橫，把它寫作「**㩦**」，可能就是爲了要跟「弘」字相區別。〔註99〕

二是李零曾對裘錫圭的說法提出反駁，其說爲：

> 裘文指出 **㩦** 即「強」甚確，但說強、弘同源卻頗爲曲折（兩字古音不同，說是字形分化太勉強），這裡釋弘即取裘說（屬誤讀）。我們懷疑，「強」字的這種寫法恐怕仍是由東周彊字省變（變田爲口，并其橫畫于下。）〔註100〕

　　案：筆者還是贊成裘錫圭的分析，因爲「弘、強」爲字形同源、尚未分化所造成的同形，二者古音本就不必相關，且李零所說東周「彊」字出現的時間，不見得早於楚簡「**㩦**（強）」或「**㩦**（強）」字，至少就《郭店楚簡》「彊」字而言，兩者是同時出現，《郭》15 簡 46 作「**㿇**」，簡 48 作「**㿇**」，與「**㩦**（強）」或「**㩦**（強）」字相差更遠，毫無字形演變的根據。反之，劉釗依照裘錫圭的推論，將「弘、強」字形，自甲骨文至隸書的演變說得極清楚，摘錄於下：

　　甲骨文：**㿇 㿇 㿇 㿇 㿇 㿇**　（《類纂》2616、2617、2626）

　　→　金文：**㿇　㿇　㿇**　（《金文編》850 頁）

　　→　**㿇 㿇 㿇 㿇**　（《古璽文編》302 頁）

　　→　**㿇 㿇 㿇 㿇 㿇 㿇**　（《秦漢魏晉篆隸字形表》950 頁）〔註101〕

《古璽文編》302 頁 **㿇 㿇 㿇 㿇** 等「強」字，在「口」字下加「二」飾筆以

〔註98〕案：依照裘錫圭的說法「弘、強」有可能同形。

〔註99〕裘錫圭，〈釋弘、強〉，《古文字論集》，北京：中華書局，1992 年 8 月。

〔註100〕李零，〈讀楚系簡帛文字編〉，《出土文獻研究》第五集，注 158，1999 年 8 月。

〔註101〕劉釗，《古文字構形研究》，222～226 頁，吉林大學博士論文，1991 年。

平衡佈局，也爲楚簡「弜（強）」字下部所從「二」部件做了解釋。

楚簡除了「強」字作「弜」之外，楚簡「勞」字上部所從的「強」部件也作「弜」，先將楚簡「勞」字的字形和辭例羅列於下：

1. 未知其名，字之曰道。吾勞強爲之名曰大。【郭 1.1.21～22】
2. 益生曰祥，心使氣曰勞強，物壯則老，是謂不道。【郭 1.1.35～36】
3. 天道貴弱，爵成者以益生者，伐於勞強，責於……【郭 2.9】
4. 於西北，其下高以勞強。【郭 2.13】
5. 民可使道之，而不可使知之。民可道也，而不可勞強也。桀不謂其民必亂，而民有爲亂矣。【郭 10.21～23】

《古璽文編》302 頁「強」字還有 強 強 強 強等寫法，可和楚簡「勞」字對照。

其實，金文「侃」字、金文「冶」字和楚簡「弜（強）」字，三字的構意皆不相同，「侃」字從人、「冶」字從刀，「強」字從弓，因爲「人、刀、弓」部件彼此容易互訛，唐蘭在《古文字學導論》說：「人字與刀字是常相淆混的。」何琳儀在《戰國文字通論》舉了「人弓形近互作之例」〔註 102〕皆明證。《郭》15 簡 48「彊」字作「彊」，乃「弓」旁訛作「人」旁的例證；《包山》簡 229「優」字作「優」，是「人」旁訛作「弓」旁的例證；《包山楚簡》簡 144「解」字作「解」，是「刀」旁訛作「人」旁的例證。〔註 103〕再加上「侃」字「口部件」下的三斜畫，訛變、簡省成二橫畫；「冶」字省略「火」部件，僅留「刀、口、二」部件；「強」字從「弘」字分化，加了「二」作爲分化符號後，「侃」、「冶」、「強」三個毫無關係之字，竟同作「弜」形，成爲一組同形字。

不過有趣的是，「侃」字都出現在西周晚期鐘類銘文，「冶」字都出現在戰國時期兵器銘文，「強」字都出現在戰國楚簡，此或許爲古文字「侃」、「冶」、「強」同形區別的時間或是材質座標。

第五節 「卒（卒）」、「卒（狄）」同形

卒、狄是兩個音義完全不同的字，卒，《說文》：「夜，人給事者爲卒，古

〔註 102〕何琳儀，《戰國文字通論》，208 頁，北京：中華書局，1989 年 4 月。

〔註 103〕林清源，《楚國文字構形演變研究》，125 頁，東海大學中文所博士論文，1997 年。

曰染衣題識，故从衣一。」狄，《說文》：「狄，赤狄，本犬種，狄之爲言淫辟也。從犬，亦省聲。」但是「灸」形在楚簡表示「卒」義，在《曾侯乙墓・漆書》表示「狄（褐）」義，形成一組「構意不同」，但「字形偶然相同」的「同形字」。

一、同形字字形舉隅

楚簡「卒」	《曾侯乙墓・漆書》「狄」
![字] 上博一紂6 ![字] 上博二昔 4	![字] 曾侯乙墓・漆書

二、同形字辭例舉隅

（一）楚簡「灸（卒）」字辭例

　　1.《詩》云：「誰秉國成，不自爲貞，卒勞百姓。」【上博一紂 6】

　　2. 君卒【上博二昔 4】

　　3. 大田之卒章，知言而有禮。【上博一孔 25】

（二）《曾侯乙墓・漆書》「灸（狄）」字辭例

　　1. 灸（狄）圅【曾侯乙墓・漆書】

三、同形字辭例說明

（一）楚簡「灸（卒）」字辭例說明

　　辭例 2 君卒，君死稱卒，如《春秋・僖公三十二年》：「鄭伯捷卒」，「晉侯重耳卒」。〔註104〕辭例 3 卒章，從《大田》內容，此評語或指末章。〔註105〕

（二）《曾侯乙墓・漆書》「灸（狄）」字辭例說明

　　原報告認爲是「狄圅」，林澐認爲「灸」象「以手捉衣之形」，乃「褐」之初文。〔註106〕黃錫全引鄭注《玉藻》曰：「袒而有衣曰褐，以別於無衣曰袒也。」

〔註104〕馬承源主編，《上海博物館藏戰國楚竹書二》，246 頁，上海古籍出版社，2002 年 12 月。

〔註105〕馬承源主編，《上海博物館藏戰國楚竹書一》，156 頁，上海古籍出版社，2001 年 11 月。

〔註106〕林澐，《古文字研究簡論》，113～114 頁，長春：吉林大學出版社，1986 年 9 月。

因此「袞匲」應是「裝內衣的衣箱。」〔註107〕何琳儀也釋讀作「褐」，引《詩・小雅・斯干》:「載衣之褐」，傳:「褐，褓衣」為訓。〔註108〕

案:總之都得將「㚟」字釋作「狄（定紐錫部）」，才能通假作「褐（心紐錫部）」，古「狄」、「易」同聲，故《說文》「逷」古文作「逿」，《史記・殷本紀》「簡狄」，舊本作「簡易」，《漢書・古今人表》作「簡逿」，《山海經》《竹書》之「有易」，《楚辭・天問》作「有狄」。〔註109〕

四、同形原因析論

李家浩首先從《馬王堆漢墓帛書・篆書陰陽五行》，「醉」字所從「卒」旁作「㚟」，將「㚟」字釋「卒」，且將《璽彙》7.0042「司馬㚟璽」，釋「司馬卒」，為司馬所屬卒。而《璽彙》505 印文「公㚟之四」，釋作「公卒」，為公所屬卒。因為「㚟」字包含「卒」的字形，故亦可讀作「卒」。〔註110〕

但《三體石經》「狄」字作「𡥉」，王國維《魏正始石經殘石考》疑是「褐」字之訛假作「狄」。近年《侯馬盟書》也出現從爪、從衣的「𡥉」字。林澐贊同王國維的說法，認為「𡥉」乃「褐」字，象「以手捉衣之形」。〔註111〕黃錫全、曾憲通皆贊同林澐的說法，〔註112〕所以《曾侯乙墓・漆書》的「𡥉」字，應釋讀作「狄（褐）」。

古文字「卒」、「狄」二字可同作「𡥉」形，所以是屬於一組彼此「構意不同」、但「字形偶然相同」的「同形字」。

〔註107〕黃錫全，《湖北出土商周文字輯證・14 朱書二十八宿》，103 頁，武漢:武漢大學出版社，1992 年。

〔註108〕何琳儀，《戰國古文字典》，756 頁，北京:中華書局，1998 年。

〔註109〕曾憲通，〈包山卜筮簡考釋（七篇）〉，《第二屆國際中國古文字學研討會論文集》，香港中文大學，1993 年。

〔註110〕李家浩，〈楚國官印考釋四篇〉，《江漢考古》，1984 年 2 期;〈從戰國「忠信」印談古文字中的異讀現象〉，《北京大學學報》，1987 年 2 期。

〔註111〕林澐，《古文字研究簡論》，113～114 頁，長春:吉林大學出版社，1986 年 9 月。

〔註112〕黃錫全，《湖北出土商周文字輯證・14 朱書二十八宿》，103 頁，武漢:武漢大學出版社，1992 年。曾憲通，〈包山卜筮簡考釋（七篇）〉，《第二屆國際中國古文字學研討會論文集》，香港中文大學，1993 年。

五、相關字詞析論

因「**多**」形有「卒」、「狄」二義，造成「**窣**（卒）」、「**窣**（狄）」同形難分的辭例有二，分述於下：

（一）《包山楚簡》簡197「盡**多**歲」句析論

《包山楚簡》簡197「自**習**尿之月以就**習**尿之月，出內事王，盡**多**歲，躳身尚毋有咎？」，〔註113〕其討論如下：

1. 原釋文、李零將「**多**」釋讀作「卒」，《爾雅・釋詁》：「卒，盡也」。卒歲，盡歲，指一年。〔註114〕

2. 曾憲通、何琳儀將「**多**」釋讀作「狄（易）」，且何琳儀認為「易歲」指第二年。〔註115〕

3. 劉信芳將「**多**」釋讀作「窣（萃）」，引《詩・陳風・墓門》：「有鴞萃止」，毛〈傳〉：「萃，集也」；和《包山楚簡》簡209、212、216作「棐」，或作「集」為證，《廣雅・釋詁》：「集，聚也。」萃歲，集歲，萃集兩個年度的時間為一年。〔註116〕

案：從簡文「自**習**尿之月以就**習**尿之月」，可見「盡**多**歲」是滿一年的意思，因為「**多**」形有「卒」、「狄」兩種意思，所以上述討論在字形上皆合理，原釋文、李零「盡卒歲」之「盡」、「卒」皆有「盡」義稍嫌繁複；曾憲通、何琳儀「盡狄（易）歲」文義通讀會有扞格。反之，對照《包山楚簡》其他相似文例皆作「棐」或集，且《上博三・周》簡42萃卦的「萃」字作「**愻**」，〔註117〕故認為劉信芳「盡萃歲」的說法較佳。「**多**」字從「卒」，故可假為「萃」，「集」義，《易・萃》象曰：「萃，聚也。」《左傳・宣公十二年》：「楚師方壯，若萃於我，吾師必盡。」杜預注：「萃，集也」。所以《包山楚簡》簡197

〔註113〕滕壬生，《楚系簡帛文字編》，684頁，武漢：湖北教育出版社，1995年7月。

〔註114〕劉彬徽等，《包山楚墓・包山二號楚墓簡牘釋文與考釋》注344，北京：文物出版社，1991年。李零，〈包山楚簡研究（占卜類）〉，《中國典籍與文化論叢》1，1993年9月。

〔註115〕曾憲通，〈包山卜筮簡考釋（七篇）〉，《第二屆國際中國古文字學研討會論文集》，香港中文大學，1993年。何琳儀，〈包山楚簡選釋〉，《江漢考古》，1993年第4期。

〔註116〕劉信芳，《包山楚簡解詁》，211頁，臺北：藝文出版社，2003年。

〔註117〕馬承源主編，《上海博物館藏戰國楚竹書三》，193頁、239頁，上海古籍出版社，2003年12月。

「盡⬥歲」的「⬥」字，得從「卒」部件分析。

（二）《包山楚簡》簡95「🐛」字析論

《包山楚簡》簡95「九月戊午之日，邵無戠之州人鼓跳張悊訟妎之鳴甀邑人某戀與其⬥大市壎人杏，冐杏🐛其弟窢而，戀殺之」，其討論如下：

1. 陳偉武分析「🐛」字，當是從毛、從隹、⬥聲，實是「翟」字異體，其說爲：

   > 三體石經以𧗱爲狄之古文，古書翟狄通作之例甚多，如《左傳·莊公二十八年》『狄之廣莫』，《國語·晉語四》狄作翟，🐛應相當於後世的䮢字，翟，古音爲定紐錫部，依聲韻求之，🐛字似可讀爲『提』（古音定紐支部）。《周禮·夏官·田僕》：『凡田，王提馬而走，諸侯晉，大夫馳。』鄭玄注：『提，舉也。』孫詒讓正義：『提猶控也，勒馬曰提。』『提』有『控持、執持』義。〔註118〕

2. 何琳儀讀「剔」，《廣雅·釋詁》三：「剔，罵也。」〔註119〕

3. 劉釗釋「雜」，從毛應爲雜字贅加義符的異構，《國語·楚語下》：「古者民神不雜。」韋昭〈注〉：「雜，會也。」《廣雅·釋詁》：「雜，聚也。」該句謂「杏邀約窢天相會，梅憬殺之。」〔註120〕

4. 李零釋讀作「控」。〔註121〕

案：雖然何琳儀無詳說，但他同陳偉武，都是將「🐛」字所從「⬥」部件，依照《三體石經》「𧗱」字釋「狄」，方可通假讀作「剔」。

劉釗的「🐛（雜）」說，《說文》：「雜，五彩相會，從衣集聲。」《睡虎地秦簡》簡24、28作「🐛」、《馬王堆·老子甲》後208作「雜」，皆可證明「雜」字左上從「衣」部件，因爲「衣」、「卒」同形在先秦古文字相當普遍，故可將從「卒（⬥）」、從「隹」、從「毛」的「🐛」字，釋讀作「雜」。

〔註118〕陳偉武，〈戰國楚簡考釋斠議〉，《第三屆國際中國古文字學研討會論文集》，香港中文大學，1997年10月。

〔註119〕何琳儀，《戰國古文字典》，756頁，北京：中華書局，1998年。

〔註120〕劉釗，〈包山楚簡文字考釋〉，注72，南京：中國古文字研究會第九屆學術研討會論文，1992年；《香港大學：東方文化》，1998年1～2期合刊。劉信芳，《包山楚簡解詁》，91頁，臺北：藝文印書館，2003年。

〔註121〕轉引自劉信芳，《包山楚簡解詁》，91頁，臺北：藝文印書館，2003年。

李零的「🦋（捽）」說，「🦋（捽）」字所從「⿱」部件為「卒」是合理的。「捽」有抵觸、衝突義，《荀子・王制》：「偃然案兵無動，以觀夫暴國之相卒也。」俞樾平議，「卒」當作「捽」。《國語・晉語》：「戎夏交捽。」章注曰：「捽，<u>交對也</u>。彼云交捽，此云相捽，義正同。」

故上述討論以字形而言皆合理，但從「胃杏🦋其弟竊而，戀殺之」辭例判斷，「杏」應是對「竊而」作了一些行為，「戀」才會怒而殺之。分別將陳偉武「執持」、何琳儀「罵」、劉釗「會」、李零「交對」等，帶入辭例皆可通讀；但文義以陳偉武「執持」、李零「交對」的可能性較大，不過陳偉武的訓讀甚為曲折，在字形、文義皆許可的前提下，筆者較贊同李零「捽」說。

第六節　「釫」、「否」同形

楚簡「🝔」、「🝕」等字有「釫」、「否」兩種隸定方式，主因在於「🝔」字所從「⿱」形部件，有「釫」、「牙」兩種釋讀法；即「釫」、「否」二字同形。

一、同形字字形舉隅

釫	否
🝔郭 16.1	🝖曾侯乙墓衣箱漆書
🝕郭 6.18	🝗信陽 1.026
🝙郭 9.29	🝚信陽 1～069

二、同形字辭例舉隅

（一）「釫」字辭例

1. 言以釫（詞），情以久。【郭 16.1】

2. 〔君〕子之為善也，有與釫（始），有與終也。【郭 6.18】

3. 性自命出，命自天降。道釫（始）於情，情生於性。台（始）者近情，終者近義。【郭 11.2～3；上博一性 2】

4. 詩、書、禮、樂，其釫（始）出皆生於人。【郭 11.15～16】

5. 是故先王之教民也，釫（始）於孝弟。【郭 12.39～40】

6. 道不悅之釫（詞）也。【郭 9.29～30】

（二）「否」字辭例

    1. 否（衰）匤【曾侯乙墓衣箱漆書】

    2. ☑█ 否（欤），█欲█☑【信陽 1.026】

    3. ☑否（欤），█（夫）☑【信陽 1～068】

    4. ☑█（也）否（欤）☑【信陽 1～069】

三、同形字辭例說明

（一）「𤔔」字辭例說明

「𤔔」爲「雙聲符字」，朱德熙說：「𤔔金文屢見，由於台和司古音極近，這個字可能是在司字上加注聲符台，也可能是在台字上加注聲符司。」〔註122〕裘錫圭、李家浩認爲「𤔔」字，是「古文字裡常見由同音或音近的兩個字合成的字」。〔註123〕都說明爲何楚簡「𣎜」可隸定作「𤔔」，既可從「台」字得聲如辭例 2～5，也可從「司」字得聲如辭例 1、6。

（二）「否」字辭例說明

    黃錫全將辭例 1 釋讀作「否（衰）匤」，因爲《說文》「衰」、「褭」互訓，「衰匤」即「褕匤」，裝「褕衣」之箱，《周禮》和《釋名・釋衣服》都說：「王后之上服曰褕衣」。而《穆天子傳》：「天子大服冕褘」謂「褘」爲「帝服」，也許「衰（褘）匤」，是裝曾侯乙「大服」之箱。〔註124〕

    劉雨將《信陽楚簡》所有「𣎜」字隸「欤」，「𣎜」和「欤」可通。在古文字部件中，有時從「口」與從「欠」互通無別，例如「呦」字，《說文》謂或從欠作「欥」；「嘯」字，《說文》謂籀文從欠作「歗」。「𣎜」與「夫」相連，「夫」往往用作句首發語詞，「𣎜」當然也應在句末，所以我們推斷此字可能就是「欤」。〔註125〕

    案：辭例 1「否」讀「衰（褘）」是從「牙」部件考慮；而辭例 2～4「𣎜」

〔註122〕朱德熙，〈戰國時代的「料」和秦漢時代的「半」〉，《文史》8，1980 年。

〔註123〕裘錫圭、李家浩，《曾侯乙墓・曾侯乙墓竹簡釋文與考釋》注 2，北京：文物出版社，1989 年。

〔註124〕黃錫全，《湖北出土商周文字輯證・14 朱書二十八宿》，103 頁，武漢：武漢大學出版社，1992 年。

〔註125〕劉雨，《信陽楚墓・信陽楚簡釋文與考釋》，注 2，北京：文物出版社，1986 年。

字，劉雨皆釋「欼」，滕壬生皆釋「與」、何琳儀皆釋「呀」。朱芳圃首先提出「與象兩人用手鉤牙之形」，〔註126〕「牙」、「与」本一字的說法還可參考裘錫圭的解釋：

> 「与」字蓋本從「牙」聲，「与」是「牙」的變形。「牙」、「與」二
> 字上古音都屬魚部。「牙」是疑母字，「與」是以母（喻母四等）字。
> 但從「牙」得聲的「釾」「蒋」等字也是以母字，「邪」字也有以母
> 一讀。可見我們說與字從牙聲是合理的。〔註127〕

筆者目前採用劉雨作「欼」解，也是從「牙」部件考慮的結果，因上述「與字從牙聲」，〔註128〕所以「㿻」字可讀作「欼」。

四、同形原因析論

（一）「䚸」字作「🐚」形義說明

朱德熙曾說「䚸」字金文屢見，由於台、司古音極近，此字可能是在司字加注聲符台，也可能是在台字加注聲符司。〔註129〕

金文常見「䚸」字的字形、辭例和討論如下：

1. 王命䡇侯伯晨曰：㓞䚸（嗣）乃祖考侯于䡇。【02816 伯晨鼎，西周中晚期】

2. 康其萬年眉壽，永寶丝簋，用夙夜無䚸䚸（怠）。【04160 伯康簋，西周晚期】

3. 用樂嘉賓父兄，及我朋友，余恁䚸䚸（余）心，征永余德。【00261 王孫遺者鐘，春秋晚期】

4. 唯正六月癸未，陳侯因𦦤曰，皇考孝武𧽶公，龏𢦏大慕克成，其唯因𦦤揚皇考，紹緟高祖黃帝，屍䚸䚸（嗣）𧽶文，朝問諸侯，合揚厥德，諸侯盍薦吉金，用作孝武𧽶公祭器敦，以蒸以嘗，保有齊邦，世萬子孫、永為典常。【04649墜侯因𦦤敦，戰國晚期】

〔註126〕朱芳圃，《殷周文字釋叢》，115 頁，北京：中華書局，1962 年；金詁 331 號。

〔註127〕裘錫圭，〈讀《戰國縱橫家書釋文注釋》札記〉，1990 年 8 月 7 日寫畢，《文史》36。

〔註128〕裘錫圭，〈讀《戰國縱橫家書釋文注釋》札記〉，1990 年 8 月 7 日寫畢，《文史》36。

〔註129〕朱德熙，〈戰國時代的「斜」和秦漢時代的「半」〉，《文史》8，1980 年。

陳昭容將辭例 3「」字釋「余」，爲春秋戰國時期燕晉徐齊等地區域性寫法。當時「余」的領位性加強，可直接用「余」或「余之」表領位，寫成「台」、「辝」、「㠯心」，這些字與「余」、「余之」音近。〔註 130〕

「」字演變至楚簡作「」，誠如謝佩霓所言，或許是「厶」、「㇆」形體太過接近，而類化成似「牙」形部件，〔註 131〕其演變過程爲：

【02816 伯䢅鼎，西周中晚期】→【04160 伯康簋，西周晚期】→【00261 王孫遺者鐘，春秋晚期】→【04649陳侯因資敦，戰國晚期】→【郭 6.18】

（二）「舌」字作「」形義說明

金文、楚簡「牙」字的字形和辭例如下：

1. 王若曰：師克，丕顯文武，膺受大令，匍有四方，則繇唯乃先祖有于周邦，干害王身，作爪牙。王曰：克，余唯巠乃先祖考克黔臣先王，昔余既令女，今余隹緟䕻乃令，令汝更乃祖考，䝨𤔲左右虎臣。賜汝秬鬯一卣、赤市五黃、赤舄、牙僰、駒車、賁較、朱鞹、𩏂靳、虎冟、熏裏、畫轉、畫𨌲、金甬、朱旂、馬四匹、攸勒、素戉，敬夙夕，勿廢朕令。克敢對揚天子丕顯魯休，用作旅盨，克其萬年子子孫孫永寶用。【04467 師克盨，西周晚期】
2. 牙（與）後聖考，後而先，教民大順之道也。【郭 7.6】
3. 幣帛，所以爲信牙（與）徵也。【郭 11.22】
4. 仁牙（與）義就矣，忠與信就矣。【郭 12.2】
5. 能牙（與）之齊，終身弗改之矣。【郭 12.19】
6. 牙（與）爲義者遊，益。牙（與）莊者處，益。【郭 15.9～10】

楚簡「牙」字作「」，因爲「與字从牙聲」，〔註 132〕所以「」可讀「與」。

〔註 130〕陳昭容，〈先秦古文字材料中所見的第一人稱代詞〉，《中國文字》新 16，1992 年 4 月。

〔註 131〕謝佩霓，〈郭店楚簡「」構形試探〉，《中國文字》新 28，2002 年 12 月。

〔註 132〕裘錫圭，〈讀《戰國縱橫家書釋文注釋》札記〉，1990 年 8 月 7 日寫畢，《文史》36。

從上述金文「牙」字作「」、「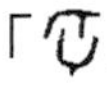」，楚簡「牙」字作「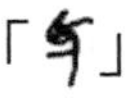」，即知爲何可將楚簡「」字，直接依照形體隸定作「𠯑」。

楚簡「㚸」、「𠯑」同作「」形，主因爲「㚸」字的「厶」與「𠃌」形體太過接近、而類化成似「牙」形部件，所造成的一組「構義不同」、但「字形偶然相同」的同形字。

四、相關字詞析論

裘錫圭曾爲「司（實爲㚸）」旁與「与」旁作區別，其說爲：

> 簡文『司（實爲㚸）』旁與『与』旁容易相混，從止者多當釋爲㞷，讀爲舉。『与』、『㚸』字形的不同，往往表現在与的下橫右端出頭（不出頭的可釋牙，古文字與本從牙聲），㞷的与旁一般也有這一特點。〔註 133〕

裘錫圭所說「㚸」、「与」二字的區別並不明顯，但就因爲「㚸」、「与」二字無法區分，故可從楚簡「」形部件，討論楚簡「㚸」、「牙」部件同形的可能。筆者用「牙」、不用「与」，是因爲「与」字從「牙」，「牙」才是最基本部件。

且受裘錫圭「從止者多當釋爲㞷」〔註 134〕的啓發，故筆者決定參照除「」形部件外的「其他部件」，重新討論楚簡從「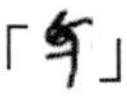」形部件之合體字。所謂「其他部件」，包含（一）「言」、（二）「廾」、（三）「止」、（四）「口」、（五）「糸」等五種情況，分述於下：

（一）「」字所從「形部件」必為「㚸」

字例		字形	辭例
詞	從司		1. 幣帛，所以爲信與證也，其詞（詞）義道也。【郭 11.22】 2. 人之巧言利詞（詞）者，不有夫詘詘之心則流。【郭 11.45～46】 3. 快與信，器也，各以澹詞（詞）毀也。【郭 13.107～108】 4. 言其所不能，不詞（詞）其所能，則君不勞。【郭 3.07】 5. 東方未明有利詞（詞）。【上博一孔 17】

〔註 133〕荊門博物館，《郭店楚墓竹簡》，郭 11 注 8，北京：文物出版社，1998 年。

〔註 134〕荊門博物館，《郭店楚墓竹簡》，郭 11 注 8，北京：文物出版社，1998 年。

		字形	辭例
詒	從台		6. 禹以人道詒（治）其民，桀以人道亂其民。【郭10.05】
			7. 禹民而後亂之，湯不易桀民而後詒（治）之。聖人之治民，民之道也。【郭10.06】
			8. 善者民必眾，眾未必詒（治），不詒（治）不順，不順不平。【郭10.12】
			9. 是故小人亂天常以逆大道，君子詒（治）人倫以順天德。【郭9.32～33】
			10. 詒（治）民非還生而已也，不以旨欲害其義。【郭10.25～26】
			11. 詒（治）樂和哀，民不可惑也。反之，此往矣。【郭10.31】
詒	從台		12. 其居即次也舊，其反善復詒（始）也。【郭11.26】
			13. 慎終若詒（始），則無敗事矣。【郭1.3.12】
詒	從台		14. 名亦既有，夫亦將知止，知止所不詒（殆）。【郭1.1.20】
詒	從台		15. 后稷之母，有詒（邰）氏之女也……【上博二子12】

辭例15季旭昇引《毛詩・大雅・生民》：「即有邰家室」，《史記・周本紀》：「后稷，其母有邰氏女，曰姜源」。從言，㠯聲，字書無此字，勉強隸定則近於詒，《說文》釋爲「相欺詒」；邰從台聲、台從㠯聲，所以訁可通邰。〔註135〕

（二）「舁」字為「與」所從「𠂤形部件」必為「牙」

字例		字形	辭例
舁	從牙		古者堯之舁（與）舜也【郭7.22】
			譬道之在天下也，猶小谷之舁（與）江海。【郭1.1.20】
			以其不爭也，故天下莫能舁（與）之爭。【郭1.1.5】

因爲「與字從牙聲」，〔註136〕所以「舁」可讀「與」。

（三）「𦦑」字為「舉」所從「𠂤形部件」必為「牙」

字例		字形	辭例
𦦑	從牙		1. 詩，有爲爲之也。書，有爲言之也。禮、樂，有爲𦦑（舉）之也。【郭11.16】。
			2. 𦦑禱【包山240】
			3. 邀禱【望一卜】

〔註135〕季旭昇主編，《上海博物館藏戰國楚竹書二讀本》，38頁，臺北：萬卷樓，2003年7月。

〔註136〕裘錫圭，〈讀《戰國縱橫家書釋文注釋》札記〉，1990年8月7日寫畢，《文史》36。

因「舉」字從「與」聲，(《說文》:「𦥔，對舉也。从手與聲」)，且「與字從牙聲」，〔註137〕所以「𦥖」字可讀「舉」。

辭例2「𦥗禱」和辭例3「𦥘禱」，除李家浩不確定外，〔註138〕其他學者說法有「舉禱」、「與禱」二說，雖李零認爲「與禱」可能是「始禱」；〔註139〕但筆者認爲不如遵造舊說釋爲「舉禱」，因有文獻佐證，如《周禮・天官・膳夫》:「王日一舉」，鄭注:「殺牲盛饌日舉」。〔註140〕又如《國語・楚語下》:「天子舉以大牢；祀以會；諸侯舉以特牛，似以大牢；卿舉以少牢，祀以特牛；大夫舉以特牲，祀以少牢。」韋昭注:「舉，人君朔望之盛饌」等。〔註141〕

（四）「𦥡」、「𦥢」字所從「牙」可證「司」、「牙」部件同形

本節上文所述「司」、「㕞」同作「𦥡」或「𦥢」形，除可說明「司」、「㕞」爲一組「同形字」外，也可證明「司」、「牙」部件同形:

字 例	字 形	辭 例
𦥣 從司	𦥡	言以𦥣（詞），情以久。【郭 16.1】
㕞 從牙	𦥢	㕞（衰）匿【曾侯乙墓衣箱漆書】

（五）「𦥤」字所從「牙」可證「司」、「牙」部件同形

字 例	字 形	辭 例
𦥥 從台	𦥦	1. 五十而𦥥（治）天下，七十而至致政。【郭 7.25～26】
	𦥧	2. 禹𦥥（治）水，益𦥥（治）火，后稷𦥥（治）土【郭 7.10】
𦥨 從司	𦥩	3. 古者堯之與舜也:聞舜孝，知其能養天下之老也;聞舜弟，知其能𦥨（嗣）天下之長也;聞舜慈虖乎弟□□□□【郭 7.23】
𦥪 從牙	𦥫	4. 思亡疆，思亡期，思亡𦥪（邪），思亡不由我者。【郭 15.48】

〔註137〕裘錫圭，〈讀《戰國縱橫家書釋文注釋》札記〉，1990 年 8 月 7 日寫畢，《文史》36。

〔註138〕李家浩，〈包山祭禱簡研究〉，《簡帛研究》2001，33～34 頁，桂林:廣西師範大學出版社，2001 年 9 月。

〔註139〕李零，〈包山楚簡研究（占卜類）〉，《中國典籍與文化論叢》第一輯，437 頁，1993 年 9 月。

〔註140〕劉彬徽等，《包山楚墓・包山二號楚墓簡牘釋文與考釋》注 375，北京:文物出版社，1991 年。

〔註141〕劉信芳，《包山楚簡解詁》，226 頁，臺北:藝文印書館，2003 年。

　　辭例4陳偉釋「綷」，讀「邪」，因爲《詩‧魯頌‧駉》四章，各有一三字句，分別作「思無疆」、「思無期」、「思無斁」、「思無邪」。簡文應即摘取一、二、四句。〔註142〕陳松長也贊成將「　」字釋「綷」，讀「邪」。〔註143〕

　　綜上所述，可見（一）「　」字所從「　形部件」必爲「䚫」。（二）「　」字所從「　形部件」必爲「牙」。（三）「　」字所從「　形部件」必爲「牙」。（四）「　」字所從「　」可證「䚫」、「牙」部件同形。（五）「　」字所從「　」可證「䚫」、「牙」部件同形。即當楚簡「　」形部件出現時，最妥當的做法是參照「其他部件」，然後將「䚫」、「牙」兩種可能性一併考慮，得出的結果最爲可信。

〔註142〕陳偉，〈郭店楚簡別釋〉，《江漢考古》，1998年4期。

〔註143〕陳松長，〈郭店楚簡語叢小識八則〉，《古文字研究》22，2000年7月。

第七章　結　論

　　本論文《先秦同形字舉要》，歸納統整「先秦」時期的「同形字組」，且對這些「同形字組」進行深入討論。首先分析「先秦同形字」的成因；其次羅列本論文利用「同形字」和「部件同形字」觀念考釋字詞的成果；最後綜觀「先秦」時期「同形字」的演變特色。

一、「先秦同形字」成因

　　本論文章節安排，是以「同形字組」出現的「時間」、「材質」作為分類依據，包含「始見於殷商甲骨文之同形字組」、「始見於兩周金文之同形字組」、「始見於戰國楚簡之同形字組」、「始見於戰國楚簡之部件同形字組」以及「分見於不同材質之同形字組」等。

　　統整其「同形原因」，可分作三大類：（一）「字形同源」的同形字，（二）「形體訛變、繁簡」的同形字，（三）「構字本義不同，字形偶然相同」的同形字。無論那一類，筆者都重視「每一個字和其他同時代的字的橫的關係，以及它們在不同時代的發生、發展和變化的縱的關係」，[註1] 分項說明於下。

（一）因「字形同源」而產生的同形字

　　「字形同源」的同形字，為「字形同源，尚未分化」所致的「同形現象」，

〔註 1〕于省吾，《甲骨文字釋林》，北京：中華書局，序頁 3，1979 年。

即王蘊智所言：「凡具有同一形體來源和字形分化關係的同源字」，〔註2〕需強調此僅僅是「字形同源」，並非王力所定義的「同源字」。〔註3〕為區分「字形同源」和「同源字」的不同，故得將「同形字組」之「音」、「義」一併納入考慮，找出「在義非訓詁家所云引申假借之謂，在音非古音家所云聲韻通轉之謂」〔註4〕的「同形字」。所以此類「字形同源」的「同形字」，既非「同源字」，也非「假借字」。

裘錫圭曾針對此類「同形」現象說明如下：

> 在時代較早的古文字裡，兩個讀音有很大差異的詞，可以使用同一個表意的字形……從研究字形源流的角度，當然可以說「月」和「夕」、「大」和「夫」或「辰」和「永」本來是一個字（其實是同用一形），但是從研究語源的角度來看，卻不能據此得出「月」和「夕」、「大」和「夫」或「辰」和「永」彼此有親屬關係的結論。
>
> 〔註5〕

針對上述裘錫圭的觀點，王蘊智提出不同看法：

> 最早時期的音讀，即在記詞時候所反應出來的語源，自然應該是相同或相差不遠的。〔註6〕

但以現有古音資料檢視這類「同形字組」的「讀音」，彼此是有「很大的差異」，雖然姚孝遂說：

> 到目前為止，漢語聲韻學所建立的上古音系，祇不過是戰國、秦、漢音系，可以肯定的是，商、周音系應有別於戰國、秦、漢音系。〔註7〕

〔註2〕 王蘊智，《殷周古文同源分化現象探索》，15頁，長春：吉林人民出版社，1996年。

〔註3〕 王力：「凡音義皆近，音近義同，或義近音同的字，叫做同源字。」（〈同源字論〉，《同源字典》文史哲出版社，1991年十月初版二刷）。

〔註4〕 沈兼士，〈初期意符字之特性〉，《沈兼士學術論文集》，208頁，北京：中華書局，1986年。

〔註5〕 裘錫圭，《文字學概要》，169頁，臺北：萬卷樓，2001年2月再版四刷。

〔註6〕 王蘊智，〈「宜」、「俎」同源證說〉，《第三屆國際中國古文字學研討會論文集》，香港中文大學，1997年10月。

〔註7〕 姚孝遂，〈甲骨學的開拓與應用〉，《殷都學刊》，1990年4期。

筆者完全贊同姚孝遂的說法。且本論文認爲上古音，還得將「甲骨文音」、「金文音」和「戰國楚簡音」分開處理，尤其是「金文音」，殷商金文、西周金文，和戰國各系〔註8〕金文的古音狀況不應等同視之，這也是現今「古文字」材料的「通假」，總是見仁見智、各說各話的原因。在「先秦古文字聲韻通假標準」尚未確立時，筆者還是主張將它們視爲「字形同源」的「同形字」。

　　本論文舉證之「字形同源」的同形字組，「始見於殷商甲骨文之同形字組」，包括「丁、祊」，「凡、同」，「俎、宜」，「司、后」。「始見於兩周金文之同形字組」，包括「衣、卒」，「足、疋」，「巳、已」。可見此類「字形同源」的同形字組，多發生於文字早期。

　　而此類因「字形同源，尚未分化」所致的同形，其字形分化、不再同形的時間點，可作爲「字形斷代」的標準。裘錫圭解釋此類分化現象說：

> 同形字字形的分化往往採用跟異體字分工類似的辦法。例如：𝄞和𝄢本來都既可以用來表示「月」，也可以用來表示「夕」。後來讓𝄞專門表示「月」，專門表示「夕」，把它們分化成了兩個不同的字。「大」和「夫」，「辰」和「永」的情況也都是如此。……造跟母字僅有筆畫上的細微差別的分化字，其讀音跟母字的本音幾乎都是不同的。可見減少文字的異讀是這種文字分化極爲重要的一個目的。〔註9〕

此「借形變體」分化文字的現象，過去于省吾也曾舉「史—吏」、「束—東」、「月—夕」、「白—百」、「人—千」、「又—尤」、「矢—寅」、「用—甬」、「口—甘」、「亼—今」、「大—太」、「小—少」、「高—喬」、「言—音」、「女—母、毋—每」、「云—旬」等字例爲證。〔註10〕

　　文字演變時，的確會藉由「分化」方式，讓文字不再「同形」，因爲「同形字」會阻礙辭義表達，故文字「分化」乃勢所必然。

　　而運用此字形分化的時間點，作爲「斷代標準」的例證如：

1. 「俎」字，直到西周中期三年𤼈壺（《集》09726～09727），才從「🅐」形分化作「🅑」，此前無論甲骨文或金文，皆是「俎」、「宜」同形。

〔註8〕案：戰國文字依照李學勤首先提出的看法，可分作齊系、燕系、晉系、楚系、秦系。

〔註9〕裘錫圭，《文字學概要》，256～257頁，臺北：萬卷樓，2001年2月再版四刷。

〔註10〕于省吾，〈釋古文字中附劃因聲指示字的一例〉，《甲骨文字釋林》，北京：中華書局，1979年。

2.「后」字，直到春秋晚期吳王光鑑（《集》10298～10299），才從「司」形分化作「ᅢ」，此前無論甲骨文或金文，皆是「司」、「后」同形。

（二）因「字形繁簡、形訛」而產生的同形字

「字形繁簡、形訛」的同形字，即「形近字間形體的演變、簡化、繁化和訛變所造成的同形」。此類主要分析同時期「同形字」與「形近字」的區別，文字學家對這類「同形現象」已有相關說明，如李家浩說：

> 在古文字裡，兩個形近的字常常混用，如戰國文字中的百和金，秦漢簡帛文字中的贏與嬴，壺與壹，遂與逐。兩個形近的字作爲部件而混用亦不乏其例，如戰國文字的焦旁與魚旁，弓旁與尸旁，曰旁與尹旁等。〔註11〕

李零說：

> 王引之說：經典之字往往形近而訛，仍之則義不可通，改之則怡然理順，尋文究理，皆各有期本字，不通篆隸之體，不可得而改正也……形訛，我們不能統統以文化水平低或偶然疏忽去解釋。因爲在楚簡中有些錯字是反覆出現，其實是被當時的書寫習慣和閱讀習慣所認可，屬於「積非成是」、「將錯就錯」，變非法爲合法的情況。它們和一般所說的「錯字」還不大一樣，我把它叫做「形近混用」（楚簡中的「弋」、「戈」混用也是屬於同樣的例子）。〔註12〕

筆者根據李家浩、李零的說法，將此種「積非成是」、「將錯就錯」的「形近混用字組」，視爲第二類「字形繁簡、形訛」的同形字。在尋繹此類「同形字組」時，筆者反覆使用「同中求異」與「異中求同」的方法，對相關字形「錙銖必較」的區分，想從一堆「形近字組」中析出「同形字組」。

筆者原先對此類「字形繁簡、形訛」同形字的要求，是希望能夠羅列其「積非成是」的例證，但實際狀況卻往往事與願違，面對有些例證不多的同形字組，多數學者會徑以「錯別字」看待，筆者之所以仍將它們歸爲「同形字」的研究範疇，乃因已出土材料僅是當時所有材料的冰山一角，當新出土材料不斷面世後，

〔註11〕 李家浩，〈從戰國「忠信」印談古文字中的異讀現象〉，《北京大學學報》，1987 年 2 期。
〔註12〕 李零，《郭店楚簡校讀記（增訂本）》，190～193 頁，北京大學出版社，2002 年 3 月。

或許這些原本爲數不多的同形字組，也會有大量例證「積非成是」的可能。如楚簡「弁、使」二字，當僅有《包山楚簡》的字形和辭例時，學者不敢冒然以「同形字」稱呼，但當《郭店楚簡》、《上海博物館藏戰國楚竹書（二）・子羔》的例證出現後，楚簡「弁、使」二字便成爲一組極具代表性的「同形字」組。

　　本論文舉證「字形繁簡、形訛」的同形字，「始見於殷商甲骨文之同形字組」，包括「口、曰、廿」，「呂、宮／雍」，「凡、舟」。「始見於兩周金文之同形字組」，包括「凡、井」，「扒、揚」，「卒、人、七、又」，「斗、卒」，「也、号」。「始見於戰國楚簡之同形字組」，包括「弁、使」，「戈、弋、干」，「干、弋」，「甘、昌」，「也、只」等。所以「字形繁簡、形訛」的同形字組，是平均地發生於先秦文字的各個階段。

　　而此類「字形繁簡、形訛」的同形字，同樣可作爲「斷代標準」，如「呂、宮／雍」同形，「凡、舟」同形，只限於甲骨文。「凡、井」同形，「扒、揚」同形，「卒、人、七、又」同形，「斗、卒」同形，「也、号」同形，只限於金文。「弁、使」同形，「戈、弋、干」同形，「干、弋」同形，「也、只」同形，只限於楚簡。

（三）因「構字本義不同，字形偶然相同」而產生的同形字

　　「字形偶然相同」，但「構字本義不同」的同形字，多見於相異的書寫材質。如甲骨文「星」和楚簡「三」同形，甲骨文「彗」和楚簡「羽」同形，《郭店楚簡》「道」、〈石鼓文〉「行」和甲骨文「永」同形，楚簡「쯢（卒）」和《曾侯乙墓・衣箱漆書》「쯢（狄）」同形，楚簡「訇」和《曾侯乙墓・衣箱漆書》「吾」同形，還有金文、楚簡「罷」字有「能」、「一」兩種釋讀。因爲金文、楚簡「彗」、「羽」部件同形，所以「罷」字讀「一」，很難判定是從「彗」、「羽」，或是「能」的聲符「吕」得聲，總之都和「罷」字讀「能」的「構意有別」，所以也將「罷」字歸在「字形偶然相同」的同形字組。

　　而此類「字形偶然相同」的同形字，也可作爲「斷代標準」，最有趣的例證是「侃、冶、強」同形，「侃」字皆見於西周晚期鐘類銘文，「冶」字都見於戰國時期兵器銘文，「強」字都見於戰國楚簡，此或許能成爲古文字「侃」、「冶」、「強」同形判別的時間或材質座標。

　　若本論文不將時代局限於「先秦」，研究範圍遍及歷朝各代，此種跨時代、

跨材質的「同形字組」將會不少。如李榮舉「鋁」字為例：

> 周代金文的「鋁」字指鑄銅器的原料。漢代的《方言》裡也有「鋁」
> 字，當磨錯講。現在也有「鋁」字，指一種金屬元素……造「鋁」
> 字的化學家，不一定知道《方言》有這個字，更不見得知道周朝銅
> 器上有這個字，應該説是個創造。〔註13〕

李家浩解釋「枲」字說：

> 《信陽楚簡》2.03 和《包山楚簡》簡 260「枲」字不可與《説文》「枲」
> 字同作「牛鼻中環也」解，所以楚簡「枲」字和《説文》「枲」字可
> 解釋爲一組同形字。〔註14〕

陳劍解釋「鉈」字說：

> 金文匜之自名或增義符金作鉈，而《説文・金部》解釋爲「短矛也」，
> 與金文不合。此類古文字與後世字書文字同形異字的情況尚多，不
> 足爲奇。〔註15〕

上述三例給我們的啓示：考釋古文字時，最好先以同時代、同材質的材料作字形比對；若擬對材料作跨時代、跨材質的字形比對時，其出現「同形字」的比率就會提高，一定要更加謹慎地參照辭例作判斷。

二、利用「同形字」和「部件同形字」考釋字詞

本文對「同形字」的定義，和戴君仁、龍宇純、裘錫圭等人相同，簡言之，即「不同的字如果字形相同，就是同形字」。最大的不同是筆者將在「合體字」中以「成文部件」〔註16〕出現的「同形字」納入討論範圍。孫詒讓、唐蘭等倡導「偏旁〔註17〕分析法」對古文字考釋的重要性無庸置疑，而本論文研究的首

〔註13〕 李榮，〈漢字演變的幾個趨勢〉，《中國語文》，1980 年 1 期。

〔註14〕 李家浩，〈信陽楚簡「樂人之器」研究〉，《簡帛研究》3，桂林：廣西教育出版社，1998 年 12 月。

〔註15〕 陳劍，〈青銅器自名代稱、連稱研究〉，《中國文字研究》，桂林：廣西教育出版社，1999 年 7 月。

〔註16〕 裘錫圭：合體字的各個組成部分稱爲部件。(《文字學概要》，14 頁，臺北：萬卷樓，2001 年二月再版四刷。)

〔註17〕 案：「偏旁」即本文所謂的「成文部件」。

要目的是「考釋字」和「通讀辭例」，所以將整本論文的研究心得簡列於下：

（一）運用「同形字」觀念考釋字詞

1. 運用「凡」、「同」同形，考釋天亡簋「■」字爲「凡」，「祭祀」義。
2. 運用「司」、「后」同形，考釋庚姬卣／尊「■」字和《上博二・昔君者老》「■」字，皆爲「后」。
3. 運用「衣」、「卒」同形，考釋甲骨文、金文與「祭祀」相關辭例，和甲骨文與「田獵」相關辭例。
4. 運用「巳」、「已」同形，考釋《包山楚簡》簡 207「■」字爲「巳」，「除癒」義。
5. 運用「弁」、「使」同形，考釋楚簡與「職官名」、「人名姓氏」相關的辭例，皆當作「史」解。而《郭店楚簡・語叢四》簡 17～18「■」字爲「使」，《郭店楚簡・老子甲》簡 2「■」字爲「史」，和《上海博物館戰國楚竹書二・子羔》「■」、「■」、「■」字，皆當釋「使」。
6. 運用「戈」、「弋」同形，考釋《郭店楚簡・唐虞之道》簡 8～9「■」字爲「戈」、讀「歌」，《郭店楚簡・唐虞之道》簡 17～18「■」、「■」二字爲「弋」、讀「戴」。
7. 運用「能」、「一」同形，考釋「噩君啓節」和楚簡與「罷」字相關辭例。
8. 運用「星」、「三」同形，考釋《信陽楚簡》簡 1.03「■」字爲「三」。
9. 運用「道」、「行」同形，考釋《上博三・中弓》簡 15～16「■」字爲「道」，金文〈仲滋鼎〉「衍」字爲「行」。
10. 運用「卒」、「狄」同形，考釋《包山楚簡》簡 197「■」字爲「卒」。

（二）運用「部件同形字」觀念重新詮釋「已識古文字的形義」

1. 運用「丁」、「方」同形，解釋「天」字所從「丁」部件，不僅是「意符」象徵「人的顛頂」，還是「聲符」。
2. 運用「凡」、「舟」同形，解釋「般」、「受」、「服」皆從「凡」部件，「受」字從「舟」是後來「聲化」結果。

（三）運用「部件同形字」觀念考釋「未識古文字形義」

1. 運用「衣」、「卒」部件同形，考釋金文寡子卣「■」字爲「誶（瘁）」，《郭》12 簡 10「■」字爲「裕」。

2. 運用「足」、「疋」部件同形，考釋楚簡「🖾」字爲「綻」，「🖾」字爲「疏」，「🖾」字爲「桩」。

3. 運用「巳」、「已」、「己」部件同形，考釋《上博一‧孔子詩論》簡 10～12「🖾」字爲「改」。《上博二‧容成氏》簡 42「🖾」字爲「己」。

4. 運用「乗」、「斗」部件同形，考釋《上博一‧紂衣》簡 15「🖾」字從「乗」。

5. 運用「弁」、「使」部件同形，考釋楚簡「🖾」、「🖾」二字爲「筍」，《上博二‧子羔》簡 7「🖾」字爲「洀」，「般樂」義。

6. 運用「戈」、「弋」、「干」部件同形，考釋《包山楚簡》267「🖾」字爲「軒」。

7. 運用「也」、「只」部件同形，考釋《信陽楚簡》簡 2～024「🖾」字爲「鈘」，可能爲「卮」器。

8. 運用「云」、「㠯」部件同形，考釋噩君啓節和《包山楚簡》與「🖾」字相關的地名爲「邔」。

9. 運用「丑」、「升」、「夊」部件同形，考釋《包山楚簡》「🖾」字爲「阰」，《郭店楚簡‧成之聞之》簡 31「🖾」字爲「降」。

10. 運用「卒」、「狄」部件同形，考釋《包山楚簡》簡 95「🖾」字爲「捽」。

再將「同形字」和「部件同形字」相較，發現二者可以互證的例子如：

1. 楚簡「足」、「疋」部件同形，肇因於金文「足」、「疋」同形。

2. 楚簡「干」、「弋」同形（含部件），肇因於金文「干」、「弋」部件同形。

3. 楚簡「戈」、「弋」同形（含部件），肇因於金文「戈」、「弋」部件同形。

例 1「同形字」的「同形」現象早於「部件同形字」。例 2～3「部件同形字」的「同形」現象早於「同形字」。所以「同形字」和「部件同形」的出現互有先後。

不過「同形字」在「獨體文」和「合體字」中的表現，還是會有差別。當「同形字」在「合體字」中以「部件」形式出現時，會受到其他「非同形部件」制約，字形書寫更加隨意，更易出現同形現象。如金文、楚簡「右」、「厷」二字分明，「右」字下方作「口」形，「厷」字下方作「○」形，但是楚簡「厷」部件也會作「🖾」（從「口」）形，與楚簡一般「右」字部件同形。

「部件同形」所需考慮的可能性會比「同形字」更多，例證如：

1. 從甲骨文、金文「韋」、「衛」、「正」、「邑」四字所從「口」形部件，可見甲骨文、金文「口」字除了「丁、祊」外，還有「囗（圍）」義，「正」字從「丁」只是後來「聲化」結果。同理，楚簡「皈」字所從疑似「丁形部件」的「●」，爲「用手持取、引取一物」的「一物」，和「丁」僅是部件同形罷了。

2. 從楚簡「豫」、「舒」、「顈」三字從「呂」形部件，可見楚簡「呂」部件除「呂、宮、雝」外，還表示「予」義。

因此運用「偏旁分析法」考釋文字時，除了「同形部件」外的其他組合部件，愈加顯得重要，如楚簡「⺕形部件」的其他組合部件，可分成以下幾種情況：

1.「詢（謝）」字所從「⺕形部件」必爲「臼」。

2.「舁（弄）」字爲「與」，所從「⺕形部件」必爲「牙」。

3.「坴（𡉚）」字爲「舉」，所從「⺕形部件」必爲「牙」。

4.「㒼」字可隸定作「臽」和「吾」，故「㒼」字所從「⺕」，可證明「臼」、「牙」部件同形。

5.「綌」字可隸定作「綌」和「紓」，故「綌」字所從「⺕」，可證明「臼」、「牙」部件同形。

「部件同形字」一般比「同形字」更加多元複雜，當運用「偏旁分析法」考釋字詞時，每個「部件」都需參照可能的「同形字形」，一併納入考慮，得出的結果才會更接近事實。

三、綜觀「先秦」時期「同形字」的演變特色

若將「先秦同形字」分期討論，可歸納文字演變特色。

（一）「字形同源」的同形字，同埃及聖書字、楔形文字、納西文，多出現於早期文字。如甲骨文「丁、祊」同形，「凡、同」同形，「俎、宜」同形，「司、后」同形；金文「衣、卒」同形，「足、疋」同形，「已、巳」同形等。

（二）戰國秦漢的「同形字」，大致如陳偉武所言「戰國秦漢因形體訛省劇烈而致異字同形是這時期的特徵」，[註18] 因筆者原先也曾將「戰國文字」列爲

〔註18〕陳偉武，〈戰國秦漢「同形字」論綱〉，《于省吾教授百年誕辰紀念文集》，長春：

「同形字」的研究範疇，所以贊同陳偉武的推論。〔註19〕但後來由於「戰國文字」類貨幣、璽印等材質的辭例，多爲人、地名所限，故將「戰國文字」類的研究範疇改爲「楚簡類」，最後得出的結論，會和陳偉武所言有些不同。

若僅將「戰國楚簡」中，因「字形繁簡、形訛」而同形的字例，和「殷商甲骨文」及「兩周金文」相較，誠如上文歸納，在「始見於殷商甲骨文之同形字組」有「口、曰、廿」，「呂、宮／雍」，「凡、舟」同形。在「始見於兩周金文之同形字組」有「凡、井」，「𢀓、揚」，「𡈼、人、匕、又」，「斗、𡈼」，「也、号」同形。在「始見於戰國楚簡之同形字組」有「弁、使」，「戈、弋、干」，「干、弋」，「甘、昌」，「也、只」同形等。可見此類「字形繁簡、形訛」的同形字組，應是平均地發生於先秦文字的每個階段。

（三）兩周金文的「同形字」，並非如陳煒湛所言「與甲骨字做比較時，是相對的減少」。〔註20〕筆者將本文「同形現象」具有「延續性」的例證分作三類：

1. 甲骨文、金文的延續性例證，如「俎、宜」同形，「司、后」同形，「口、曰」同形等。

2. 金文、楚簡的延續性例證，如「衣、卒」同形，「足、疋」同形，「巳、已」同形，「戈、弋」部件同形，「戈、干」部件同形等。

3. 甲骨文、金文、楚簡的延續性例證，如「呂、宮/雍」部件同形，「巳、已」部件同形等。

從上述「同形」之「延續性」推論，金文居中佔有關鍵性地位，上承「殷商甲骨文」，下啓「戰國楚簡」，故在數量比例上，應該不會比較少。

上述「同形現象」，有些學者會用不同方式詮釋，如林澐的「轉注」：考老、士王、立位、卜外、月夕、女母毋妻、鼻自、主示、禾年、帚婦、畢禽。〔註21〕或如李家浩的「一字異讀」：戰國文字卒、狄。〔註22〕或是「義近形旁通用」，

吉林大學出版社，1996 年 9 月。

〔註19〕 參見附錄一《先秦同形字研究舉要‧研究計畫》的「同形字」表。

〔註20〕 陳煒湛，〈甲骨文異字同形例〉，《古文字研究》第六輯，1981 年 11 月。

〔註21〕 林澐，〈古文字轉注舉例〉，《第三屆國際中國古文字學研討會論文集》，香港中文大學，1997 年 10 月。

〔註22〕 李家浩，〈從戰國「忠信」印談古文字中的異讀現象〉，《北京大學學報》，1987 年 2 期。

如本論文所舉楚簡「戈、弋、干」同形，「戈、弋、干」皆可歸納爲廣義的「武器」，但是「戈、弋、干」三字的古音相差甚遠，意義僅可算是同類，實際所指也並非一物，最重要的是在「合體字」中，將之釋爲不同部件，在考釋上會有南轅北轍的差異，所以筆者還是以「同形字」視之，較爲恰當。

　　總之，藉此「同形字」論文的撰寫過程，可學習運用「同形字」觀念，嘗試解決一些「文字考釋」或「辭例通讀」時所遇到的膠著，進而將它們放置於時空座標中，歸納古文字構形演變的規則和特色。

附錄一　「同形字」表

　　本章「同形字」表分爲兩部分，一是《先秦同形字舉要・研究計畫》提出時所列的「同形字」。二是《先秦同形字舉要》實際討論的「同形字」。

一、《先秦同形字舉要・研究計畫》的「同形字」 〔註1〕

　　筆者根據各文字編所搜羅的同形字組，刪除本論文《先秦同形字舉要・緒論・研究回顧》中，所提與「同形字」相關論文所舉的同形字例，除非那些字例還有繼續探討的空間才予以保留，得出可供討論的同形字組如下：

（一）甲骨文類「同形字」組

　　丁祊日報、俎宜、王士戉耳、后司、衣卒、言音、史事使、矢寅黃、人刀匕尸弓夷、尹聿父、下入六、凡舟盤、豕亥、西囟、貞鼎、月夕肉、米與小甲等。

（二）金文類「同形字」組 <small>（數字爲容庚《金文編》字頭編號，（　）內的數字爲張亞初《殷周金文集成引得》頁碼。）</small>

　　1.1. 人 1308（225）、匕 1366（629）、尸 1410（334）、夷 1670（279）、年 1164（1117.225）、刀（882）。

　　1.2. 人 1308（225）、匕 1366（629）、尸 1410（324）、厥 2027（375）、

────────────────────────

〔註 1〕 2002 年 10 月製作。

又 452（380）。

1.3. 人 1308（225）、匕 1366（629）、妣 1965（305.970）。

1.4. 從 1368（483）、比 1371（629）。

1.5. 厥 2027（375）、斗 2284（628）。

1.6. 乃 743（1252）、弓 2079（871）、引 2084（872.1012）。

1.7. 大 1665（264）、夫 1698（275）、夨 1866（1016）。

1.8. 大 1665（264）、夨 1866（1016）。

2.1. 又 452（380）、右 142（528）、左 469（1265）、丑 2389（1423）、
父 453（383）。

2.2. 左 0469（1265）、丑 2389（1463）。

2.3. 又 452（380）、父 453（383）、厥 2027（375）、屮 59（1106）、乎
0752（1278）。

2.4. 丑 2389（1423）、爪 438（445）。

2.5. 父 0453（383）、聿 473（1304）、聿 476（1304.415）。

2.6. 尹 456（415）、聿 476（1304.415）。

2.7. 毛 1408（1100）、手 1932（440）。

3.1. 王 38（912）、玉 40（734）、壬 2376（1387）。

3.2. 壬 2376（1387）、工 730（934）。

3.3. 王 38（912）、士 55（934）。

3.4. 士 55（934）、吉 144（536）。

4.1. 正 198（463.486）、足 297（467）、世 326（461）。

4.2. 正 198（463.486）、乏 199（466）、窆 1258。

4.3. 止 189（461）、世 326（461）。

5.1. 公 111（1327）、口 128（528）、廿 324（1347）。

5.2. 日 1082（1465）、丁 963（1361）。

5.3. 日 1082（1465）、口 128（528）、丁 963（1361）。

5.4. 日 1082（1465）、白 552（848）。

6.1. 才 972（1251）、在 2172（1026.1251）、中 57（1269）。

6.2. 十 321（1343）、七 2351（1325）、才 972（1251）、甲 2358（1349）。

6.3. 甲 2358（1349）、田 2194（1035）、周 145（550）。

7.1. 入 860（1262）、終 2105（1016）。

7.2. 入 860（1262）、終 2105（1016）、六 2350（1324）。

8.1. 召 135（534）、旨 756（595）。

8.2. 永 1861（988）、辰 1863（1004）。

9. 舟 1422（742）、凡 2160（1275）、井 820（1013）。

10. 用 563（814）、周 145（550）。

11. 剛 686（888.1018）、侃 1857（1013）、冶（1018）。

12. 月 1121（1455）、夕 1131（1462）。

13. 女 1947（293）、母 1961（298）。

14. 它 2147（1093）、也 2025（1093）。

15. 弔 1354（228）、淑 1814（229）。

16. 上 7（1260）、下 10（1259）、二 2155（1314）。

17. 三 37（1316）、气 54（988）。

18. 孔 1893（1359）、子 2378（1394）、巳 2394（1426）。

19. 元 2（282）、兀 724（811）。

20. 巫 733（941）、癸 2377（1389）。

21. 乎 752（1278）、平 755（1287）。

22. 斗 2284（628）、升 2290（628）。

23. 孚 439（445）、乎 658（445）。

24. 幺 641（805）、玄 650（805）、簋 714（1164）。

25. 命 134（546）、令 1500（337）。

（三）戰國文字類「同形字」組（數字爲何琳儀《戰國古文字典》頁碼，〔　〕內
的數字爲湯餘惠主編《戰國文字編》頁碼，（郭+數字）的數字爲張光裕主編
《郭店楚簡研究‧第一卷‧文字編》頁碼。）

1.1. 勹 236〔619〕刀 302〔273〕夕 551〔472〕。

1.2. 刀 302〔273〕曲 347〔830〕尸 1227〔587〕。

1.3. 勹 236〔619〕刀 302〔273〕曲 347〔830〕匕 1286〔569〕人 1133
〔549〕。

1.4. 刀 302〔273〕人 1133〔549〕。

1.5. 勹 236〔619〕人 1133〔549〕。

1.6. 厥 906〔813〕久 29〔351〕。

1.7. 厥 906〔813〕升 143〔930〕斗 356〔929〕。

1.8. 升 143〔930〕斗 356〔929〕。

1.9. 厥 906〔813〕氏 752〔813〕。

1.10. 氏 752〔813〕斗 356〔929〕。

2.1. 又 7〔178〕九 164〔957〕父 593〔179〕。

2.2. 又 7〔178〕九 164〔957〕丑 197〔969〕。

2.3. 右 9〔69〕旮 165〔71〕左 1462。

2.4. 有 11〔471〕父 593 脯〔263〕。

3.1. 以 55〔972〕丩 163〔132〕牙 511〔125〕。

3.2. 台 56〔68〕句 340〔131〕。

3.3. 呀 511 司（郭 110）〔615〕飼〔77〕。

3.4. 司 109〔615〕后 333〔614〕。

4.1. 王 627〔13〕主 356〔322〕。

4.2. 王 627〔13〕玉 354〔15〕壬 1408〔965〕。

4.3. 壬 1408〔965〕身 1137〔574〕二千合文 1507。

5.1. 子 88〔965〕辛 1158〔964〕。

5.2. 不 116〔775〕帀 1279〔387〕。

5.3. 巳 62〔971〕易 658〔641〕。

5.4. 子 88〔965〕易 658〔641〕。

5.5. 子 88〔965〕不 116〔775〕。

5.6. 子 88〔965〕易 658〔641〕。

5.7. 易 658〔641〕易 759〔648〕。

6.1. 六 224〔556〕（郭 72）入 1379〔333〕（郭 71）。

6.2. 六 224〔556〕（郭 72）大 920〔668〕（郭 140）。

6.3. 入 1379〔333〕（郭 71）大 920〔668〕。

6.4. 六 224〔556〕（郭 72）大 920〔668〕（郭 140）丌 21〔297〕（郭 72）。

6.5. 矢 1217〔3357〕內 1257〔333〕（郭 71）入 1379〔333〕（郭 71）。

7.1. 呂 566〔514〕邑 1369〔410〕予 567〔249〕玄 1108〔248〕。

7.2. 予 567〔249〕㕣1371〔567〕宮 268〔514〕公 407〔56〕。

8.1. 米 1304〔488〕釆 1059〔58〕。

8.2. 述 1243〔91〕（郭 389）迷 1304〔99〕（郭 390）。

9. 百 603〔225〕 仝 1045〔334〕金 1391〔907〕。

10. 止 42〔82〕（郭 257）乍 576〔825〕（郭 27）亡 725〔825〕（郭 45）。

11. 正 795〔88〕（郭 221）乏 1438〔89〕。

12. 足 384〔125〕疋 580〔89〕。

13. 齋1271〔478〕𠅃620〔342〕。

14. 元 1015〔1〕万 1077〔611〕方 713〔591〕。

15. 戊 261〔961〕（郭 211）戌 945〔978〕。

16. 七 1098〔957〕（郭 2）十 1375〔132〕（郭 90）甲 1427〔959〕（郭 296）。

17. 夬 905〔179〕（郭 131）史 104〔184〕安 961〔496〕。

18. 而 74〔642〕（郭 332）天 1117〔1〕（郭 142）。

19. 无 614 堯 299〔895〕（郭 135）夫 588〔691〕。

20. 冗 426〔499〕（郭 70）免 1078〔568〕（郭 70）完〔498〕宐〔502〕。

21. 坓817（郭 129）城 809〔885〕。

22. 𠉛956〔547〕尙 678〔55〕。

23. 北 119〔571〕（郭 89）化 835〔569〕（郭 53）𠤎306。

24. 首 194〔611〕自 1271〔221〕。

25. 衣 1170〔575〕（郭 365）卒 1171〔580〕（郭 90）袁 687。

26. 弋 69〔812〕（郭 175）戈 844〔814〕（郭 211）。

27. 鹵 564〔777〕凵 1163〔698〕西 1349〔777〕。

28. 叀（郭 103）〔594、2〕。

29. 罷77〔231〕（郭 326）。

30. 虡801〔315〕（郭 358）。

31. 品 1417 參 1418〔468〕（郭 97）晶 816。

32. 昌 653〔458〕（郭 234）甘 1446〔302〕（郭 291）。

33. <u>互亙</u>（郭 44）。

34. 侃 1006〔762〕（郭 63）強 648.646.〔869.832.〕（郭 179）冶 542〔764〕。

35. 黽〔874〕龜〔874〕。

36. 厶 1278〔623〕丁 791〔901〕。

37. 和 839〔67〕私〔480〕。

二、《先秦同形字舉要》實際討論的「同形字」

（一）始見於殷商甲骨文之同形字組

字　例	材　質	同形字組	部件同形字組
丁	甲骨文	祊	方、圍、邑
	金文		方、圍、邑
口	甲骨文	曰、廿	
	金文	曰、廿、公	
呂	甲骨文	宮／雝	宮／雝
	金文		宮／雝、罨
	楚簡		宮／雝、罨、予
凡	甲骨文	同、舟	同、舟
	金文	井	同、舟
俎	甲骨文	宜	
	金文	宜	
司	甲骨文	后	
	金文	后	

（二）始見於兩周金文之同形字組

字　例	材　質	同形字組	部件同形字組
衣	金文	卒	卒
	楚簡	卒	卒
	漆書	睘／袁	
足	金文	疋	
	楚簡	疋	疋
巳	甲骨文		已

	金文	巳	已
	楚簡	巳	已
屰	金文	揚	
乒（入）	金文	又、人、七	斗、升、夊
斗（𠂔）	金文	乒	升、夊
也（乁）	金文	号	

（三）始見於戰國楚簡之同形字組

字　例	材　質	同形字組	部件同形字組
弁	楚簡	使	使
戈（𢦔）	金文		弋、干
	楚簡	弋、干	弋、干
干（𣄼）	金文		屰
	楚簡	弋	弋
甘	金文	昌	
	楚簡	昌	
也（𠃌）	楚簡		只
能（𦏵）	金文	一	
	楚簡	一	

（四）分見於戰國楚簡之部件同形字組

字　例	材　質	同形字組	部件同形字組
右	楚簡		厷
云	楚簡		㠯
丑（𠃬）	楚簡		升、夊

（五）分見於不同書寫材質之同形字組

字　例	同形字組	部件同形字組
甲骨文星	楚簡三	金文三、楚簡三
甲骨文彗	楚簡羽	金文羽、楚簡羽
楚簡道（𢔕）	甲骨文永、石鼓文行	
金文侃（𠈌）	金文冶、楚簡強	
楚簡卒（𡴂）	曾侯乙墓漆書狄	
楚簡訇	曾侯乙墓漆書峇	

附錄二　原疑爲「同形字」組

第一節　「巳」、「也」不同形

巳，也本是兩個音義不同的字。巳，《說文》:「⟨巳⟩已也，四月昜气巳出，会氣巳臧，萬物見，成爻彰，故巳爲它象形。」也，《說文》:「⟨也⟩，女陰也。象形。」金文、楚簡「巳」、「也」皆不同形，但是「巳」、「也」二字無論金文或是楚簡，都會讓人有「同形」的疑慮，故特立一節討論。

金文「巳」、「也」不同形的字形和辭例:

字　例	字形	辭　例
巳	⟨巳⟩	王曰:父曆。巳日及茲卿事寮、大史寮于父即尹。【02841 毛公鼎，西周晚期】
	⟨巳⟩	十一年十一月乙巳朔【02701 公朱左𠂤鼎，戰國晚期】
也	⟨也⟩	正月季春元日己丑，余，畜孫書也，擇其吉金，以作鑄缶。【10008 欒書缶，春秋】

林清源將欒書缶斷句讀爲「余畜孫書也，擇其吉金。」「書也」是器主名，所以器名也應改爲「書也缶」。〔註1〕黃德寬讀作「余，畜孫書也」，與《左傳·

〔註1〕林清源，《楚國文字構形演變研究》，246 頁，東海大學中文所博士論文，1997 年
　　　12 月。

宣公十六年》:「余,而所嫁婦人之婦也」,〈哀公十四年〉:「余,長魋也」,〈十五年〉:「子,周公之孫也」等辭例相同。〔註2〕

案:雖然讀法不同,但將「𠃑」字釋「也」,並無爭議。

楚簡「巳」、「也」不同形的字形和辭例:

字　例	字　形	辭　例
巳	𠃑	1. 丁巳之日【包山 4.121】(滕編 1081)
	𠃚	2. 辛巳之日【包山 33.47】(滕編 1081)
也	𠃜	3. 聞之於先王之法也【信陽 1.07】(滕編 866)
	𠃝	4. 少又優也。【包山 231】(滕編 866)
	𠃞	5. 堯舜之王,利天下而弗利也。【郭 7.1】
	𠃟	6. 不欺弗知,信之至也。【郭 8.1】
	𠃠	7. 聖人之在民前也,以身後之;其在民上也,以言下之。【郭 1.1.3～4】
	𠃡	8. 子曰:爲上可望而知也,爲下可述而志也,則君不疑其臣,臣不惑於君。【郭 3.3～4;上博一紂2】
	𠃢	9. 子曰:上好仁則下之爲仁也爭先。【郭 3.10～11;上博一紂6】
	𠃣	10. 春秋亡不以其生也亡耳。【郭 15.20～21】
	𠃤	11. 故終(?)是物也而又深焉者,可學也而不可疑也,可教也而不可迪其民,而民不可止也。【郭 10.19】
	𠃥	12. 君子其施也忠,故戀?親專(附?)也;其言尔信,故亶(坦?)而可受也。忠,仁之實也。【郭 8.8】

　　從上述二表可知張桂光認爲「巳」字上部呈「平頂環狀」,與「也」之「頭角上出」有明顯區別,是很有道理。〔註3〕引發筆者探討金文、楚簡「巳」、「也」二字是否同形的辭例有三:

(一)金文大盂鼎「𠃦」字析論

　　金文《集》02837 號大盂鼎辭例爲:「……唯殷邊侯甸與殷正百辟,率肆于酒,故喪師。𠃦,汝昧晨有大服……」,黃德寬將𠃦字釋「也」,其說爲:

〔註2〕黃德寬,〈說也〉,《第三屆國際中國古文字學研討會論文集》,香港中文大學,1997年 10 月。

〔註3〕張桂光,〈《戰國楚竹書・孔子詩論》文字考釋〉,《上博館藏戰國楚竹書研究》,2002年。

〔圖〕下部較為曲折，自清代以來，學者多主張釋「巳」，與《尚書‧大誥》：「巳，予惟小子」之「巳」用法相同，為語首嘆詞。然而此字與宣王時期的毛公鼎〔圖〕及吳王光鑑〔圖〕、蔡侯盤〔圖〕等時代較晚的器物中所用「巳」相比，字形稍有區別，其下部與欒書缶的「也」〔圖〕倒頗相似，我們懷疑它就是早期的「也」字。如果釋「也」則屬上讀，此句為「古（故）喪白（師）也！」於文例也通暢。如《荀子‧王霸》「闇君必將急逐樂而緩治國，故憂患不可勝校也，必至於身死國亡然後止也。」《堯問》：「昔虞不用宮之奇而晉并之，萊不用子馬而齊并之，紂刳王子比干而武王得之，不親賢用知，故（一本作而）身死國亡也。」兩例均先陳述原因，然後用「故……也。」句式來強調其結果的必然性。〔註4〕

　　案：《集》02837 號大盂鼎「〔圖〕」字可釋「巳」，讀作「巳，汝昧晨有大服。」也可釋「也」，讀作「故喪師也」。在兩種讀法都有古文獻例證的前提下，筆者決定依照字形將《集》02837 大盂鼎「〔圖〕」字依照舊說釋「巳」，因為「巳」、「也」字形上部「〔圖〕」、「口」的不同，比末筆曲折度的差別更大，且大盂鼎「〔圖〕」字和欒書缶「也（〔圖〕）」字，末筆曲折的方式也不完全相同，故從原說釋「巳」，如此金文「巳」、「也」二字嚴格區分，不會同形。

（二）《上博一‧孔子詩論》「〔圖〕」字析論

　　《上博簡‧孔子詩論》簡 4、5、7、27「〔圖〕」字的辭例如下：

1. 與賤民而豫之，其用心也將何如？曰：邦風氏（是）〔圖〕巳（已）。民之又疲倦〔圖〕也，上下之不合者，上下之不合者，其用心〔圖〕也將何如？【上博一‧孔4】

2. 氏（是）〔圖〕巳（已），又成功者何如？曰訟氏（是）〔圖〕巳（已）。清廟王德〔圖〕也，至矣。【上博一‧孔5】

3. 襄介明德曷，誠謂之〔圖〕也。有命自天，命此文王，誠命之〔圖〕也，信矣。孔子曰：此命〔圖〕也夫。文王雖欲〔圖〕巳（已），得乎？此命也。【上博一‧孔7】

〔註4〕黃德寬，〈說也〉，《第三屆國際中國古文字學研討會論文集》，香港中文大學，1997 年 10 月。

4. 斯爵之矣，離其所愛，必曰吾奚舍之？賓贈氏（是）〓巳（已）。【上博
一‧孔27】

案：本節上文已引張桂光之說，「巳」字上部呈「平頂環狀」，與「也」之
「頭角上出」明顯區別，故《上博一‧孔子詩論》原釋文將部份「〓」字釋「也」
並不妥，仍當釋「巳」。〔註5〕因分別將辭例1～3原釋「也」的「〓」，和同句
上下文「〓（也）」字相對照，即知將「〓」、「〓」同釋「也」之不妥，再說
將「〓」字改釋「巳」，「巳」、「已」同形作「已」解，語尾助詞，相當於「矣」。
《書經‧洛誥》：「公定，予往已」，《孟子‧梁惠王》上：「然則王之所大欲可知
已」，並無通讀困難。如此楚簡「巳」、「也」二字嚴格區分，不會同形。

（三）《上博二‧從政乙》「〓」字析論

《上博二‧從乙》簡3「從政，不治則亂，治〓至則□……」，張光裕認為
「巳」應為「也」字之誤，說明楚簡「巳」、「也」混用時見。〔註6〕

案：因此辭例太過殘缺，故不足以作為楚簡「巳」、「也」同形的例證。

第二節　「執」、「埶」不同形

執、埶本是兩個音義不同的字，執，《說文》：「𥏫，捕罪人也。從丮卒，卒
亦聲。」埶，《說文》：「𡘋，種也。從丮坴，丮持種之。」。但是「執」、「埶」
二字，在楚簡會讓人有「同形」疑慮，故特立一節討論。

楚簡「執」、「埶」不同形的字形和辭例如下：

字　例	字　形	辭　例
執	〓	1. 為之者敗之，執之者遠之。【郭1.1.10】
	〓	2. 是以聖人亡為故亡敗，亡執故亡失。【郭1.1.11】
	〓	3. 為之者敗之，執之者失之。【郭1.3.11】
埶	〓	4. 邦家之不寧也，則大臣不治，而埶（藝）臣託也。【郭3.21】
	〓	5. 故上不可以埶（藝）刑而輕爵。【上博一‧紂15】

〔註5〕張桂光，〈《戰國楚竹書‧孔子詩論》文字考釋〉，《上博館藏戰國楚竹書研究》，2002
年。

〔註6〕馬承源主編，《上海博物館藏戰國楚竹書二》，236頁，上海古籍出版社，2002年
12月。

	6. 教以**執（藝）**，則民野以爭。【郭10.14】
	7. 所善所不善，**執（藝）**也。【上博一・性3】

　　執，裘錫圭釋其本義爲：「把俘虜或犯人的手銬起來。」〔註7〕林清源進一步解釋「執」字文字構形：

> 執字象人手著刑具之狀。西周金文作 **𦩻** 分甲盤、**𦩻** 不𦩻𣪘、**𦩻** 多友鼎
> 等形，表示人體的『丮』旁，與刑具分離爲二，有些還將腳形標示出
> 來，有些所從的腳形部件進一步詭變爲『女』旁……楚簡「丮」旁斷
> 裂爲上下兩半，上半類化爲「舟」旁，下半類化爲「女」旁。〔註8〕

埶，裘錫圭釋其本義爲：「表示在土上種植物，丮象人伸出雙手。」〔註9〕辭例4～5可相互對照，鄒濬智認爲「藝」由親狎，引申有「親近」、「依賴」義。〔註10〕而辭例7季旭昇釋「執（藝）」，整句訓解爲「擅長不擅長，是人生具備的能力」，「執（藝）」指涉外在的道術、藝能。〔註11〕

　　雖然楚簡「執」、「埶」不同形，但楚簡還是有「執」、「埶」同形難分的例證三則，分述如下：

（一）《郭店楚簡・老子丙》簡4「大象」句析論

　　《郭店楚簡・老子丙》簡4「大象，天下往。往而不害，安平大」，相關討論有二：

> 1. 釋「埶」，但讀法差距頗大，①裘錫圭讀「設」。〔註12〕②丁原植讀「槷」，
>   引《周禮・考工記・匠人》鄭玄注：「槷，古文臬假借字」，指古代測
>   日影的杵或桿，解作「標顯出徵象，天下歸往」。〔註13〕③劉信芳釋「埶」，
>   同「執」，讀「藝」，引《國語・魯語上》：「貪得無藝也」，注：「藝，

〔註7〕裘錫圭，《文字學概要》，147頁，臺北：萬卷樓，1999年。

〔註8〕林清源，《楚國文字構形演變研究》，161頁，東海大學中文所博士論文，1997年12月。

〔註9〕裘錫圭，《文字學概要》，145頁，臺北：萬卷樓，1999年。

〔註10〕季旭昇主編，《上海博物館戰國楚竹書一讀本》，123頁，臺北：萬卷樓，2004年6月。

〔註11〕季旭昇主編，《上海博物館戰國楚竹書一讀本》，157頁，臺北：萬卷樓，2004年6月。

〔註12〕裘錫圭，〈以郭店老子爲例談談古文字〉，《中國哲學》21，2000年1期。

〔註13〕丁原植，《郭店竹簡老子釋析與研究》，337頁，臺北：萬卷樓，1998年9月。

極也」，解作「達於大象之境界」。〔註14〕④尹振環讀「勢」，指權勢、聲勢。〔註15〕⑤廖明春釋讀作「藝大象」或「埶大象」，《左傳・文公六年》：「陳之藝極。引之表儀」，杜預注：「藝，準也」，《廣韻》：「藝，常也，準也」，即「效法自然無爲之大道」。〔註16〕

2. 釋「執」，《郭店楚簡・老子丙》簡4「埶大象」，《馬王堆帛書甲本》、《馬王堆帛書乙本》，（西漢）《道德眞經指歸》本，《道德經河上公注》本，（東漢）張道陵《老子想爾注》，（三國・魏）王弼《老子道德經注》本，（唐）傅奕《道德經古本篇》本，《龍興觀本》皆作「執」。《道德經河上公注》本：「執，守也。」〔註17〕崔仁義、李零從文義看，認爲此字似是「執」字混用。〔註18〕

（二）《九店・五十六號墓》簡31「埶罔導」句析論

《九店・五十六號墓》簡31「埶罔導，大吉」，相關討論有二：

1. 釋「埶」，李家浩解釋說：

「埶罔導，大吉。」秦簡《日書》甲種楚除外陽日占辭無此五字，但乙種楚除成、外陽之日占辭有……「熱罔（網）邋（獵），獲」之語。按熱從埶聲，故埶、熱二字可以通用……本簡「埶」和秦簡「熱」，也都應當讀爲「設」，「設網」指設置捕鳥獸的網。〔註19〕

2. 釋「執」，李零斷句爲「逃人不得，無聞執，罔得」，「執」亦作「埶」。〔註20〕

〔註14〕 劉信芳，《荊門郭店竹簡老子解詁》，69頁，臺北：藝文印書館，1999年。

〔註15〕 尹振環，〈《郭店楚墓竹簡老子》與《老子》之辨〉，《歷史月刊》，2000年2月。

〔註16〕 廖名春，《郭店楚簡老子校釋》，521～525頁，北京：清華大學出版社，2003年6月。

〔註17〕 彭浩，《郭店楚簡老子校讀》，177頁，武漢：湖北教育出版社，2000年1月。李若暉，〈老子異文對照表〉，《簡帛研究》2001，872頁，桂林：廣西師範大學出版社，2001年9月。

〔註18〕 崔仁義，《荊門郭店楚簡老子研究》，50頁，北京：科學出版社，1998年10月。李零，〈郭店楚簡校讀記〉，《道家文化研究》第17輯、475頁，三聯書店，1999年8月。

〔註19〕 湖北省文物考古研究所，北京大學中文系編，《九店楚簡・56號墓》注111，北京：中華書局，2000年。

〔註20〕 李零，〈郭店楚簡校讀記〉，《道家文化研究》第17輯、475頁，三聯書店，1999

（三）《上博二・容城氏》簡 14「」字析論

　　《上博二・容城氏》簡 14「舜於是乎始免斷耨錔，謁而坐之。」相關討論有二：

> 1. 釋「埶」，「蓺」，疑與「藝」形近混用，音近假爲「刈」（「蓺」、「刈」都是疑母月部字）。《國語・齊語》「時雨既至，挾其槍、刈、耨、鎛，以旦暮從事於田野」，韋昭注：「刈，鎌也」，鎌類農具。〔註21〕
>
> 2. 釋「執」，贊成者有陳劍和蘇建洲。〔註22〕

　　案：若將（一）「（執）」和（二）「（執）」釋讀作「執」；或是將（三）「（埶）」釋讀作「埶」，則楚簡「執」、「埶」便會同形。楚簡「執」、「埶」皆從「丮」旁，二字形近訛誤同形的機率很高，此「執」、「埶」同形現象可參王念孫《讀書雜誌》卷七之四「埶、函」條，和卷八之一「執詐」條。〔註23〕但是既然依照原形即可通讀，筆者還是贊成將（一）「」和（二）「」釋作「執」，將「」釋作「埶」。如此「執」、「埶」二字在楚簡，暫時不會同形。

　　比較複雜的是將《郭》1.3 簡 4：「大象，天下往。往而不害，安平大」的「」釋「埶」後的讀法。「大象」，河上公注：「象，道也」，雖然丁原植「埶（臬）」說、〔註24〕劉信芳「埶（藝）」說、〔註25〕和尹振環「埶（勢）」說〔註26〕皆有一定道理，但學界多數還是從裘錫圭「埶（設）」說，〔註27〕如魏啓鵬舉《國語・齊語》韋注：「設象，謂設教象之法於象魏」，「象魏」

　　　　年 8 月。

〔註21〕馬承源主編，《上海博物館藏戰國楚竹書二》，261 頁，上海古籍出版社，2002 年 12 月。

〔註22〕陳劍，〈上博簡《容城氏》的拼合與編連問題小議〉，簡帛研究網，2003 年 1 月 9 日。季旭昇主編，《上海博物館藏戰國楚竹書二讀本》，130 頁，臺北：萬卷樓，2003 年 7 月。

〔註23〕湖北省文物考古研究所，北京大學中文系編，《九店楚簡・56 號墓》注 111，北京：中華書局，2000 年。

〔註24〕丁原植，《郭店竹簡老子釋析與研究》，337 頁，臺北：萬卷樓，1998 年 9 月。

〔註25〕劉信芳，《荊門郭店竹簡老子解詁》，69 頁，臺北：藝文印書館，1999 年。

〔註26〕尹振環，〈《郭店楚墓竹簡老子》與《老子》之辨〉，《歷史月刊》，2000 年 2 月。

〔註27〕裘錫圭，〈以郭店老子爲例談談古文字〉，《中國哲學》21，2000 年 1 期。

是古代天子、諸侯宮門外的一對高建築，解釋「設象」意義可通。〔註28〕謝佩霓是因為裘錫圭還提出殷墟卜辭、九店楚簡、馬王堆帛書、武威漢簡等以「埶」為「設」的用例，又《大戴禮記・五帝經》:「設五量」，《史記》作「蓺五種」，所以贊成裘說。〔註29〕

　　筆者也因為裘錫圭的說法證據最充分，故暫從裘說。將《郭店楚簡・老子丙》簡4「埶大象」釋讀作「埶（設）大象」；再將《九店・五十六號墓》簡31「埶罔导」，釋讀作「埶（設）罔导」；《上博二・容城氏》簡14「舜於是乎始免斷耨錘，謁而坐之」的「」字作「執」；如此則楚簡「埶」、「執」二字不會同形。

第三節　「瑟」、「丌」不同形

　　瑟、丌本是兩個音義完全不同的字，瑟，《說文》:「瑟，庖羲所作弦樂也。從珡，必聲。」丌，《說文》:「丌，下基也。薦物之丌。象形。讀若箕同。」但楚簡「瑟」字有一系列特殊寫法，皆會從「丌」形，導致「瑟」、「丌」二字可能同形，尤其若將《古璽彙編》0279號「丌」字釋「丌（其）」，便會和《郭店楚簡》11簡24～25和《上博一・孔》簡14的「瑟（瑟）」字同形。

　　茲將楚簡一系列「瑟」字（從「丌」形）的字形和辭例列出:

字　例	字　形	辭　例
瑟	瑟	1. 一瑟，有羕。【包山260】（參縢編1133）
	瑟	2. 二瑟【望山二49、50】（參縢編373）
	瑟	3. 二瑟，皆緅衣。【望山二47】（參縢編373）
	丌	4. 聽琴瑟之聲，則悸如也斯難。【郭11.24～25】
	瑟	5. 以琴瑟之悅。【上博一・孔14】

　　劉信芳首先將《信陽》簡2.03「三漆，羕」和《包山楚簡》簡260「一，有羕」的「」和「」釋讀作「瑟」，因為《信陽長台關一號墓》出土二瑟，《包山二號墓》出土一瑟，與竹簡所記數目相合，但尚不清楚字形來源。

〔註28〕魏啓鵬，《楚簡老子柬釋》，60～61頁，臺北：萬卷樓，1999年6月。

〔註29〕謝佩霓，《郭店楚簡老子訓詁疑難辨析》，119～120頁，暨南國際大學中文所碩士論文，2002年5月。

〔註 30〕劉國勝、李家浩多舉了《望山二號墓》「二瑟」辭例，佐證劉信芳將上述遣策諸字結合考古墓葬資料釋爲「瑟」字的合理性。〔註 31〕且李家浩認爲《包山楚簡》簡 260「𦆕」字從「必」聲，可和《說文》分析「瑟」字從「必」聲對照著看。〔註 32〕

《郭店楚簡》11 簡 24～25 有一辭例「聽琴𠁁之聲，則悸如也斯難」，《上博一‧孔》簡 14 有一辭例「以琴𤰩之悅」，因爲「琴瑟」爲一常見辭組，所以《郭店楚簡》11 簡 24～25 和《上博一‧孔》簡 14 的「𠁁」字，皆應釋「瑟」。

從楚簡一系列「瑟」字寫法，可知楚簡「兀」形，可能如顏世鉉所言象「人形瑟柱形」，〔註 33〕或如羅凡晸所言象「軫、柱之形」，〔註 34〕總之皆會和「丌」字同形。「丌」，段玉裁注：「平而有足，可以薦物」，它在楚簡中的用法如《郭》1.1 簡 5 作「兀」，辭例爲「以其不爭也，故天下莫能與之爭。」《集韻》說：「其，古作丌、亓。」《墨子‧公孟》：「是猶命人葆，而去其冠也。」清孫詒讓《閒詁》：「丌即其字，以意改。」王引之云：「古其字亦有作丌者」。

因爲楚簡「兀」字可代表「瑟柱」和「丌（其）」兩種意義，所引發考釋字詞困難的例證，如《古璽彙編》0279 號作「兀」，辭例爲「童兀京鈢」，〔註 35〕劉國勝釋「兀」爲「瑟」，讀作「童（鐘）瑟京鈢」，疑爲當時樂府用鈢。〔註 36〕

〔註 30〕劉信芳，〈楚簡文字考釋五則〉，《于省吾教授百年誕辰紀念文集》，長春：吉林大學出版社，1996 年 9 月；劉信芳，〈楚系文字「瑟」及相關的幾個問題〉，《鴻禧文物》臺北：鴻禧美術館，1997 年。

〔註 31〕劉國勝，〈曾侯乙墓 E61 號漆箱書文字研究〉，《第三屆國際中國古文字學演討會論文集》，1997 年 10 月。李家浩，〈信陽楚簡「樂人之器」研究〉，《簡帛研究》3，桂林：廣西教育出版社，1998 年 12 月。

〔註 32〕李家浩，〈信陽楚簡「樂人之器」研究〉，《簡帛研究》3，桂林：廣西教育出版社，1998 年 12 月。

〔註 33〕顏世鉉，〈郭店楚墓竹簡儒家典籍文字考釋〉，《經學研究論叢》6，臺北：學生書局，1999 年。顏世鉉，〈考古出土實物與文字考釋、詞義、訓詁之關係舉隅〉，《楚簡綜合研究第二次學術討論會》，2002 年 12 月 20 日。

〔註 34〕羅凡晸，《郭店楚簡異體字研究》，臺灣師範大學國文所碩士論文，1999 年。

〔註 35〕羅福頤，《古璽彙編》，47 頁，北京：中華書局，1981 年。

〔註 36〕劉國勝，〈曾侯乙墓 E61 號漆箱書文字研究〉，《第三屆國際中國古文字學演討會論文集》，1997 年 10 月。

何琳儀釋「兲」爲「其」，讀作「童（僮）其京（亭）鈝。」〔註37〕

　　若將《古璽彙編》0279 號「兲」字釋「瑟」，則「瑟」、「其」不同形；反之，若將《古璽彙編》0279 號「兲」字釋「其」，則「瑟」、「其」爲一組同形字。筆者較贊成將《古璽彙編》0279 號「兲」字，從劉國勝釋「瑟」，因爲何琳儀無清楚交代「京（見紐陽部）」、「亭（定紐耕部）」二字的通假關係，且無說明「童（僮）其」究竟是楚國何處地名。反觀劉國勝說法，他將「童（定紐東部）」讀作「鐘（章紐東部）」，聲近韻同，且「鐘」從「童」聲與「童」有相同聲符，而文獻「瑟」字不只會和「琴」組成「琴瑟」，還會和「鐘」搭配出現，如《墨子・非樂上》：

　　　　是故子墨子之所以非樂者，非以大鐘、鳴鼓、琴瑟、竽笙之聲，以爲不樂也……民有三患：飢者不得食，寒者不得衣，勞者不得息，三者民之巨患也，然即當爲之撞巨鐘、擊鳴鼓、彈琴瑟、吹竽笙而揚干戚，民衣食之財將安可得乎？〔註38〕

《荀子・非相》：

　　　　故贈人以言，重於金石珠玉；觀人以言，美於黼黻文章；聽人以言，樂於鐘鼓琴瑟。

《荀子・富國》：

　　　　故爲之雕琢、刻鏤、黼黻文章，使足以辨貴賤而已，不求其觀；爲之鐘鼓、管磬、琴瑟、竽笙，使足以辨吉凶、合歡、定和而已，不求其餘。

《荀子・樂論》：

　　　　君子以鐘鼓道志，以琴瑟樂心；動以干戚，飾以羽旄，從以磬管。

　　　　〔註39〕

所以劉國勝將《古璽彙編》0279 號釋讀作「童（鐘）瑟京鈝」相當合理。如此

〔註37〕 何琳儀，《戰國文字通論（訂補）》，157 頁，南京：江蘇教育出版社，2003 年 1 月第一版。

〔註38〕 《墨子》，227～229 頁，臺北：華正書局，1987 年。

〔註39〕 《荀子》，85、202、421 頁，臺北：學生書局，1981 年。

則戰國文字，無論楚簡或璽印，「𠀠」字皆指「瑟」，不會作「其」，所以「瑟」、「其」二字並不同形。

　　何琳儀所提另一則「𠀠」字釋「其」的例證，出自「江蘇連雲港所藏傳云山東出土陶文」，辭例為「鑄（祝）其京（亭）鈢」。〔註40〕同理，何琳儀也無清楚交代「京（見紐陽部）」、「亭（定紐耕部）」二字的通假關係，且無說明「鑄（祝）其」究竟是何處地名，尚不足以成為「瑟」、「其」同作「𠀠」形的例證。

　　附帶一提，《郭店楚簡》12.30 的「𠫎」字，辭例為「為宗族𠫎朋友，不為朋友𠫎宗族」，因其字形和《郭店楚簡》11 簡 24～25 及《上博一・孔》簡 14 的「𠀠（瑟）」字構形相同，皆由兩個「丌」形部件構成，只是「丌」形部件的排列位置有「左右並排」和「上下並排」之別而已。且《郭店楚簡》12 簡 30「𠫎」字，和《望山二・47》「𤼵（瑟）」字的關係也很密切，因為《望山二・47》「𤼵（瑟）」字，只要省略最上部的「丌」部件，便會和《郭店楚簡》12 簡 30「𠫎」字同形，所以很多學者都將《郭店楚簡》12 簡 30 的「𠫎」字釋「瑟」。

　　只是《郭店楚簡》12 簡 30「𠫎（瑟）」字讀法不同，如裘錫圭讀「殺」，「省簡」義。〔註41〕張光裕讀「失」。〔註42〕李零讀「疾」。〔註43〕劉信芳引《詩・衛風・淇奧》「瑟兮僩兮，赫兮咺兮」，毛傳：「瑟，矜莊貌」，孔疏：「瑟，矜莊，是外貌莊嚴也」，解釋「瑟」用如動詞，蓋謂「容貌嚴肅，使人為之顫慄」。〔註44〕但是《汗簡》「麗」字也作「𠫎」、「𣬉」，〔註45〕所以顏世鉉將《郭店楚簡》12 簡 30 的「𠫎」字釋「麗」、讀「離」，「絕」義。陳偉引《易・離》云：「象曰，離，麗也。日月麗乎天，百谷草木麗乎土」，孔穎達疏：「麗謂附麗也」，

〔註40〕 何琳儀，《戰國文字通論（訂補）》，157 頁，江蘇教育出版社，2003 年 1 月第一版。

〔註41〕 荊門博物館，《郭店楚墓竹簡》郭 12 注 21，北京：文物出版社，1998 年。

〔註42〕 張光裕、袁國華，《郭店楚簡研究第一卷文字編》，緒言 8 頁，臺北：藝文印書館，1999 年元月。

〔註43〕 李零，〈郭店楚簡校讀記〉，《道家文化研究》第 17 輯，520 頁，三聯書店，1999 年 8 月。

〔註44〕 劉信芳，〈是瑟朋友，還是殺朋友——關於郭店簡「瑟」字〉，《中國文物報》，2000 年 6 月 7 日。

〔註45〕 《汗簡，古文四聲韻》，41 頁，北京：中華書局，1983 年 12 月。

訓「麗」爲「附著」義。〔註46〕

因爲「瑟」、「麗」皆有作「夼」形的可能，且將這些說法帶入原簡皆可通讀，只好檢視各家「釋讀」的音韻關係。先羅列各家古音，「瑟（山紐質部）」、「殺（山紐月部）」、「失（書紐質部）」、「麗（來紐支部）」、「離（來紐歌部）」。其實各家「釋讀」聲韻皆有差距，所以筆者較贊成劉信芳「瑟」說和陳偉「麗」說，因爲他們皆直接根據字形訓解。再就楚簡字形用例，「瑟」的可能性是大於「麗」，且「同師爲友，同志爲朋」，如《詩・小雅・常棣》：「雖有兄弟，不如友生」等，將「夼」釋「瑟」，解釋爲「寧可爲宗族而在朋友面前作嚴肅狀，也不可爲朋友而使宗族覺得面目可憎」，才不致違背中國傳統倫理規範。〔註47〕

同理，《包山楚簡》簡164「登人遠𦀚」之「𦀚」字，所從「夼」部件，也可有「瑟」、「麗」兩種訓讀，既可隸定作「緻」，也可作「纚」，因爲此例是人名，所以待考，但就楚簡字形用例而言，「緻」的可能性還是大於「纚」。

〔註46〕 李天虹，《郭店竹書別釋》，武漢：湖北教育出版社，2003 年 1 月。

〔註47〕 劉信芳，〈是瑟朋友，還是殺朋友——關於郭店簡「瑟」字〉，《中國文物報》，2000 年 6 月 7 日。

參考書目

一、**專書**（按類別編排）

（一）甲骨文類

1. 孫海波，《甲骨文編》，北京：中華書局，1965 年。

2. 郭沫若，《甲骨文合集》，北京：中華書局，1978～1982 年。

3. 姚孝遂、肖丁，《殷墟甲骨刻辭摹釋總集》，北京：中華書局，1988 年。

4. 姚孝遂、肖丁，《殷墟甲骨刻辭類纂》，北京：中華書局，1989 年。

5. 胡厚宣，《甲骨文合集材料來源表》，北京：中國社會科學出版社，1999 年。

6. 胡厚宣，《甲骨文合集釋文》，北京：中國社會科學出版社，1999 年 8 月。

7. 中國社會科學院考古所，《小屯南地甲骨》，北京：中華書局，1980～1983 年。

8. 姚孝遂、肖丁，《小屯南地甲骨考釋》，北京：中華書局，1985 年。

9. 李學勤、齊文心、艾蘭，《英國所藏甲骨集》，北京：中華書局，1985～1992 年。

10. 于省吾，《甲骨文字詁林》，北京：中華書局，1996 年。

11. 羅振玉，《殷虛書契考釋》，東方學會，1927 年。

12. 唐蘭，《殷虛文字記》，石印本，1934 年。

13. 葉玉森，《殷墟書契前編集釋》，上海：大東書局，1934 年。

14. 郭沫若，《殷契粹編》，日本：東京文求堂石印本，1937 年 5 月。

15. 唐蘭，《天壤閣甲骨文存》，北京：輔仁大學，1939 年 4 月。

16. 于省吾，《雙劍誃殷契駢枝》，北京：大業印刷局石印本，1940 年。

17. 于省吾，《殷契駢枝三編》，1944 年 5 月。

18. 郭沫若，《甲骨文字研究》，北京：人民出版社，1952 年。

19. 楊樹達，《積微居甲文說》，北京：中國科學院，1954 年。

20. 陳夢家，《殷墟卜辭綜述》，北京：科學出版社，1956 年 7 月。

21. 李學勤，《殷代地理簡論》，北京：科學出版社，1959 年。

22. 饒宗頤，《殷代貞卜人物通考》，香港：香港大學，1959 年 11 月。

23. 吳其昌，《殷墟書契解詁》，臺北：藝文印書館，1960 年

24. 屈萬里，《殷墟文字甲編考釋》，臺北：中央研究院歷史語言所，1961 年。

25. 朱芳圃，《殷周文字釋叢》，北京：中華書局，1962 年。

26. 馬敍倫，《讀金契刻詞》，北京：中華書局，1962 年。

27. 李孝定，《甲骨文字集釋》，臺北：中央研究院歷史語言所，1965 年。

28. 于省吾，《殷契駢枝全編》，臺北：藝文印書館，1975 年。

29. 于省吾，《甲骨文字釋林》，北京：中華書局，1979 年。

30. 陳煒湛，《甲骨文簡論》，上海：上海古籍出版社，1987 年。

31. 常玉芝，《商代周祭制度》，北京：中國社會科學出版社，1987 年。

32. 趙誠，《甲骨文簡明辭典》，北京：中華書局，1988 年。

33. 鍾柏生，《殷商卜辭地理論叢》，臺北：藝文印書館，1989 年。

34. 季旭昇，《甲骨文字根研究》，臺北：文史哲出版社，2003 年 12 月。

35. 黃天樹，《殷墟王卜辭的分類與斷代》，臺北：文津出版社，1991 年 11 月初版。

36. 沈培，《殷墟甲骨卜辭語序研究》，臺北：文津出版社，1992 年 11 月。

37. 張玉金，《甲骨文語法學》，上海：學林出版社，2001 年 9 月。

38. 張玉金，《甲骨卜辭語法研究》，廣州：廣東高等教育出版社，2002 年 6 月。

（二）金文類

1. 容庚，《金文編》，北京：中華書局，1998 年 11 月 6 刷。

2. 中國社會科學院考古研究所，《殷周金文集成》，北京：中華書局，1984～1994 年。

3. 中國社會科學院考古研究所，《殷周金文集成釋文》，香港：中文大學，2001 年 10 月第 1 版。

4. 張亞初，《殷周金文集成引得》，北京：中華書局，2001 年 7 月第 1 版。

5. 馬承源，《商周青銅器銘文選》，北京：文物出版社，1988 年。

6. 周法高，《金文詁林》，香港：中文大學，1974～1975 年。

7. 周法高、李孝定、張日昇，《金文詁林附錄》，香港：中文大學，1977 年。

8. 周法高，《金文詁林補》，臺北：中央研究院歷史語言研究所，1982 年。

9. 張世超等，《金文形義通解》，日本：中文出版社，1995 年。

10. 馬承源，《中國青銅器》，臺北：南天出版社，1991 年。

11. 劉彬徽，《楚系青銅器研究》，武漢：湖北教育出版社，1994 年。

12. 馬承源,《中國青銅器》(修訂本),上海:上海古籍出版社,2003 年 1 月。

13. 朱鳳瀚,《古代中國青銅器》,天津:南開大學出版社,1995 年。

14. 阮元,《積古齋鐘鼎彝器款識》,自刻本,1804 年。

15. 劉心源,《奇觚室吉金文述》,石印本,1902 年。

16. 方濬益,《綴遺齋彝器款識考釋》,涵芬樓影印本,1935 年。

17. 高田忠周,《古籀篇》,日本:古籀篇刊行會,1925 年。

18. 郭沫若,《兩周金文辭大系考釋》,1931 年初版。

19. 郭沫若,《金文叢考》,日本:文求堂書店,1932 年 7 月初版。

20. 吳闓生,《吉金文錄》,邢氏刻本,1934 年。

21. 柯昌濟,《韡華閣集古錄》,鉛字本,1935 年。

22. 吳其昌,《金文名象疏證》,武大文哲季刊,1936 年。

23. 吳其昌,《金文厤朔疏證》,上海商務,1936 年 12 月。

24. 容庚,《善齋彝器圖錄》,哈佛燕京學社影印本,1936 年。

25. 楊樹達,《積微居小學金石論叢》,北京:科學出版社,1955 年。

26. 楊樹達,《積微居金文說》,北京:科學出版社,1959 年。

27. 李學勤,《新出青銅器研究》,北京:文物出版社,1990 年。

28. 張光遠,《商代金文圖錄》,臺北:故宮博物院,1995 年 2 月。

(三) 楚簡帛書類

1. 湖北省博物館,《曾侯乙墓》,北京:文物出版社,1989 年。

2. 張光裕、滕壬生、黃錫全主編,袁國華等合編,《曾侯乙墓竹簡文字編》,臺北:藝文印書館,1997 年。

3. 河南省文物研究所編,《信陽楚墓》,北京:文物出版社,1986 年。

4. 湖北省文物考古研究所、北京大學中文系,《望山楚簡》,北京:中華書局,1995 年。

5. 湖北省文物考古研究所,《江陵望山沙塚楚墓》,北京:文物出版社,1996 年。

6. 湖北省荊沙鐵路考古隊,《包山楚簡》,北京:文物出版社,1991 年。

7. 湖北省荊沙鐵路考古隊《包山楚墓》,北京:文物出版社,1991 年。

8. 張光裕、袁國華合編,《包山楚簡文字編》,臺北:藝文印書館,1992 年。

9. 張守中,《包山楚簡文字編》,北京:文物出版社,1996 年。

10. 曾憲通,《長沙楚帛書文字編》,北京:中華書局,1993 年 2 月。

11. 滕壬生,《楚系簡帛文字編》,武漢:湖北教育出版社,1995 年。

12. 湖北省考古研究所,《江陵九店東周墓》,北京:科學出版社,1995 年。

13. 湖北省文物考古研究所、北京大學中文系,《九店楚簡》,北京:中華書局,2000 年。

14. 荊門博物館,《郭店楚墓竹簡》,北京:文物出版社,1998 年。

15. 張光裕、袁國華合編,《郭店楚簡研究·第一卷·文字編》,臺北:藝文印書館,1999 年。

16. 張守中,《郭店楚簡文字編》,北京:文物出版社,2000 年。

17. 馬承源,《上海博物館藏戰國楚竹書(一)》,上海:上海古籍出版社,2001 年 11 月。

18. 馬承源,《上海博物館藏戰國楚竹書(二)》,上海:上海古籍出版社,2002 年 12 月。

19. 馬承源,《上海博物館藏戰國楚竹書(三)》,上海:上海古籍出版社,2003 年 12 月。

20. 李運富,《楚國簡帛文字構形系統研究》,長沙:嶽麓書社,1997 年。

21. 陳偉,《包山楚簡初探》,武漢:武漢大學出版社,1996 年 8 月。

22. 劉信芳,《包山楚簡解詁》,臺北:藝文印書館,2003 年 1 月。

23. 饒宗頤、曾憲通,《楚帛書》,香港:中華書局,1985 年。

24. 劉信芳,《子彈庫楚墓出土文獻研究》,臺北:藝文出版社,2002 年 1 月。

25. 丁原植,《郭店竹簡老子釋析與研究》,臺北:萬卷樓,1998 年 9 月。

26. 崔仁義,《荊門郭店楚簡老子研究》,北京:科學出版社,1998 年 10 月。

27. 魏啓鵬,《楚簡老子柬釋》,臺北:萬卷樓,1999 年 6 月。

28. 劉信芳,《荊門郭店竹簡老子解詁》,臺北:藝文印書館,1999 年。

29. 彭浩,《郭店楚簡老子校讀》,武漢:湖北人民出版社,2000 年。

30. 丁四新,《郭店楚墓竹簡思想研究》,北京:東方出版社,2000 年。

31. 丁原植,《郭店楚簡—儒家佚籍四種釋析》,臺灣古籍出版社,2000 年 12 月。

32. 劉信芳,《簡帛五行解詁》,臺北:藝文印書館,2000 年 12 月。

33. 魏啓鵬,《簡帛五行箋釋》,臺北:萬卷樓,2000 年。

34. 龐樸,《竹帛五行篇校注及研究》,臺北:萬卷樓,2000 年。

35. 涂宗流、劉祖信,《郭店楚簡先秦儒家佚書校釋》,臺北:萬卷樓,2001 年 2 月。

36. 陳偉,《郭店竹書別釋》,武漢:湖北教育出版社,2003 年 1 月。

37. 李天虹,《郭店竹簡性自命出研究》,武漢:湖北教育出版社,2003 年 1 月。

38. 劉釗,《郭店楚簡校釋》,福州:福建人民出版社,2003 年 12 月。

39. 李零,《郭店楚簡校讀記(增訂本)》,北京:北京大學出版社,2002 年 3 月。

40. 廖名春,《新出楚簡試論》,臺灣古籍出版社,2001 年 5 月。

41. 丁原植,《楚簡儒家性情說研究》,臺北:萬卷樓,2002 年。

42. 朱淵清、廖名春,《上博館藏戰國楚竹書研究》,上海:上海書店,2002 年。

43. 李零,《上博楚簡三篇校讀記》,臺北:萬卷樓,2002 年。

44. 季旭昇,《上海博物館藏戰國楚竹書(二)讀本》,臺北:萬卷樓,2003 年 7 月。

45. 季旭昇，《上海博物館藏戰國楚竹書（一）讀本》，臺北：萬卷樓，2004 年 6 月。

46. 黃人二，《上海博物館藏戰國楚竹書（一）研究》，臺北：高文出版社，2002 年。

（四）戰國文字類

1. 何琳儀，《戰國古文字典》，北京：中華書局，1998 年。

2. 湯餘惠，《戰國文字編》，福州：人民出版社，2001 年 12 月。

3. 何琳儀，《戰國文字通論》，北京：中華書局，1989 年。

4. 何琳儀，《戰國文字通論（訂補）》，南京：江蘇教育出版社，2003 年 1 月第一版。

5. 湯餘惠，《戰國銘文選》，長春：吉林大學出版社，1993 年。

6. 王輝、程學華，《秦文字集證》，臺北：藝文印書館，1999 年。

7. 山西省文物管理委員會，《侯馬盟書》，北京：文物出版社，1976 年。

8. 羅福頤，《古璽彙編》，北京：中華書局，1981 年。

9. 郭沫若，《石鼓文研究》，北京：人民出版社，1982 年。

10. 李鐵華，《石鼓新響》，西安：三秦出版發行，新華經銷，1994 年。

11. 睡虎地秦墓竹簡整理小組，《睡虎地秦墓竹簡》，北京：文物出版社，1990 年。

12. 陳昭容，《秦系文字研究──從漢字史的角度考察》，臺北：中央研究院歷史語言所專刊之一〇三，2003 年 7 月。

（五）通論類

1. 許慎，《說文解字》（大徐本），北京：中華書局，1996 年。

2. 郭忠恕，《汗簡》，北京：中華書局，1983 年。

3. 夏竦，《古文四聲韻》，北京：中華書局，1983 年。

4. 段玉裁，《說文解字注》，臺北：黎明文化，1992 年。

5. 阮元刻本，《十三經注疏》，臺北：藝文印書館，1955 年。

6. 王念孫，《廣雅疏證》，南京：江蘇古籍出版社，2000 年 9 月。

7. 徐中舒，《漢語古文字字形表》，臺北：文史哲出版社，1988 年 4 月。

8. 郭錫良，《漢字古音手冊》，北京：北京大學出版社，1985 年。

9. 高亨纂著、董治安整理，《古字通假會典》，濟南：齊魯書社，1989 年。

10. 王輝，《古文字通假釋例》，臺北：藝文印書館，1993 年。

11. 王力，《同源字典》，臺北：文史哲出版社，1983 年。

12. 唐蘭，《古文字學導論》，北大講義，1935 年。

13. 裘錫圭，《文字學概要》，臺北：萬卷樓，2001 年 2 月 4 刷。

14. 林澐，《古文字研究簡論》，長春：吉林大學出版社，1986 年。

15. 高明，《中國古文字學通論》，北京：北京大學出版社，1996 年。

16. 詹鄞鑫，《漢字說略》，瀋陽：遼寧教育出版社，1992 年 6 月 2 刷。

17. 李孝定，《讀說文記》，臺北：中研院史語所，1992 年。

18. 高鴻縉，《中國字例》，臺北：師大出版組，1960 年。

19. 劉釗，《古文字構形研究》，長春：吉林大學博士論文，1991 年。

20. 王蘊智，《殷周古文同源分化現象探索》，長春：吉林人民出版社，1996 年。

21. 季旭昇，《說文新證上冊》，臺北：藝文印書館，2002 年 10 月。

22. 王國維，《古史新證‧王國維最後的講義》，北京：清華大學出版社，1994 年。

23. 王國維，《觀堂集林》，石家莊：河北教育出版社，2001 年 11 月。

24. 裘錫圭、李家浩整理，《朱德熙古文字論集》，北京：中華書局，1995 年。

25. 裘錫圭，《古代文史研究新探》，南京：江蘇古籍出版社，1992 年。

26. 李學勤，《當代學者自選文庫‧李學勤卷》，北京：新華書店，1999 年。

27. 林澐，《林澐學術文集》，北京：中國大百科出版社，1998 年。

28. 李家浩，《著名中年語言學家自選集—李家浩卷》，合肥：安徽教育出版社，2002 年 12 月。

29. 李零，《李零自選集》，桂林：廣西師範大學出版社，1998 年。

30. 于豪亮，《于豪亮學術文存》，北京：中華書局，1985 年。

31. 黃錫全，《湖北出土商周文字集證》，武漢：武漢大學出版社，1992 年。

32. 《于省吾教授百年誕辰紀念文集》，長春：吉林大學出版社，1996 年 9 月。

33. 《容庚百年誕辰紀念文集》，廣州：廣東人民出版社，1998 年 4 月。

34. 《王叔岷八十壽慶論文集》，臺北：大安出版社，1993 年。

35. 《張以仁七秩壽慶論文集》，臺北：學生書局，1999 年。

36. 《第二屆國際中國古文字學研討會論文集》，香港：中文大學，1993 年。

37. 《第三屆國際中國古文字學研討會論文集》，香港：中文大學，1997 年。

38. 《第四屆國際中國古文字學研討會論文集》，香港：中文大學，2003 年。

39. 《甲骨文發現一百週年學術研討會論文集》，臺北：文史哲出版社，1999 年。

（六）學位論文類

1. 季旭昇，《甲骨文字根研究》，臺灣師範大學國文所博士論文，1990 年。

2. 莊惠茹，《兩周金文助動詞詞組研究》，成功大學中文所碩士論文，2003 年 4 月 25 日。

3. 袁國華，《包山楚簡研究》，香港中文大學博士論文，1994 年。

4. 黃人二，《戰國包山卜筮祝禱簡研究》，臺灣大學中文所碩士論文，1995 年。

5. 顏世鉉，《包山楚簡地名研究》，臺灣大學中文所碩士論文，1996 年。

6. 林清源，《楚國文字構形演變研究》，東海大學中文所博士論文，1997 年。

7. 邴尚白，《楚國卜筮祭禱簡研究》，暨南國際大學中文所碩士論文，1999 年。

8. 羅凡晸，《郭店楚簡異體字研究》，臺灣師範大學中文所碩士論文，1999 年。

9. 謝佩霓，《郭店楚簡「老子」訓詁辨疑》，暨南國際大學中文所碩士論文，2001年。

10. 程燕，《望山楚簡文字研究》，安徽大學中文所碩士論文，2002年。

11. 鄒濬智，《上海博物館藏戰國楚竹書（一）緇衣》，臺灣師範大學國文所碩士論文，2004年6月。

12. 林芳伊，《說文小篆同形現象研究》，逢甲大學中文所碩士論文，2003年。

二、單篇論文（按作者姓名筆畫編排）

【二畫】

丁聲樹

1.1971　〈詩經式字說〉，《史語所集刊》6本4分4，1971年1月再版。

【三畫】

于省吾

1.1962　〈從古文字方面來評判清代文字、聲韻、訓詁之學的得失〉，《歷史研究》，1962年6期。

2.1963　〈鄂君啓節考釋〉，《考古》，1963年8期。

3.1973　〈關於古文字研究的若干問題〉，《文物》，1973年12期。

4.1979　〈壽縣蔡侯墓銅器銘文考釋〉，《古文字研究》1，1979年8月。

5.1992　〈司母戊鼎的鑄造和年代問題〉，《文物精華》3，1992年3月。

于豪亮

1.1985　〈說俎字〉，《于豪亮學術文存》，北京：中華書局，1985年。

【四畫】

尹盛平

1.1986　〈「帝司」與「司母」考〉，《古文字研究》13，1986年6月。

尹振環

1.2000　〈《郭店楚墓竹簡老子》與《老子》之辨〉，《歷史月刊》，2000年2月。

孔仲溫

1.1997　〈楚簡中有關祭禱的幾個固定字詞試釋〉，《第三屆國際中國古文字學研討會論文集》，香港：中文大學，1997年。

2.2000　〈郭店楚簡緇衣字詞補釋〉，《古文字研究》22，2000年7月。

尤仁德

1.1984　〈古文字研究札記四則〉，《考古與文物》，1984年1期。

王人聰

1. 1976　〈關於壽縣楚器銘文中⬛字的解釋〉，《考古》，1976 年 6 期。

2. 1993　〈釋西周金文的「俎」字〉，《第二屆國際中國古文字學研討會論文集》，香港：中文大學，1993 年 10 月。

王蘊智

1. 1997　〈「宜」、「俎」同源證說〉，《第三屆國際中國古文字學研討會論文集》，香港：中文大學，1997 年 10 月。

王志平

1. 2002　〈《詩論》箋疏〉，《上博館藏戰國楚竹書研究》，上海書店，2002 年。

王健民

1. 1979　〈曾侯乙墓出土的二十八宿青龍白虎圖像〉，《文物》1979 年 7 期。

王輝

1. 2001　〈郭店楚簡釋讀五則〉，《簡帛研究》二〇〇一，桂林：廣西師範大學出版社，2001 年 9 月。

【五畫】

石璋如

1. 2002　〈「月比斗」與「夕比斗」〉，《古今論衡》7，2002 年 1 月。

白於藍

1. 1999　〈荊門郭店楚簡讀後記〉，《中國古文字研究》1，1999 年 6 月。

2. 1999　〈包山楚簡文字編校訂〉，《中國文字》新 25，1999 年 12 月。

3. 2000　〈郭店楚簡拾遺〉，《華南師範大學學報》，2000 年 3 期。

4. 2001　〈郭店楚簡補釋〉，《江漢考古》，2001 年 2 期。

5. 2002　〈釋⬛〉，《古文字研究》24，2002 年 7 月。

6. 2002　〈《上海博物館藏戰國楚竹書（一）》釋注商榷〉，《中國文字》新 28，2002 年 12 月。

7. 2004　〈曾侯乙墓竹簡考釋〉，《中國文字》30，未刊稿。

【六畫】

朱鳳瀚

1. 1992　〈論卜辭與商金文中的后〉，《古文字研究》19，1992 年 8 月。

朱德熙

1. 1980　〈戰國時代的「枓」和秦漢時代的「半」〉，《文史》8，1980 年。

2. 1985　〈關於⬛羌鐘銘文的斷句問題〉，《中國語文學報》2，1985 年。

朱歧祥

1. 2002　〈甲金文中的「同形現象」〉，臺中逢甲大學：第五屆中區文字學座談會，2002
　　　　　年 11 月 29 日。

朱淵清

1. 2002　〈從孔子論《甘棠》看孔門《詩》傳〉，《上博館藏戰國楚竹書研究》，上海
　　　　　書店，2002 年。

【七畫】

李孝定

1. 1989　〈戴君仁同形異字說平議〉，《東海學報》30 卷，1989 年 6 月。

李學勤

1. 1959　〈戰國題銘概述下〉，《文物》，1959 年 9 期。

2. 1977　〈論婦好墓的年代及有關問題〉，《文物》，1977 年 11 期。

3. 1978　〈論史牆盤及其意義〉，《考古學報》，1978 年 2 期。

4. 1979a　〈西周中期青銅器的重要標尺〉，《中國歷史博物館館刊》，1979 年 1 期。

5. 1979b　〈歧山董家村訓匜考釋〉，《古文字研究》1，1979 年 8 月。

6. 1980　〈秦國文物的新認識〉，《文物》，1980 年 9 期。

7. 1981a　〈論殷墟卜辭的「星」〉，《鄭州大學學報》，1981 年 4 期。

8. 1981b　〈談自學古文字〉，《文史知識》，1981 年 6 期。

9. 1982　〈論河北近年出土的戰國有銘青銅器〉，《古文字研究》7，1982 年 6 月。

10. 1985　〈宜侯矢簋與吳侯〉，《文物》，1985 年 7 期。

11. 1989　〈論擂鼓尊盤的性質〉，《江漢考古》，1989 年 4 期。

12. 1990　〈多友鼎的卒字及其他〉，《新出青銅器研究》，北京：文物出版社，1990 年。

13. 1996　〈釋戰國玉瓚箴銘〉，《于省吾教授百年誕辰紀念文集》，長春：吉林大學出
　　　　　版社，1996 年。

14. 1996　〈論商王廿祀在上醫〉，《夏商周年代學札記》，1997 年 4 月 28 日。

15. 1998a　〈寢孳方鼎和肆簋〉，《中原文物》，1998 年 4 期。

16. 1998b　〈釋郭店簡祭公之顧命〉，《文物》，1998 年 7 期。

17. 1997　〈說郭店簡道字〉，《簡帛研究》3，桂林：廣西教育出版社，1998 年 12 月。

18. 1999a　〈續說「鳥星」〉，《傳統文化研究》7，1999 年。

19. 1999b　〈論上海博物館所藏的一支《緇衣》簡〉，《齊魯學刊》，1999 年 2 期。

20. 2000a　〈釋郭店簡祭公之顧命〉，《中國哲學》20，瀋陽：遼寧教育出版社，2000
　　　　　年 1 月。

21. 2000b　〈論殷墟卜辭的新星〉，《北京師範大學學報》，2000 年 2 期。

22. 2000c　〈試說郭店簡成之聞之兩章〉，《清華簡帛研究》1，北京：清華大學思想文
　　　　　化研究所，2000 年 8 月。

23. 2000d 〈續釋「尋」字〉,《故宮博物院院刊》,2000 年 6 期。

24. 2002 〈釋改〉,《石璋如院士百歲祝壽論文集─考古、歷史、文化》,臺北:南天書局,2002 年。

25. 2003 〈釋東周器名卮及有關文字〉,《第四屆國際中國文字學研討會論文集》,香港:中文大學,2004 年 10 月 15～17 日。

李家浩

1. 1979 〈釋弁〉,《古文字研究》1,1979 年 8 月。

2. 1980 〈戰國邙布考〉,《古文字研究》3,1980 年 11 月。

3. 1982 〈信陽楚簡澮字及從关之字〉,《中國語言學報》第一期,1982 年 12 月。

4. 1984 〈楚國官印考釋四篇〉,《江漢考古》,1984 年 2 期。

5. 1987 〈從戰國「忠信」印談古文字中的異讀現象〉,《北京大學學報》,1987 年 2 期。

6. 1993a 〈貴將軍虎節與辟大夫虎節〉,《中國歷史博物館館刊》,1993 年 2 期。

7. 1993b 〈包山楚簡中的旌旆及其他〉,《第二屆國際中國古文字學研討會論文集續編》,香港:中文大學,1993 年 10 月。

8. 1994 〈包山二六六號簡所記木器研究〉,《國學研究》2,北京:北京大學出版社,1994 年 7 月。

9. 1996 〈信陽楚簡中的柿枳〉,《簡帛研究》2,法律出版社,1996 年。

10. 1998a 〈虒鐘銘文考釋〉,《北大中文研究》,1998 年。

11. 1998b 〈傳遽鷹節銘文考釋〉,《海上論叢》第 2 輯,1998 年。

12. 1998c 〈包山楚簡中的「枳」字〉,《徐中舒百年誕辰紀念文集》,1998 年。

13. 1998d 〈信陽楚簡「樂人之器」研究〉,《簡帛研究》3,桂林:廣西教育出版社,1998 年 12 月。

14. 1998e 〈燕國「洀谷山金鼎瑞」補釋〉,《中國文字》新 24,1998 年 12 月。

15. 1999a 〈楚簡中的袷衣〉,《中國古文字研究》1,長春:吉林大學出版社,1999 年。

16. 1999b 〈睡虎地秦簡《日書》楚除的性質及其他〉,《史語所集刊》70:4,1999 年。

17. 1999c 〈楚大府鎬銘文新釋〉,《語言學論叢》第 22 輯,1999 年。

18. 1999d 〈讀郭店楚墓竹簡瑣議〉,《中國哲學》20,1999 年。

19. 2001 〈包山祭禱簡研究〉,《簡帛研究》2001,桂林:廣西師範大學出版社,2001 年 9 月。

李零

1. 1986 〈楚國銅器銘文編年匯釋〉,《古文字研究》13,1986 年。

2. 1992 〈論東周時期的楚國典型銅器群〉,《古文字研究》19,1992 年。

3. 1992 〈西周金文中的土地制度〉,《學人》2, 1992 年。

4. 1993 〈文字破譯方法的歷史思考〉,《學人》4,1993 年。

5. 1993　〈包山楚簡研究（占卜類）〉，《中國典籍與文化論叢》第一輯，1993 年 9 月。

6. 1994　〈包山楚簡研究文書類〉，《王玉哲八十壽辰紀念文集》，天津：南開大學出版社，1994 年。

7. 1998　〈讀郭店楚簡老子〉，《美國達慕思大學郭店老子國際研討會論文》，1998 年 5 月。

8. 1999　〈讀九店楚簡〉，《考古學報》，1999 年 2 期。

李天虹

1. 1993　〈包山楚簡釋文補正〉，《江漢考古》，1993 年 3 期。

2. 2000a　〈郭店楚簡文字雜釋〉，《郭店楚簡國際學術研討會論文集》，湖北：人民出版社，2000 年 5 月。

3. 2000b　〈釋楚簡文字 𧠣〉，《華學》4，2000 年 8 月。

4. 2002　〈郭店竹簡與傳世文獻互證八則〉，《江漢考古》，2002 年 3 期。

李守奎

1. 1998　〈古文字辨析三組〉，《吉林大學古籍整理研究所紀念文集》，長春：吉林大學出版社，1998 年 12 月。

2. 1998　〈楚文字考釋三組〉，《簡帛研究》3，桂林：廣西教育出版社，1998 年 12 月。

3. 2002　〈《戰國楚竹書・孔子詩論・邦風》釋文訂補〉，《古籍整理研究學刊》，2002 年 2 期。

李銳

1. 2002a　〈讀上博楚簡箚記〉，《上博館藏戰國楚竹書研究》，上海書店，2002 年。

2. 2002b　〈上博楚簡續札〉，《新出楚簡與儒學思想國際學術研討會》，2002 年 3 月 31 日～4 月 2 日。

3. 2003a　〈上博館藏楚簡二初箚〉，簡帛研究網，2003 年 1 月 6 日。

4. 2003b　〈讀上博簡二子羔箚記〉，簡帛研究網，2003 年 1 月 10 日。

5. 2003c　〈郭店楚墓竹簡補釋〉，《華學》6，北京：紫禁城出版社，2003 年 6 月。

李若暉

1. 2000　〈郭店楚簡「衍」字略考〉，《中國哲學》，2000 年 1 期。

2. 2001　〈老子異文對照表〉，《簡帛研究》，桂林：廣西師範大學出版社，2001 年 9 月。

3. 2002　〈由上海博物館藏楚簡重論「衍」字〉，《上博館藏戰國楚竹書研究》，上海書店，2002 年 3 月。

李景林

1. 1990　〈陝西永壽縣出土春秋中滋鼎〉，《考古與文物》，1990 年 4 期。

何琳儀、黃錫全

1. 1984 〈啓卣、啓尊銘文考釋〉,《古文字研究》9,1984 年 1 期。

何琳儀

1. 1991 〈楚官肆師〉,《江漢考古》,1991 年 1 期。

2. 1993 〈包山楚簡選釋〉,《江漢考古》,1993 年 4 期。

3. 1995 〈釋洀〉,《華夏考古》,1995 年 4 期。

4. 1996 〈戰國文字形體析疑〉,《于省吾教授百年誕辰紀念文集》,1996 年。

5. 1999 〈郭店楚簡選釋〉,《文物研究》12,1999 年 12 月。

6. 2002 〈滬簡詩論選釋〉,《上博館藏戰國楚竹書研究》,上海書店,2002 年 3 月。

7. 2003 〈滬簡二冊選釋〉,簡帛研究網,2003 年 1 月 14 日。

吳振武

1. 1983 〈《古璽彙編》釋文訂補及分類修訂〉,《古文字研究論集初編》,香港:中文大
       學,1983 年。

吳辛丑

1. 2002 〈簡帛典籍異文與古文字資料的釋讀〉,《古文字研究》24,2002 年 7 月。

吳郁芳

1. 1996 〈包山楚簡卜禱簡牘釋讀〉,《考古與文物》,1996 年 2 期。

杜正勝

1. 1992 〈殷遺民的遭遇與地位〉,《古代社會與國家》,臺北:允晨文化公司,1992
       年。

沈兼士

1. 1986 〈初期意符字之特性〉,《沈兼士學術論文集》,北京:中華書局,1986 年。

沈寶春

1. 1997 〈釋凡與骨凡虫疾〉,《第三屆國際中國古文字學研討會論文集》,香港:中
       文大學,1997 年 10 月。

宋建華

1. 2002 〈說文小篆中的「同形現象」〉,臺中逢甲大學:第五屆中區文字學座談會,
       2002 年 11 月 29 日。

邢文

1. 2002 〈說《關雎》之「改」〉,《新出楚簡與儒學思想國際學術研討會》,2002 年 3
       月 31 日～4 月 2 日。

【八畫】

周鳳五

1. 1999a 〈郭店楚簡識字札記〉,《張以仁七秩壽慶論文集》,臺北:學生書局 ,1999年1月。

2. 1999b 〈郭店楚墓竹簡「唐虞之道」新釋〉,《史語所集刊》70:3,1999年9月。

3. 1999c 〈讀郭店竹簡成之聞之札記〉,《古文字與古文獻》試刊號,楚文化研究會, 1999年10月。

4. 2002 〈《孔子詩論》新釋文及注解〉,《上博館藏戰國楚竹書研究》,上海書店,2002 年。

5. 2003 〈讀上博楚竹書從政甲篇札記〉,簡帛研究網,2003年1月10日。

林澐

1. 1997 〈古文字轉注舉例〉,《第三屆國際中國古文字學研討會論文集》,香港:中 文大學,1997年10月。

2. 1998 〈琱生簋新釋〉,《林澐學術文集》,北京:中國大百科出版社,1998年。

3. 2002 〈說干、盾〉,《古文字研究》24,2002年7月。

林素清

1. 1995 〈探討包山楚簡在文字學上的幾個課題〉,《史語所集刊》66:4,1995年12 月。

2. 2000 〈古文字學的省思〉,《學術史與方法學的省思—中央研究院歷史語言研究所 七十週年研討會論文集》,2000年12月。

林清源

1. 1993 〈戰國冶字異形的衍生與制約及其區域特徵〉,《第二屆國際中國古文字學研 討會論文集》,香港:中文大學,1993年10月。

2. 2002a 〈欒書缶的年代、國別與器主〉,《史語所集刊》73:1,2002年3月。

3. 2002b 〈釋「參」〉,《古文字研究》24,2002年7月。

4. 2002c 〈簡帛文字中的「同形現象」〉,臺中逢甲大學:第五屆中區文字學座談會, 2002年11月29日。

季旭昇

1. 1995 〈說皇〉,《第六屆中國文字學全國學術研討會論文集》,1995年9月。

2. 1999 〈說朱〉,《甲骨文發現一百週年學術研討會》,1999年。

3. 2004 〈《上博二·昔者君老》簡文探究及其與《尚書·顧命》的相關問題〉,《中 國文哲研究集刊》,24期,2004年3月。

林聖傑

1. 2002 〈仲妟臣ナ盤銘文考釋〉,《第十三屆全國暨海峽兩岸中國文字學學術研討會

論文集》，花蓮師範學院語教系編輯委員會編，2002 年。

林芳伊

1. 2002　〈試論《說文》同形現象〉，臺中逢甲大學：第五屆中區文字學座談會，2002 年 11 月 29 日。

林小安

1. 2001　〈殷墟卜辭「骨凡屮疾」考辨〉，《揖芬集》，2001 年 1 月 29 日。

金祥恆

1. 1960　〈釋后〉《中國文字》3，1960 年。

2. 1971　〈釋俎〉，《中國文字》舊 41，1971 年 9 月。

金國泰

1. 1988　〈異體字的分化利用〉，《吉林師範學院學報》，1988 年 3～4 期。

孟蓬生

1. 2002　〈上博簡緇衣三解〉，《上博館藏戰國楚竹書研究》，上海書店，2002 年。

周萌

1. 1990　〈古文字札記二則〉，《語言文字學》，1990 年 3 期。

【九畫】

施順生

1. 2002　〈甲骨文異字同形之探討〉，《第十三屆全國暨海峽兩岸中國文字學學術研討會論文集》，臺北：萬卷樓，2002 年。

俞志慧

1. 2002　〈孔子詩論五題〉，《上博館藏戰國楚竹書研究》，上海書店，2002 年。

姜廣輝

1. 2002a　〈釋𢀛〉，《國際簡帛研究通訊》第 2 卷第 4 期，2002 年 3 月。

2. 2002b　〈《上海博物館藏戰國楚竹書》（一）幾個古異字辨識〉，《新出楚簡與儒學思想國際學術研討會》，2002 年 3 月 31 日～4 月 2 日。

姚孝遂

1. 1979　〈商代的俘虜〉，《古文字研究》1，1979 年 8 月。

拱辰

1. 1955　〈釋舌方凡皇于土〉，《文史哲》，1955 年 9 期。

【十畫】

唐蘭

1. 1976　〈用青銅器銘文來研究西周史・伯戔三器的譯文與考釋〉,《文物》,1976 年 6 月。

2. 1977　〈安陽殷墟五號墓座談紀要〉,《考古》,1977 年 5 期。

3. 1978　〈略論西周微史家族窖藏銅器群的重要意義〉,《文物》,1978 年 3 期。

4. 1979a　〈中國青銅器的起源與發展〉,《故宮博物院院刊》,1979 年 1 期。

5. 1979b　〈殷虛文字二記〉,《古文字研究》1,1979 年 8 月。

6. 1981　〈論周昭王時代的青銅器銘刻〉,《古文字研究》2,1981 年 1 月。

島邦男

1. 1979　〈禘祀〉,《古文字研究》1,1979 年 8 月。

夏淥

1. 1993　〈讀包山楚簡偶記——受賕、國帑、茅門有敗等字詞新義〉,《江漢考古》,1993 年 2 期。

孫稚雛

1. 1980　〈天亡簋銘文匯釋〉,《古文字研究》3,1980 年 11 月。

2. 1998a　〈毛公鼎銘今譯〉,《容庚百年誕辰紀念文集》,廣州:廣東人民出版社,1998 年 4 月。

徐中舒

1. 1985　〈怎樣考釋古文字〉,《出土文獻研究》,北京:文物出版社,1985 年。

徐在國

1. 1996　〈包山楚簡文字考釋四則〉,《于省吾教授百年誕辰紀念文集》,長春:吉林大學出版社,1996 年。

2. 2001　〈郭店楚簡文字三考〉,《簡帛研究》2001,桂林:廣西師範大學出版社,2001 年 9 月。

3. 2003　〈釋楚簡「散」兼及相關字〉,「中國南方文明」學術研討會,臺北:歷史語言研究所,2003 年 12 月 19 日～20 日。

徐在國、黃德寬

1. 2002　〈《上海博物館戰國楚竹書(一)・緇衣、性情論》釋文補正〉,《古籍整理研究學刊》,長春:東北師範大學古籍整理研究所,2002 年 2 期。

殷滌非、羅長銘

1. 1958　〈壽縣出土的鄂君啓金節〉,《文物參考資料》,1958 年 4 期。

殷滌非

1. 1980　〈壽縣楚器中的大府鎬〉,《文物》,1980 年 8 期。

袁國華

1. 1992　〈戰國楚簡文字零釋〉,《中國文字》18,1992 年 4 月。

2. 1993　〈讀包山楚簡字表札記〉,《全國中國文學研究所在學研究生學術論文研討會》,中壢:中央大學,1993 年 4 月。

3. 1994a　〈戰國文字零釋〉,《中國文字》新 18,1994 年 1 月。

4. 1994b　〈包山楚簡文字考釋三則〉,《中華學苑》44 期,1994 年 4 月。

5. 1995a　〈包山楚簡遣策所見「房几」、「亥鑢」等器物形制考〉,《第 6 屆中國文字學全國學術研討會論文集》,1995 年 9 月。

6. 1995b　〈包山楚簡文字諸家考釋異同一覽表〉,《中國文字》新 20,1995 年 12 月。

7. 1998　〈郭店楚簡文字考釋十一則〉,《中國文字》新 24,1998 年 12 月。

8. 2003　〈楚簡疾病及相關問題初探——以包山楚簡、望山楚簡為例〉,臺北:中央研究院歷史語言所 92 年度第 19 次講論會,2003 年 11 月 10 日。

高明

1. 1998　〈讀郭店老子〉,《中國文物報》,1998 年 10 月 28 日。

高去尋

1. 1955　〈殷墟出土的牛距骨刻辭〉,《中國考古學報》4,1955 年。

【十一畫】

商承祚

1. 1963　〈鄂君啓節考〉,《文物精華》第二輯,北京:文物出版社,1963 年。

張玉金

1. 1999　〈說卜辭中的「骨凡有疾」〉,《考古與文物》,1999 年 2 期。

張亞初

1. 1985　〈對婦好之好與稱謂之司的剖析〉,《考古》,1985 年 12 期。

張政烺

1. 1979　〈中山王𢁰壺及鼎銘考釋〉,《古文字研究》1,1979 年 8 月。

張桂光

1. 1986　〈古文字形體訛變〉,《古文字研究》15,1986 年 6 月。

2. 1994　〈楚簡文字考釋二則〉,《江漢考古》,1994 年 3 期。

3. 1999　〈郭店楚墓竹簡老子釋注商榷〉,《江漢考古》,1999 年 2 期。

4. 2001　〈郭店楚墓竹簡考釋續商榷〉,《簡帛研究》2001,桂林:廣西師範大學出版社,2001 年 9 月。

5. 2002　〈《戰國楚竹書·孔子詩論》文字考釋〉,《上博館藏戰國楚竹書研究》,上海書店,2002 年。

張富海

1. 2003　〈上博簡子羔篇後稷之母節考釋〉，簡帛研究網，2003 年 1 月 17 日。

張世超

1. 1996　〈金文考釋二題〉，《于省吾教授百年誕辰紀念文集》，長春：吉林大學出版社，1996 年 9 月。

張新俊

1. 1999　〈甲骨文中所見俎祭〉，《殷都學刊》，1999 年增刊。

曹錦炎

1. 1993　〈包山楚簡中的受期〉，《江漢考古》，1993 年 1 期。

2. 2000　〈從竹簡老子、緇衣、五行談楚簡文字構形〉，臺北：中央研究院歷史語言研究所：第一屆古文字與出土文獻學術研討會，2000 年。

許全勝

1. 2003　〈容成氏補釋〉，簡帛研究網，2003 年 1 月 14 日。

許子濱

1. 2002　〈讀《上海博物館藏戰國楚竹書（一）》小識〉，《新出楚簡與儒學思想國際學術研討會》，2002 年 3 月 31 日〜4 月 2 日。

郭沂

1. 1998　〈《成之聞之》篇疏證〉，《孔子研究》，1998 年 3 期。

郭沫若

1. 1958　〈關於鄂君啓節的研究〉，《文物參考資料》，1958 年 4 期。

郭新和

1. 1999　〈甲骨文的「舟」與商代用舟制度〉，《殷都學刊》1999 增刊。

陳士輝

1. 1980　〈牆盤銘文解說〉《考古》，1980 年 5 期。

陳佩芬

1. 1983　〈繁卣、趩鼎及梁其鐘銘文詮釋〉，《上海博物館集刊》總 2 期，1983 年 7 月。

陳松長

1. 2000　〈郭店楚簡語叢小識八則〉，《古文字研究》22，2000 年 7 月。

陳昭容

1. 1992　〈先秦古文字材料中所見的第一人稱代詞〉，《中國文字》新 16，1992 年 4 月。

2. 1995　〈戰國至秦的符節——以實物資料爲主〉，《史語所集刊》66：1，1995 年 3

月。

3. 1998 〈說「玄衣滰屯」〉，《中國文字》24，1998 年 12 月。

4. 1999 〈故宮新收青銅器王子𩰲匜〉，《中國文字》25，1999 年 12 月。

5. 2000a 〈從古文字材料談古代盥洗用具及其相關問題——自淅川下寺春秋楚墓的青銅水器自名說起〉，《史語所集刊》71：4，2000 年 12 月。

6. 2000b 〈論山彪鎮一號墓出土周王段戈的作器者及時代〉，《古今論衡》4，2000 年 12 月。

7. 2001 〈周代婦女在祭祀中的地位〉，《清華學報》，2001 年 12 月。

陳振裕

1. 1983 〈楚國的竹編織物〉，《考古》，1983 年 8 月。

陳高志

1. 1999 〈郭店楚墓竹簡‧緇衣篇部分文字隸定檢討〉，《張以仁七秩壽慶論文集》，臺北：學生書局，1999 年。

陳偉

1. 1989 〈鄂君啟節與楚國的免稅問題〉，《江漢考古》，1989 年 3 期。

2. 1993 〈關於包山受期簡的解讀〉，《江漢考古》，1993 年 1 期。

3. 1998 〈郭店楚簡別釋〉，《江漢考古》，1998 年 4 期。

4. 1999 〈郭店楚簡六德諸篇零釋〉，《武漢大學學報》，1999 年 5 期。

5. 2002 〈上博、郭店二本《緇衣》對讀〉，《上博館藏戰國楚竹書研究》，上海書局，2002 年。

6. 2003 〈《上海博物館藏戰國楚竹書二》零釋〉，簡帛研究網，2003 年 3 月 17 日。

陳偉武

1. 1996 〈戰國秦漢「同形字」論綱〉，《于省吾教授百年誕辰紀念文集》，1996 年 9 月。

2. 1997 〈戰國楚簡考釋斟議〉，《第三屆國際中國古文字學研討會論文集》，香港：中文大學，1997 年 10 月。

3. 2002 〈新出楚系竹簡中的專用字綜議〉，《新出楚簡與儒學思想國際學術研討會》，2002 年 3 月 31 日～4 月 2 日。

4. 2003 〈戰國竹簡與傳世子書字詞合證〉，《第四屆國際中國古文字學研討會論文集》，香港：中文大學，2003 年 10 月。

陳煒湛

1. 1981 〈甲骨文異字同形例〉，《古文字研究》6，1981 年 11 月。

2. 1998 〈包山楚簡研究七篇〉，《容庚先生百年誕辰紀念文集》，1998 年 4 期。

陳劍

1. 1999 〈柞伯簋銘補釋〉,《傳統文化與現代化》,1999 年 1 期。

2. 2001 〈據郭店簡釋讀西周金文一例〉,《北京大學中國古文獻研究中心集刊二》, 北京:燕山出版社,2001 年 4 月。

3. 2003a 〈上博簡《容城氏》的拼合與編連問題小議〉,簡帛研究網,2003 年 1 月 9 日。

4. 2003b 〈上博楚簡《容成氏》與古史傳說〉「中國南方文明」學術研討會,臺北: 中央研究院歷史語言所,2003 年 12 月 19 日～20 日。

陳斯鵬

1. 1999 〈讀郭店楚墓竹簡札記〉,《中山大學學報論叢》,1999 年 6 月。

陳韻珊

1. 1987 〈釋圉〉,《臺大中國文學研究》,1987 年 1 月。

2. 1989 〈文字學中形借說的檢討〉,《大陸雜誌》78:2,1989 年 2 月。

常玉芝

1. 1980 〈說文武帝〉,《古文字研究》4,1980 年 12 月。

2. 2000a 〈說佳王廿祀(司)〉,《中國文物報》,2000 年 2 月 23 日。

3. 2000b 〈說佳王廿祀(司)〉,《中國文物報》,2000 年 3 月 1 日。

【十二畫】

曾憲通

1. 1993 〈包山卜筮簡考釋(七篇)〉,《第二屆國際中國古文字學研討會論文集》,香港:中文大學,1993 年 10 月。

湯餘惠

1. 1993 〈包山楚簡讀後記〉,《考古與文物》,1993 年 2 期。

2. 1998 〈洊字別議〉,《容庚百年誕辰紀念文集》,廣州:廣東人民出版社,1998 年 4 期。

程燕

1. 2003 〈上海楚竹書二研讀記〉,簡帛研究網,2003 年 1 月 13 日。

馮勝君

1. 2000 〈讀《郭店楚墓竹簡》札記(四則)〉,《古文字研究》22,2000 年 7 月。

2. 2002 〈讀上博簡緇衣箚記二則〉,《上博館藏戰國楚竹書研究》,2002 年 3 月。

黃天樹

1. 2001 〈關於甲骨文商王名號省稱的考察〉,《語言》,2001 年 2 卷。

黃人二

1. 2002 〈從上海博物館藏《孔子詩論》簡之《詩經》篇名論其性質〉,《上博館藏戰

國楚竹書研究》，上海書店，2002 年。

黃銘崇

1. 2001　〈論殷周金文中以「辟」為丈夫歿稱的用法〉，《史語所集刊》72：2，2001
年。

2. 2004　〈殷周金文中的親屬稱謂「姑」及其相關問題〉，《史語所集刊》75：1，2004
年。

黃盛璋

1. 1983　〈戰國冶字結構類型與分國研究〉，《古文字學論集初編》，香港：中文大學，
1983 年。

黃德寬

1. 1990　〈古文字考釋方法綜論〉，《文物研究》，1990 年 10 月。

2. 1997　〈說也〉，《第三屆國際中國古文字學研討會論文集》，香港：中文大學，1997
年。

3. 2003　〈戰國楚竹書二釋文補正〉，簡帛研究網，2003 年 1 月 21 日。

黃德寬、徐在國

1. 1999　〈郭店楚簡文字續考〉，《江漢考古》，1999 年 2 期。

黃錫全

1. 1998　〈楚簡續貂〉，《簡帛研究》第三輯，桂林：廣西教育出版社，1998 年。

2. 2003a　〈讀上博楚簡二箚記壹〉，簡帛研究網，2003 年 2 月 25 日。

3. 2003b　〈讀上博藏楚竹書二箚記二〉，簡帛研究網，2003 年 3 月 6 日。

4. 2003c　〈讀上博楚簡札記〉，《新出楚簡與儒學思想國際學術研討會》，2003 年 3 月
31 日～4 月 2 日。

5. 2003d　〈讀上博簡二札記四〉，簡帛研究網，2003 年 5 月 16 日。

彭裕商

1. 2003　〈讀《戰國楚竹書》（一）隨記三則〉，《新出楚簡與儒學思想國際學術研討
會》，2003 年 3 月 31 日～4 月 2 日。

【十三畫】

裘錫圭

1. 1978　〈史墻盤銘解釋〉，《文物》，1978 年 3 期。

2. 1979　〈談談隨縣曾侯乙墓資料〉，《文物》，1979 年 7 期。

3. 1980　〈釋祕〉〔附〕〈釋「弋」〉，《古文字研究》3，1980 年 11 月。

4. 1982　〈釋弘、強〉《古文字論集》，北京：中華書局，1992 年 8 月（1982 年 5 月
完稿）。

5. 1985a 〈談談學習古文字的方法〉,《語文導報》,1985 年 10 期。

6. 1985b 〈釋殷墟甲骨文裡的「遠」、「犾」(邇) 及有關諸字〉,《古文字研究》12,1985 年 10 月。

7. 1990a 〈釋殷墟卜辭中的「卒」和「褚」〉,《中原文物》,1990 年 3 期。

8. 1990b 〈讀《戰國縱橫家書釋文注釋》札記〉,《文史》36,1990 年 8 月 7 日寫畢。

9. 1992a 〈甲骨文中的樂器名稱—釋庸豐鞀〉,《古文字論集》,北京:中華書局,1992 年 8 月。

10. 1992b 〈說「以」〉,《古文字論集》,北京:中華書局,1992 年 8 月。

11. 1993a 〈釋「衍」、「侃」〉,《魯實先學術討論會論文集》,臺北:萬卷樓,1993 年 6 月。

12. 1993b 〈說殷墟卜辭的奠〉,《史語所集刊》64:3,1993 年 12 月。

13. 1996 〈殷墟甲骨文彗字補說〉《華學》第 2 輯,廣州:中山大學,1996 年 12 月。

14. 1998 〈論殷墟卜辭「多毓」之「毓」〉,《中國商文化國際學術討論會論文集》,北京:中國大百科全書出版社,1998 年。

15. 1999a 〈郭店老子簡初探〉,《道家文化研究》17,1999 年 8 月。

16. 1999b 〈關于殷墟卜辭中的所謂「廿祀」和「廿司」〉,《文物》,1999 年 12 期。

17. 2000a 〈說肩凡有疾〉,《故宮博物院院刊》,2000 年 1 月。

18. 2000b 〈以郭店老子為例談談古文字〉,《中國哲學》21,2000 年 1 期。

19. 2000c 〈推動古文字學發展的當務之急〉,《學術史與方法學的省思——中央研究院歷史語言研究所七十週年研討會論文集》,2000 年 12 月。

20. 2000d 〈以郭店老子簡為例談談古文字的考釋〉,《中國哲學》21,2000 年。

21. 2002 〈談談上博簡和郭店簡中的錯別字〉,《新出楚簡與儒學思想國際學術研討會論文集》,2002 年 3 月 21 日~4 月 2 日。

楊澤生

1. 2003a 〈上海博物館所藏竹書二補釋〉,簡帛研究網,2003 年 2 月 15 日。

2. 2003b 〈上海博物館所藏竹書札記〉,簡帛研究網,2003 年 4 月 16 日。

葛英會

1. 1996 〈包山簡文釋詞兩則〉,《南方文物》,1996 年 3 期。

詹鄞鑫

1. 2001 〈魚鼎匕考釋〉,《中國文學研究》2,桂林:廣西教育出版社,2001 年 10 月。

【十四畫】

趙平安

1. 1995 〈釋參及相關諸字〉,《語言研究》,1995 年 1 期。

2. 2001　〈釋郭店簡《成之聞之》中的「遼」字〉《簡帛研究》2001，桂林：廣西師範大學出版社，2001 年 9 月。

趙建偉

1. 2003a　〈「關雎之改」解〉，簡帛研究網，2003 年 3 月 24 日。
2. 2003b　〈上博簡拾零〉，簡帛研究網，2003 年 7 月 6 日。
3. 2003c　〈唐虞之道考釋四則〉，簡帛研究網，2003 年 9 月 25 日。

【十五畫】

劉先枚

1. 1985　〈釋罷〉，《江漢考古》，1985 年 3 期。

劉和惠

1. 1982　〈鄂君啓節新探〉，《考古與文物》，1982 年 5 期。

劉信芳

1. 1993　〈包山楚簡神名與《九歌》神祇〉，《文學遺產》，1993 年第 5 期。
2. 1996　〈楚簡文字考釋五則〉，《于省吾教授百年誕辰紀念文集》，長春：吉林大學出版社，1996 年 9 月。
3. 1997a　〈楚系文字「瑟」及相關的幾個問題〉，《鴻禧文物》，臺北：鴻禧美術館，1997 年。
4. 1997b　〈楚簡器物釋名上篇〉，《中國文字》新 22，1997 年 12 月。
5. 1997c　〈楚簡器物釋名下篇〉，《中國文字》新 23，1997 年 12 月。
6. 1998　〈望山楚簡校讀記〉，《簡帛研究》3，1998 年 12 月。
7. 1999　〈包山楚簡解詁試筆十七則〉，《中國文字》新 25，1999 年 12 月。
8. 2000a　〈郭店竹簡文字考釋拾遺〉，《江漢考古》，2000 年 1 期。
9. 2000b　〈是瑟朋友，還是殺朋友——關於郭店簡「瑟」字〉，《中國文物報》，2000 年 6 月 7 日。
10. 2000c　〈郭店簡文字例解三則〉，《史語所集刊》71：4，2000 年 12 月。
11. 2001　〈郭店簡《語叢》文字試解（七則）〉，《簡帛研究》2001，桂林：廣西師範大學出版社，2001 年 9 月。
12. 2003　〈上博藏竹書釋讀〉，簡帛研究網，2003 年 1 月 9 日。
13. 2004　〈上博藏竹書《恒先》試解〉，簡帛研究網站，2004 年 5 月 16 日。

劉桓

1. 2001　〈讀郭店楚墓竹簡札記〉，《簡帛研究》2001，桂林：廣西師範大學出版社，2001 年 9 月。

劉釗

1. 1992　〈包山楚簡文字考釋〉，南京：中國古文字研究會第九屆學術研討會論文，1992 年（《香港大學：東方文化》，1998 年 1～2 期合刊）。

2. 1989　〈釋「■」、「■」諸字兼談甲骨文「降永」一辭〉，《殷墟博物苑苑刊》創刊號，北京：中國社會科學出版社，1989 年。

3. 2000　〈讀郭店楚簡字詞札記〉，《郭店楚簡國際學術研討會論文彙編》，2000 年 5 月。

4. 2001　〈卜辭「雨不正」考釋——兼《詩·雨無正》篇題新證〉，《殷都學刊》，2001 年 4 期。

5. 2003　〈容成氏釋讀一則〉，簡帛研究網，2003 年 3 月 15 日。

劉啟益

1. 1980　〈西周金文中所見的周王后妃〉，《考古與文物》，1980 年 4 期。

劉國勝

1. 1997　〈曾侯乙墓 E 六一號漆箱書文字研究·瑟考〉，《第三屆國際中國古文字學研討會論文集》，香港：中文大學，1997 年 10 月。

劉彬徽

1. 2002　〈讀上博楚簡小識〉，《考古與文物》，2003 年 4 期。

劉曉東

1. 2000　〈郭店楚簡緇衣初探〉，《蘭州大學學報》，2000 年 4 期。

劉樂賢

1. 2002　〈讀上博簡箚記〉，《上博館藏戰國楚竹書研究》，上海書局，2002 年。

蔡哲茂

1. 2002　〈甲骨文釋讀析誤〉，《第十三屆全國暨海峽兩岸中國文字學學術研討會論文集》，花蓮師範學院語教系編輯委員會編，2002 年。

【十六畫】

禤健聰

1. 2004　《上博簡（三）小箚》，簡帛研究網，2004 年 5 月 12 日。

【十七畫】

戴君仁

1. 1963　〈同形異字〉，《臺灣大學文史哲學報》12 卷，1963 年。

龍宇純

1. 1988　〈廣同形異字〉，《臺灣大學文史哲學報》36 卷，1988 年 12 月。

鍾柏生

1. 1993　〈釋「人囧」與「牛囧」〉,《王叔岷先生八十壽慶論文集》,1993 年 6 月。

2. 2000　〈甲骨學與殷商地理研究──回顧與展望〉,《學術史與方法學的省思──中央研究院歷史語言研究所七十週年研討會論文集》,2000 年 12 月。

謝元震

1. 1992　〈釋衣〉,《文物》,1992 年 4 期。

【十八畫】

顏世鉉

1. 1999a　〈郭店楚簡淺釋〉,《張以仁七秩壽慶論文集》,臺北:學生書局,1999 年 1 期。

2. 1999b　〈郭店楚墓竹簡儒家典籍文字考釋〉,《經學研究論叢》6,臺北:學生書局,1999 年。

3. 2000a　〈郭店楚簡散論二〉,《江漢考古》,2000 年 1 期。

4. 2000b　〈郭店楚簡散論一〉,《郭店楚簡國際學術研討會論文集》,武漢:湖北人民出版社,2000 年 5 月。

5. 2001　〈郭店楚簡六德箋釋〉,《史語所集刊》,2001 年 6 月。

6. 2002　〈考古出土實物與文字考釋、詞義、訓詁之關係舉隅〉,《楚簡綜合研究第二次學術討論會》,2002 年 12 月 20 日。

7. 2003a　〈上博楚竹書散論四〉,簡帛研究網,2003 年 2 月 20 日。

8. 2003b　〈郭店竹書校勘與考釋問題舉隅〉《史語所集刊》74:4,2003 年 12 月。

魏宜輝

1. 2002　〈讀上博簡文字劄記〉,《上博館藏戰國楚竹書研究》,上海書店,2002 年。

魏宜輝、周言

1. 2000　〈讀郭店楚墓竹簡札記〉,《古文字研究》22,2000 年 7 月。

【二十畫】

蘇杰

1. 2002　〈釋包山楚簡中的阩們又敗──兼釋「司敗」〉,《中國文字研究》3,廣西教育出版社,2002 年 10 月。

蘇建洲

1. 2003a　〈楚簡文字考釋三則(二)〉,簡帛研究網,2003 年 1 月 1 日。

2. 2003b　〈容成氏〉柬釋(四)〉,簡帛研究網,2003 年 4 月 16 日。

3. 2003c　〈「容成氏」柬釋(五)〉,簡帛研究網,2003 年 5 月 24 日。

4. 2003d　〈上博(二)・容成氏補釋一則〉,簡帛研究網,2003 年 7 月 10 日。

饒宗頤

1. 1968　〈楚繒書疏證〉，《史語所集刊》第 40 本，1968 年。

2. 2002　〈竹書《詩論》小箋〉，《上博館藏戰國楚竹書研究》，上海書店，2002 年。